RÉQUIEM CARIBENHO

Série policial:

Bellini e a esfinge — Tony Bellotto
Bellini e o demônio — Tony Bellotto
Bilhete para o cemitério — Lawrence Block
O ladrão que achava que era Bogart — Lawrence Block
O ladrão que pintava como Mondrian — Lawrence Block
Uma longa fila de homens mortos — Lawrence Block
O destino bate à sua porta — James Cain
Nó de ratos — Michael Dibdin
Vendetta — Michael Dibdin
Edições perigosas — John Dunning
Impressões e provas — John Dunning
Máscaras — Leonardo Padura Fuentes
Jogo de sombras — Frances Fyfield
Tão pura, tão boa — Frances Fyfield
Achados e perdidos — Luiz Alfredo Garcia-Roza
O silêncio da chuva — Luiz Alfredo Garcia-Roza
Vento sudoeste — Luiz Alfredo Garcia-Roza
A noite do professor — Jean-Pierre Gattégno
Neutralidade suspeita — Jean-Pierre Gattégno
Transferência mortal — Jean-Pierre Gattégno
Continental Op — Dashiell Hammett
Pecado original — P. D. James
Uma certa justiça — P. D. James
Domingo o rabino ficou em casa — Harry Kemelman
O dia em que o rabino foi embora — Harry Kemelman
Sábado o rabino passou fome — Harry Kemelman
Sexta-feira o rabino acordou tarde — Harry Kemelman
Morte no Teatro La Fenice — Donna Leon
Dinheiro sujo — Ross Macdonald
Também se morre assim — Ross Macdonald
É sempre noite — Léo Malet
O labirinto grego — Manuel Vázquez Montalbán
Os mares do Sul — Manuel Vázquez Montalbán
O quinteto de Buenos Aires — Manuel Vázquez Montalbán
O diabo vestia azul — Walter Mosley
Aranhas de ouro — Rex Stout
Clientes demais — Rex Stout
Cozinheiros demais — Rex Stout
Milionários demais — Rex Stout
Mulheres demais — Rex Stout
Ser canalha — Rex Stout
Serpente — Rex Stout
A noiva estava de preto — Cornell Woolrich
Casei-me com um morto — Cornell Woolrich

BRIGITTE AUBERT

RÉQUIEM CARIBENHO

Tradução:
ROSA FREIRE D'AGUIAR

Copyright © 1997 by Éditions du Seuil

Título original:
Requiem caraïbe

Projeto gráfico de capa:
João Baptista da Costa Aguiar

Foto de capa:
Ana Ottoni

Preparação:
Claudia Abeling
Cristina Yamazaki

Revisão:
Cláudia Cantarin
Alexandra Costa da Fonseca

Dados Internacionais de Catalogação na Publicação (CIP)
(Câmara Brasileira do Livro, SP, Brasil)

Aubert, Brigitte
Réquiem caribenho / Brigitte Aubert ; tradução Rosa Freire D'Aguiar. — São Paulo : Companhia das Letras, 2001.

Título original: Requiem caraïbe : roman
ISBN 85-359-0132-9

1. Romance francês I. Título.

01-2356 CDD-843.91

Índices para catálogo sistemático:
1. Romances : Século 19 : Literatura francesa 843.91
2. Século 20 : Romances : Literatura francesa 843.91

2001

Todos os direitos desta edição reservados à
EDITORA SCHWARCZ LTDA.
Rua Bandeira Paulista, 702, cj. 32
04532-002 — São Paulo — SP
Telefone: (11) 3846-0801
Fax: (11) 3846-0814
www.companhiadasletras.com.br

Meu Deus, meu Deus, por que me abandonaste?
As palavras do meu rugir estão longe de me salvar!
Meu Deus, eu grito de dia, e não me respondes, de
noite, e nunca tenho descanso.

Salmo 22

1

A moça estava sentada na frente de Dag, com um vestido verde-água justíssimo que combinava com seus olhos. As unhas pintadas de vermelho-vivo contrastavam com sua pele morena. Balançou as tranças rastafári lançando ao redor um olhar de desprezo. Ele seguiu esse olhar e pensou pela décima vez que já era hora de dar uma demão de tinta nas paredes verde-hospital e substituir o desconjuntado arquivo de ferro. O ar-condicionado roncava às suas costas qual um asmático. Dag se debruçou na janela para esvaziar a bacia cheia d'água e a recolocou onde estava pingando. Vendo a moça franzir o nariz com certo nojo, sentiu-se obrigado a pedir desculpas:

"Esse ar-condicionado tem quase a minha idade..."

"E já está dando água?"

Dag lançou-lhe um vago sorriso. O que é que ela estava pensando com aquele arzinho arrogante? Só porque fazia o gênero top model ele ia começar a lamber o chão para limpá-lo? Olhou-a nos olhos, naqueles lindos olhos verdes amendoados como os de um gato.

"Imagino que você não marcou esse encontro para falar do ar-condicionado."

"Sua capacidade de dedução é realmente fulminante", ela retrucou, examinando as unhas impecáveis.

Depois, impaciente, recomeçou:

"Liguei para você porque quero encontrar uma pessoa."

"De quem se trata?", Dag perguntou, pensando se à tarde as ondas estariam boas para surfar.

"Meu pai", respondeu a moça com fisionomia grave.

Dag já esperava por essa. Quase trinta por cento dos casos que lhe confiavam eram de abandono. Infelizmente, a maioria das investigações não dava em nada. Pais irresponsáveis eram tremendamente habilidosos em viver escondidos.

"Tem alguma idéia de onde ele está?", perguntou, desanimado.

"Sei lá. Não sei nem o nome dele nem a cara que tem. Assim que minha mãe engravidou ele nunca mais deu sinal de vida."

Começava bem. Ele consultou as informações sucintas que ela lhe passara ao chegar: chamava-se Charlotte Dumas, morava em Marigot, na parte francesa da ilha de Saint-Martin. O escritório da Investigações McGregor ficava em Philipsburg, no lado holandês. Quando ela chegou, Dag perguntou-lhe em holandês se preferia que a conversa fosse em inglês e ela respondeu em inglês que preferia que falassem francês. "Se não for muito incômodo", acrescentou ajeitando o vestido. Dag garantiu que para ele não tinha o menor problema. Seu pai, francês de Nova Orleans, casara-se com uma black-carrib de Saint-Vincent e eles tinham ido viver na Désirade, território francês.

"Na verdade, embora eu seja americano, não pus os pés nos Estados Unidos até fazer dezoito anos", explicou.

Ela deu um sorriso bem-educado e deixou escapar: "Emocionante..."

Com isso, Dag sentiu-se um completo idiota.

Pegou uma folha de papel em branco, sua caneta preferida — uma Parker de pena grossa —, e anotou "Segunda-feira, 26 de julho", enquanto Charlotte o encarava torcendo o nariz. Fizera bem de ir até lá? A agência McGregor tinha excelente reputação, mas esse sujeito não combinava nem um pouco com a imagem que ela fazia de um detetive particular: camiseta comprida listrada Quick Silver, calça amarrotada de linho e botas sujas. O cabelo raspado da nuca às têmporas e as tatuagens cafonas que tinha nos antebraços de veias saltadas completavam um retrato mais próximo de um malandro do Bronx do que de um investigador sério e ponderado, que a seu ver deveria usar terno Hugo Boss, suspensórios de seda e sapatos Versace.

Dag terminou de escrever pensando por que ela o encarava assim. Levantou os olhos, sem excessiva amabilidade.

"E se a gente começasse pelo começo?"

O começo fora vinte e cinco anos antes, em Sainte-Marie.

Dag deu um suspiro por dentro. Quantos anos tinham se passado desde sua última ida a Sainte-Marie? Vinte? Vinte e cinco? Mesmo assim, poderia recitar de cor o folheto da Secretaria de Turismo: "... Uma ilha montanhosa cercada de praias paradisíacas. Um diamante verde e branco encravado no mar do Caribe, a cerca de cinqüenta quilômetros a noroeste de Guadalupe, com quinze mil habitantes e cento e quarenta quilômetros quadrados". Exótico, o lugar era bastante representativo do que os guias turísticos chamavam de "diversidade caribenha". Ele se ouviu dizendo:

"A irmã de minha mãe tinha uma loja de suvenires em Vieux-Fort. Quando eu era criança passava todas as minhas férias lá."

"Foi lá que eu nasci."

E Dag tinha nascido na Désirade, quarenta e cinco anos antes. Quarenta e cinco anos? Não era possível: seu passaporte devia estar mentindo. Sentia-se um garoto!

"É um vilarejo sem o menor charme", Charlotte acrescentou, fazendo um muxoxo.

Dag, entretanto, não se lembrava de ter vivido nada tão agradável na infância como aquelas temporadas na cidadezinha adormecida. Mas, pensando bem, por que nunca mais havia pisado lá? Lembrou-se de repente do adolescente rebelde que tinha sido e do desprezo que sentia na época por aquele "cu-de-judas". A última vez que estivera lá foi depois da morte de seu pai, para ver a tia, que passara a ser sua única parente e que continuava a lhe escrever cartas em crioulo, perfumadas de violeta e cuidadosamente caligrafadas em papel quadriculado. Dois anos depois, ela também partiria para um mundo melhor: comia muito, suas artérias estouraram, encontraram-na encolhida atrás da caixa registradora da loja, com a mão crispada em cima de uma iguana empalhada. Dag percebeu que estava rabiscando olhos redondos e fixos de uma iguana, e fingiu riscar as anotações.

"Pronto, estou às suas ordens", disse com falso entusiasmo.

Ela o olhou de cima a baixo, como se a proposta fosse obscena, e continuou seu relato.

Lorraine, sua mãe, uma francesa, casara-se com um alto funcionário de Sainte-Marie, aposentado dos Correios. Ele era muito mais velho que ela, mas muito rico, e viviam numa mansão fantástica. Um verdadeiro conto de fadas. Naquele ano, 1970, Sainte-Marie teve uma quaresma — o verão local, de dezembro a abril — sufocante. Lorraine passava as tardes na praia, sozinha, e sentia um tédio infinito. Encontrara um nativo, uma graça, e, pumba, amor debaixo dos coqueiros da Folle Anse, cujos dez quilômetros de enseadas e areia branca ofereciam recantos muito tranquilos. Resultado da brincadeira: nove meses e quinze dias depois, nascia Charlotte. Depois de ter dado à luz uma criancinha morena tão bonita, Lorraine foi posta para fora de casa pelo velho aposentado. Sem dinheiro, frágil e muito deprimida, alugou uma cabana perto da cidadezinha de Vieux-Fort, onde ia vivendo com o pouco que economizara. Começou a beber mais do que devia, e no outono de 1976, durante a temporada das chuvas, acabou se enforcando na varanda. Fim do conto de fadas.

A pequena Charlotte, então com pouco mais de cinco anos — e que o velho aposentado se recusava terminantemente a ver —, foi despachada para um orfanato mantido por freiras, e vinte anos depois saiu em busca de seu verdadeiro pai. Tudo o que Charlotte sabia era o que sua mãe monologava por horas a fio enquanto lhe dava uns goles de rum na mamadeira.

Dag tomava notas com sua mistura de estenografia e abreviações pessoais, pensando que a senhorita Dumas não podia imaginar como seu relato tocava em pontos sensíveis. Ele tinha mais ou menos a mesma idade dela quando sua própria mãe, uma black-carrib das ilhas Virgens americanas, morreu de câncer no seio antes de ter podido lhe dar irmãos e irmãs. Seu pai, "um branquinho" que trocara a miséria de sua Lousiana natal pela ilusão das ilhas, homenzinho seco como um bacalhau, de olhos azuis sempre avermelhados, faces comidas pela barba, mal-humorado, nunca morreu de amores pelo filho. Quando criança, Dag sentia-se intimidado por esse homem com quem não se parecia nem um pouco e que sempre o olhava com ar de reprovação à sua pele diferente. No universo caribenho, onde cada matiz racial tem sua importância, Dag se parecia com os chamados "negros-congo", ou seja, os de pele mais escura. Portanto, assim como Charlotte, ele sofrera por causa da cor da pele, e sobretudo por não entender por que isso podia ser um obstáculo ao relacionamento com os outros. Só depois da morte do pai entendeu que ele não o reprovava por ser negro, mas por ter nascido.

Buzinada estridente na rua. Ele chegou a se assustar. O que é que tinha lhe dado para ficar remoendo tudo isso? Um acesso de senilidade precoce?

Percebeu o silêncio que se fizera e levantou os olhos para a jovem mestiça. Ela lançou-lhe um sorriso pérfido.

"Achei que você tinha pegado no sono..."

Essa viborazinha tinha uma língua afiada. Dag sacudiu a caneta.

"Desculpe, um problema com a tinta."

Ela bufou fazendo barulho, tipo "Mas que diabos estou fazendo aqui?". Convém dizer que, a julgar pela aparência, ninguém daria um tostão furado por aquela agência. No entanto, comentava-se que Lester e ele eram os melhores. Dag apontou a caneta para ela, como um ator de novela.

"E caso eu encontre o seu pai, o que você quer fazer?"

"Arrancar-lhe os colhões."

"Lindo plano", ele respondeu apertando as coxas. "Eu estava imaginando alguma coisa mais sentimental."

"Um jato de esperma anônimo não é sentimental?"

Melhor calar o bico. Ele mudou a conversa para um terreno mais neutro.

"Você entrou em contato com o marido de sua mãe?"

"O velho safado morreu de enfarte, há oito anos. Nunca o vi."

"O que a leva a crer que seu pai ainda vive aqui, no Caribe?"

"Não sei. Tem que se começar por algum lugar."

"Mas por que não se dirigiu a uma agência local?"

"Disseram-me que vocês eram os melhores. Quero resultados, não faço a menor questão de torrar minha grana inutilmente", retrucou-lhe a senhorita Dumas, sem sorrir.

Dag deu uma rápida olhada em sua agenda. Todas as anotações se resumiam a três palavras: nada vezes nada. Essa jovem mal-educada ia, de fato, começar a torrar sua grana inutilmente.

"Se estou entendendo bem, tudo o que você sabe sobre o homem que a gerou é que ele estava em Sainte-Marie durante a quaresma de 1970 e que é negro, como noventa por cento da população... Fora isso? Se ele tivesse quatro braços, por exemplo, facilitaria a nossa vida..."

"Ei, pode ir parando por aí! Vamos deixar de brincadeira. Se o caso não lhe interessa, vou bater em outra porta."

"Não vou prendê-la."

A senhorita Dumas estava começando a lhe dar nos nervos. Não ia ser na sua idade que uma pirralha desbocada ia fazê-lo perder a paciência.

"Se é assim que você costuma fazer negócios...", ela retrucou, furiosa.

"Não sei do que você está falando."

Ela lhe deu um olhar devastador.

"Ah, não? E esse troço aí, é só para embelezar?", ela sussurrou, apontando a placa de cobre presa na porta que ficara aberta: "McGregor, investigações em geral".

"É uma placa de detetive particular", respondeu Dag, com seu sorriso mais aparvalhado.

"E daí?"

"E daí, é claro que eu me sentiria envolvido com a história se fosse detetive, mas como só vim aqui para consertar a máquina de café..."

"Você é idiota ou o quê?"

Ela se levantou e, na sua fúria, já começara a dar umas boas pancadas com a bolsa na mesa.

"Você estava tão desamparada, pensei que não podia deixá-la assim nesse desespero...", Dag continuou, muito suave.

"Mas esse cara é completamente cretino! Eu vou..."

"O que é que está acontecendo?", perguntou de repente em inglês a voz grossa de Lester, que mastigava o bigode ruivo enquanto enquadrava seus cento e dez quilos de músculos no batente da porta.

"A senhorita gostaria de vê-lo", Dag explicou amavelmente. "Ela é de Marigot", acrescentou, como se fosse uma desculpa.

Charlotte virou o lindo rosto na direção de Lester com a rapidez de uma víbora irritada.

"Quem é esse aí? A faxineira?"

"Lester McGregor...", Lester apresentou-se, com sua bela voz de baixo.

Depois emendou em seu francês capenga:

"Em que poder lhe ser útil, senhorita..."

"Dumas. Charlotte Dumas. Você é mesmo Lester Mc-Gregor?"

"Completamente."

"E esse cara aí, ele é pago para divertir a clientela?"

"É sócio meu", respondeu Lester batendo no ombro de Dag. "É meia brincalhão."

Todo contente, Dag lançou um sorriso amável para Charlotte. Uma moça que queria cortar os colhões do pai merecia ser um pouco maltratada.

Por ora, ela olhava para Lester com cara de aprovação, como a maioria das clientes. Dag suspirou. Nunca entendeu por que as mulheres adoravam aquela montanha de carne branquela coberta de pêlos ruivos e pintas. Talvez o bigode? Lester recomeçou:

"Você tem na sua frente uma excelente investigador. Ele conhece o Caribe como o palma da mão. Pode ter confiança. Ok, vou deixar vocês. Tenho outra compromisso. Prazer em vê-la, senhorita."

Diante do olhar embevecido da senhorita Dumas, por pouco não lhe beijou a mão antes de cair fora. Finalmente ela se dignou olhar para Dag, desconfiada.

"Um investigador excelente... Eu espero que sim."

"Satisfação garantida ou seu dinheiro de volta, é o lema da casa."

"E qual é o seu nome, superdetetive?", suspirou Charlotte, resignada.

"Dag Leroy."

"Dag?"

"Dagobert."

Ela o encarou como se ele fosse um extraterrestre.

"Você se chama Dagobert?"

"Leroy, Dagobert, para servi-la."

"Mais uma das suas brincadeiras cretinas?"

"Não, desta vez o culpado é meu pai. Ele tinha um senso de humor muito especial."

"Eu entrego uma investigação que vai me custar os olhos da cara a um sujeito que se chama Leroy, Dagobert?"
"Leroy, sim, *o rei*, Dagobert foi um excelente rei."
"Quero que ele se dane! Bem, escute aqui, vamos fazer uma tentativa, superdetetive Dagobert, mas vou avisando: trate de trabalhar com seriedade."
Ela era bonitinha. Dag lançou-lhe seu sorriso sedutor, que ela já devia conhecer, pois nem moveu o rosto. Então, ele resolveu ir à luta.
E foi esse o seu erro.

Saíram do escritório juntos. Era hora do almoço. Dag não a convidou. Ela teria recusado e ele queria ficar sozinho. Foram andando sob o sol. Fazia calor, calor demais, como sempre. Ela deu uma olhada na avenida. Ringroad estava deserta. Os armazéns e postos de gasolina brilhavam sob o céu azul. Uns gatos se espreguiçavam nas ruínas de um prédio que desabara na passagem do furacão Louis.
"Puta merda, nem um só táxi à vista! Que idéia vir se instalar neste bairro desgraçado, porra!"
"É calmo", Dag retrucou, espreguiçando-se devagar. "Desculpe, mas foi com as freiras que você aprendeu esse linguajar tão sujo?"
"Você trabalha para as ligas da virtude? Não, foi com Vasco Paquirri, se isso lhe interessa."
Interessava. Depois de ter dado o fora da Venezuela, onde estava com a cabeça a prêmio, Vasco Paquirri virara um dos líderes do tráfico de cocaína no mar do Caribe. Um manda-chuva no seu negócio. Estilo chefão moderno, sem jóias de ouro nem peito peludo à mostra. Seu corpo de atleta greco-romano e a cabeleira preta de tranças até os rins davam-lhe fama de irresistível. E, sobretudo, era rico até dizer chega: a grana lhe saía pelas narinas ao mesmo tempo que os gramas de pó.

"Você conhece bem Vasco?", Dag perguntou enquanto ela espiava a rua deserta como se ali, no bairro mais miserável de Philipsburg, ao meio-dia e com trinta graus à sombra, fosse aparecer um táxi só para lhe agradar.

"É óbvio. É amigo de Joe, o fotógrafo da agência."

Ah, sim, ela posava para fotos de moda. Coqueiros, areia branca, lago azul e uma linda bundinha cor de caramelo. Ela bateu no pulso de Dag com suas unhas impecáveis:

"E você, foi no seminário que fez essa tatuagem? Isso aí é o quê?"

Ela apontava para o surfista de máscara gravado no antebraço esquerdo de Dag.

"O Surfista Prateado", ele respondeu. "Um herói de história em quadrinhos dos anos cinqüenta, um surfista intergaláctico. Um justiceiro cósmico."

"Você está mais para o gênero do justiceiro cômico", disse ela, caindo na risada, logo depois voltando ao sério. "Você surfa?"

"Um pouco. Eu me viro", Dag resmungou, fulo de raiva.

"Fiz umas fotos com os surfistas de Gas Chambers, em Porto Rico. Uns caras do barulho. Roubaram o rádio do carro de Vasco, ele ficou uma fera... E isso aí, esse punhal com uma cobra enrolada em volta?", ela continuou. "É um símbolo do vodu? A Grande Serpente do Universo?"

Ela gargalhava, ostensivamente. Por pura provocação, ele respondeu:

"Não, é um símbolo nazista, da ss."

Incrédula, ela levantou os olhos cor de esmeralda para a cabeça semi-raspada de Dag.

"Você foi da ss?"

Ele sentiu coceira na mão. Será que ela achava que ele tinha um tipo ariano? E oitenta anos? Ia responder com um palavrão, mas nesse exato momento avistou um táxi. Verde, feio e todo arranhado, mas sem dúvida um táxi. Ela devia ser uma bruxa, pois fazia meses que ele não via um só táxi por ali. Charlotte entrou no carro como uma cinderela em sua carruagem e lhe deu um *ciao* tão caloroso como uma moedinha de vinte e cinco cents dada a um mendigo.

Dag olhou-a se afastar. Paquirri... O traficante fixara residência em seu iate, o *Maximo*, um fantástico *trawler* ancorado em Barbuda, ilha dependente de Antígua e com magníficas praias desertas. E, como Antígua, ponto do tráfico de drogas. Ele examinou suas anotações, amassando as folhas da agenda com os dedos melados. O prefixo do número de telefone que a sedutora Charlotte lhe deixara era de Barbuda. Um simples amigo, o belo Vasco? Dag deu de ombros e resolveu encher a pança com um *féroce* no T'iou. Com um pouco de sorte, a pimenta o faria transpirar e o suor o refrescaria.

Gostava de ir ao T'iou porque o T'iou não falava. Botava o rango na mesa e voltava logo para ouvir rádio. Vivia com ele vinte e quatro horas por dia. Tinha se tornado um prolongamento de seu corpo, como um rim artificial que lhe filtrava as notícias do mundo. Dag fez o pedido antes de telefonar de seu celular para a agência.

"Investigações McGregor, bom dia", disse a voz suave de Zoé, a recepcionista-fiel-e-encantadora, obviamente dedicada de corpo e alma a seu imponente patrão.

"Chame o Lester", disse-lhe Dag com o olhar perdido no horizonte.

Com seus trejeitos imitados da secretária de James Bond, Zoé lhe dava nos nervos.

"Chame o Lester, *por favor*", sussurrou Zoé.

"Sim, por favor. E obrigado."

"Um pouco de educação não lhe faria mal, Dagobert."

Fruto da união clandestina do vigário de San Felipe com a cozinheira, Zoé era muito intransigente às regras de boa educação.

"*Yeah?*", disse Lester, aparentemente apressado.

"Preciso ir a Sainte-Marie. Vai custar caro."

"Ela pode pagar?"

"Pode. Ela me passou um cheque de adiantamento de quinhentos dólares. Peça a Zoé para checar no banco se a conta tem fundos."

"Ok."

Dag esperou uns minutos.

"Nenhum problema. Falando nisso... até que não seria ruim se você mudasse de ares. Dizem que você está jurado de morte por Cara-de-Bunda."

"Você sempre foi muito hábil para dar as boas notícias. Bem, vou mantê-lo informado."

Dag desligou, pensativo. Então Cara-de-Bunda, cujo nome verdadeiro era Frankie Voort, o capanga titular de don Philip Moraes, não o havia esquecido. Contribuíra, involuntariamente, para mandar esse bandido louco para a cadeia, seis anos antes. Um caso engraçado. Na época, Dag trabalhava para um marido cornudo. Depois de vários dias à espreita, conseguira localizar o quarto mobiliado onde a esposa infiel ia dar suas trepadas. Um hotel de alta rotatividade no bairro chinês. Depois de horas escondido, chegou enfim a fotografar o amante, objeto dos desejos da madame: um baixinho gordinho e bigodudo, com cara de fuinha.

Dag acabara de pôr a mão em Voort, vulgo Cara-de-Bunda, procurado por uma história tenebrosa de assassinatos misturada com crack e extorsão, uma expedição punitiva contra os hindus de Frontstreet que terminou mal: um verdadeiro massacre. Voort era um desses bandidos fascinados pela morte, que estão sempre prontos a apertar o gatilho. Dag não tivera o menor escrúpulo em entregá-lo à polícia holandesa. O que significava que estava longe de morar no coração de Cara-de-Bunda. Mas, bem, esse não era o assunto do dia. O assunto do dia era a senhorita Charlotte Dumas. Era melhor se concentrar nisso.

Concentrou-se observando o mar, enquanto a pimenta tentava lhe furar o estômago. As ondas arrebentavam regularmente, com escuma e tudo, como nas propagandas. Um dia perfeito para matar trabalho e ir surfar *down the line*, pegando onda a toda velocidade. Enxotou essa idéia sedutora com um gole de cerveja.

Quer dizer que, só porque a bela Lorraine Dumas não resistiu a um black sedutor vinte e cinco anos antes, ele ia ter de pagar uma passagem até Sainte-Marie, onde não botava os pés desde o serviço militar? Umas férias, em suma. Havia uma chance em um milhão de encontrar o pai de Charlotte. Não tinha o nome, não tinha nenhuma indicação, era um fantasma de ébano que podia viver em qualquer lugar, nos Estados Unidos, na França, na Inglaterra... Além do mais, qual era o interesse de tudo isso? Esse cara nem sequer sabia que tinha uma filha. Mas, como dizia o puritano do Lester, "Quando pagam por um serviço, a gente faz o serviço". Dag terminou o *féroce*, suou copiosamente e foi comprar uma passagem para Sainte-Ma'ie, como se pronunciava em crioulo, pois na época os escravos imitavam a pronúncia dos inúmeros marinheiros e colonos oriundos da região de Caux, na Normandia.

Retorno a Sainte-Marie. Retorno ao lar, ah, ah ah! Não havia mais nada à sua espera, nem lá nem em outro lugar.

Seu pai morrera em 1969, ano em que um ciclone destruíra a ilha onde moravam. Dag já não vivia na Désirade. Sempre tivera mania de viajar. Nem pensar em terminar seus dias no armazém da família, entre as latas de molho de tomate vencidas e os engradados de Coca-Cola morna. Em criança, imaginava-se um *skipper*, em pé no leme, coberto de maresia, com o olhar ao longe, algo assim. Conclusão: depois de ter zanzado ao sabor dos diversos encontros de surfistas, alistou-se nos marines. Teria sido realmente incapaz de dizer o que motivara essa escolha em plena época hippie. O desejo de se integrar numa tropa de elite? De fazer parte de uma corporação? De provar a seu pai que era homem? De qualquer forma, em matéria de viagens ele foi imbatível. Dez anos bordejando entre Miami e as ilhas Falkland. Até que resolveu não renovar o contrato de alistamento.

Depois de um pileque de vários dias, viu-se uma bela manhã em Philipsburg, com seu saco de marinheiro nas costas, seus galões de sargento-chefe balançando na camisa imunda de vômito. Encontrou trabalho no porto, no estaleiro. E ali ficou. Foi assim que conheceu Lester — consertando seu veleiro, o *Kamikaze*, um brigue de doze metros, uma raridade que batera ponto em todo o golfo do México. Lester, ex-tira, acabara de abrir a agência McGregor, mas também tinha um pé no contrabando e precisava de um marinheiro discreto. Dag aceitou. Aos poucos, Lester parou com os transportes clandestinos e os passeios noturnos, mas manteve Dag.

Dag ia remoendo suas velhas lembranças enquanto abria caminho entre a multidão habitual de Frontstreet. Os turistas perambulavam com os olhos grudados nas vitrines das lojas tax free. Passou pelo "Rouge et noir", onde o pessoal se amontoava em volta dos caça-níqueis, e chegou a seu prédio, um "velho" edifício dos anos sessenta. No térreo, havia um restaurante italiano e um mercadinho indiano, e um *peep-show* no primeiro andar.

O elevador subiu rangendo, e parou no terceiro andar dando um soluço. Dag seguiu pelo corredor até a porta marrom que tinha apenas suas iniciais. Abriu e suspirou: já era mais que hora de fazer um pouco de faxina. A cama não estava feita, as roupas se amontoavam por todo lado, a papelada estava caindo da mesa, sua prancha de surfe ocupava a minúscula banheira. Até os cartazes de lutas de boxe que cobriam as paredes pareciam imundos. Ele espanou vagamente "Muhammad Ali, campeão, contra Joe Frazier, desafiante", recolheu às pressas dois copos vazios em cima da televisão, uma xícara de café no banheiro, um cinzeiro cheio de cinzas equilibrando-se sobre o travesseiro. A secretária eletrônica estava piscando. Dag ouviu os recados enquanto enfiava roupas limpas na mochila de viagem. Um telefonema de seu amigo Max convocando-o para uma partida de pôquer, um vendedor de máquinas de lavar louça, um uivo do garoto Jed comunicando que finalmente conseguira um *spin air*, e alguém que desligou antes. Nenhum recado de Helen. Deu uma olhada no apartamento desarrumado e pensou que ela não ligaria mais. Muito cheia de nove-horas quando reclamava da bagunça, Helen. Do pôquer também. Sem falar dos caça-níqueis, dos cigarros, dos jornais esportivos, das tatuagens e dos preservativos fluorescentes... Reclamava de tudo, Helen. Mas um tesão, ele reconhecia. Pegou a automática, um Cougar 8000, versão compacta da Beretta 92 FS, adotado pelo Exército americano com a sigla M-9. Sugestão de Lester, e sempre carregado, pronto para uso. Dag não era fanático por armas, mas se obrigava a treinar regularmente num clube perto de Oyster Pond, a praia dos surfistas. Porte de arma, passaporte: fechou a mochila, deu uma última olhada pelo apartamento mergulhado na penumbra, checou se tinha fechado direito o gás e saiu.

Os motores roncavam enquanto o avião levantava vôo do aeroporto de Espérance-Grande Case e fazia uma curva sobre o mar resplandecente, de um turquesa límpido. Dag espiava pela escotilha, sem enxergar nada. As lembranças de Sainte-Marie se atropelavam em sua memória. Quando era garoto, passara quase todas as férias lá, na casa da tia. Tinha a impressão de sentir seu perfume de baunilha e de ouvir o frufru do tecido acetinado de seus vestidos. O gosto das marias-moles cobertas de coco ralado, compradas na volta da missa... A população da ilha, na maioria negra, era noventa por cento católica. Os comerciantes indianos, os *couli*, tinham seus próprios locais de culto e não haviam se integrado completamente à população. Estado independente desde 1966, depois de ter sido sucessivamente espanhola, francesa, inglesa, dinamarquesa, de novo francesa, membro da

União Francesa, depois da Commonwealth, a ilha recebia muitos imigrantes de Cuba e do Haiti. Várias tradições conviviam em Sainte-Marie, sem estragos aparentes. O sistema judiciário e penal era copiado do modelo francês, mas a mão no trânsito era à esquerda. Ao lado do francês, língua oficial, o espanhol e o inglês eram bastante falados. E as tradições antilhanas tinham se mantido fortes, de modo que a maior parte dos moradores continuava a falar crioulo. Ele sorriu ao pensar em sua tia, que achava o francês tão triste e tão chocho. Mexeu-se e tirou o dossiê de sua bela pasta de plástico amarelo. Isso dava um ar de seriedade ao caso. O aviãozinho balançava em meio à violenta ventania, sua vizinha cheirava a erva-cidreira. Tudo corria bem, ele estava em missão.

2

O avião aterrissou suavemente na pista do aeroporto dos Ilets, em Grand-Bourg, Estado de Sainte-Marie. Paciente, Dag esperou que sua vizinha levantasse os noventa quilos de carne cor-de-rosa e firme para, então, descer. Parecia que o avião não tinha saído do lugar: o mesmo calor, as mesmas árvores, o mesmo céu, os mesmos barracões. Só a bandeira nacional tremulando ao vento — estrela amarela sobre fundo azul-escuro — e o guarda alfandegário que carimbou seu passaporte com indiferença indicavam que ele mudara de país.

Lá fora, uma fila de táxis amassados esperava à sombra dos vareteiros. O bem-amado presidente Macario, cujo filho era dono da única concessionária de automóveis da ilha, fechara — homem prevenido — um acordo com as montadoras estrangeiras para se beneficiar dos preços muito competitivos dos veículos que saíam de fábrica com pequenos defeitos. Portanto, o parque automobilístico mudava ao sabor dos lotes despachados, e Dag pegou um Renault-9 que evidentemente devia ter feito parte dos primeiros lotes. Deu o endereço do orfanato onde a encantadora Charlotte se educara. Era melhor checar tudo, desde as origens.

Ainda bem que a estrada de Petit-Bourg tinha pouco movimento, pois pelo visto o motorista estabelecera um acordo entre seu automóvel destinado a andar à direita e a lei que o obrigava a andar à esquerda: o carro ocupava, pura e simplesmente, o meio da estrada. Para grande alívio de Dag, só cruzaram com um carro de boi que estava sendo calmamente conduzido pelo acostamento. Ao contrário de certas vizinhas, atacadas pela febre da modernização, Sainte-Marie vivia principalmente da cultura de cana-de-açúcar e da exportação de bananas e rum. Ainda se cruzava com carrinhos de mão carregados de cana, e visitando as destilarias podia-se imaginar um recuo de cem anos no tempo.

A paisagem desfilava diante de seus olhos, e Dag sentiu um ligeiro frio na barriga ao reconhecer as tabuletas. "Morro Saint-Jean" e suas plantações de feijão, "Anse Marigot", onde ele pescava siri... O próprio cheiro da ilha, cheiro seco e violento de flores e iodo, ressuscitava um monte de lembranças que ele julgava esquecidas: lá embaixo da escarpa, a água que batia furiosamente nas pedras; a loja de sua tia, escura e fresca, onde o mata-moscas ficava pendurado em longas espirais coloridas; o gosto do *bélélé* que ela lhe preparava, uma sopa com siri, ervilha, fruta-pão e banana; o cacarejo das galinhas no pequeno galinheiro... Ao contratá-lo para procurar seu pai, Charlotte o jogara, sem saber, nos rastros do próprio passado.

"Chegamos, patrão!"

Dag pediu ao motorista que o esperasse e saiu andando até o orfanato. Era um grande prédio branco, recém-caiado. Sóbrio e elegante. Calmo. Dag ficou balançando sua mochila diante do portão e do jardim bem tratado enquanto esperava que viessem atendê-lo. Uma freira ligeiramente cambaia veio enfim até ele, balançando-se e dizendo uns apavorados *Ka sa yé?*. Ele lhe entregou uma carteirinha plastificada onde se lia "Vitam impendere vero" ("Dedicar a vida à verdade") e explicou que queria conversar com a madre superiora. Ela examinou bem de perto seus trajes, antes de se afastar sacudindo a cabeça e brandindo a carteirinha como um tição ardente.

Nova espera no portão. Para passar o tempo, ele tentou reconhecer as plantas e os arbustos. A bem da verdade, isso não tinha nada de divertido: Dag não conhecia nada de botânica e estava morto de sede. Afinal, a freira da portaria voltou, toda esbaforida, e lhe anunciou que *pani problem*, a madre Marie-Dominique o esperava. Ele a seguiu por corredores frescos, ladrilhados de vermelho, sonhando com uma máquina de bebidas. Uma professora dava aula e vozinhas agudas lhe respondiam num tom arrastado.

A madre superiora estava sentada à sua mesa, um móvel de ipê com gavetas trabalhadas. Uma bela mulher de uns sessenta anos. Pele acobreada, olhos pretos e frios que pareciam dizer sem rodeios: "Desembuche, meu filho, tenho mais o que fazer!". Dag esperou que ela o mandasse sentar, e então começou:

"Sinto muito incomodá-la, mas fui enviado por uma de suas ex-alunas, Charlotte Dumas..."

"Dumas... Sei, estou vendo", interrompeu a freira devolvendo sua carteirinha de investigador.

Dag olhou seus lábios grossos entreabertos, que deixavam à mostra impecáveis dentes brancos, e teve a impressão de contemplar o interior de uma geladeira. Fez esforço para prosseguir:

"A senhorita Dumas me encarregou de encontrar o pai, quer dizer... o pai verdadeiro."

"E o que nós temos a ver com isso?", perguntou a madre cruzando calmamente as mãos.

Puxa vida! Por que as pessoas sempre criavam tanto caso para contar um pouco do que sabiam? Ele esboçou um sorriso.

"Bem, como ela foi educada aqui, pensei que talvez a senhora tivesse informações a me dar..."

"Para falar a verdade, senhor..."

"Leroy."

"Senhor Leroy, antes de nos deixar, Charlotte veio me pedir a ficha dela. Sempre fui de opinião que uma criança tem o direito de saber a verdade. Portanto, disse-lhe tudo o que eu sabia. Aí está, Charlotte Dumas."

25

Entregou-lhe uma ficha de cartolina.

"Eu sabia que o senhor viria. Charlotte me avisou. Uma aluna brilhante, Charlotte, mas muito teimosa, temperamento difícil, revoltada demais. Envenenada pelo rancor. Isso nunca termina bem."

Dag concordou, calado: sabia algo a respeito. Pegou a ficha e leu depressa:

DUMAS Charlotte:
— nasceu em 3 de janeiro de 1971 em Vieux-Fort, Sainte-Marie
— pai: desconhecido
— mãe: Lorraine Malevoy, Dumas de solteira, nascida em 8 de fevereiro de 1943 em Pau, Gironde; falecida em 4 de outubro de 1976 em Vieux-Fort, Sainte-Marie

Vieux-Fort. Os porcos pretos amarrados nos coqueiros. O cheiro de antúrios selvagens que cobriam a fachada da loja de tia Amélie...

— entrou no Lar da Sagrada Família em novembro de 1976
— saiu em janeiro de 1989

E mais nada. Ele olhou a madre Marie-Dominique, que parecia uma estátua da Paciência e da Boa Educação, e pigarreou:

"Tudo isso eu já sabia, a senhorita Dumas tinha me contado. Eu esperava encontrar alguma coisa mais substancial."

"Como o quê?"

"Como as circunstâncias exatas da morte de sua mãe, por exemplo. Ou o que se disse na época sobre o suposto pai. É raro que não haja fofocas nesse tipo de situação. Não sei se nesse momento a senhora já estava aqui..."

Ela lhe sorriu com um bom sorriso de mamãe que não quer ser tapeada.

"Não conte comigo para saber as fofocas. Nunca as escuto. Quanto ao suicídio da mãe, só sei o que me contou a assistente social da época, senhorita Martinet, se minhas lembranças são boas. Ignoro se ainda está viva."

"A senhora se lembra do nome dessa assistente social vinte anos depois? Por quê?"

"Talvez porque eu tenha memória boa para nomes, só por isso, rapazinho. Ou porque seu rosto é inesquecível. Ou então porque não conheço muitas coisas mais tristes do que uma garotinha que encontra a mãe enforcada numa viga da varanda num dia de chuva e se mantém agachada a seus pés até que alguém passe e a veja. Se quiser detalhes, entre em contato com Martinet, é tudo o que posso lhe dizer. Ela trabalhava para o Centro de Ação Social."

"Obrigado por sua ajuda", disse Dag levantando-se para ir embora.

Ela o encarou, com olhar de malícia.

"Não ficou contente, hein? Esperava que eu tirasse a foto dela de meu saco de segredos? Infelizmente, rapazinho, o pai de Charlotte não é o tipo de coelho que pula da cartola. Creio que o senhor ainda vai ter que se esforçar muito. Como se diz na minha terra, *Si ou haï moin, ou ka ba moin pagnien pou poté dleau.*"

Não se tira água do poço com um cesto: entendi, ele pensou.

"Obrigado pelo estímulo. Não se incomode, conheço o caminho."

Dag já estava com a mão na maçaneta quando ela acrescentou:

"Ele era chamado de Jimi. Foi Charlotte que me disse. A mãe dela falava sempre de Jimi. Boa viagem, senhor detetive."

"Passe bem, minha senhora", respondeu Dag, pelo prazer pueril de não ceder às regras de boa educação.

Fechou a porta balançando a cabeça. Mulherzinha desgraçada. Só lhe restava encontrar essa senhorita Martinet, assistente social em 1976. Destino: Centro de Ação Social e as amolações administrativas, isto é, setenta e cinco por cento de seu trabalho.

Jimi... Jimi. Naquela época, havia um monte de Jimi, assim como um monte de Bob. Os primeiros usavam um penteado afro de um metro de diâmetro e guitarras penduradas no pescoço, os segundos tinham tranças rastafári de um metro de comprimento e guitarras penduradas no pescoço. Todo mundo era chamado de Bob ou de Jimi. Era melhor do que Toussaint, Rodrigue ou Dagobert, numa época em que todas as moças deliravam ao escutar o álbum duplo de Woodstock. Então, encontrar um Jimi...

Dag suou uns bons quinze minutos dentro do táxi antes de chegar ao destino. Uma placa gravada em três línguas indicava o horário de abertura ao público. Ele tinha apenas que esperar o tempo de duas cervejas, um sanduíche e três cigarros, ao abrigo de um guarda-sol mais furado que uma peneira. O dono do pequeno *lolo* ouvia *zouk music*, das Pequenas Antilhas, cantarolando baixinho. A cerveja local, Diablesse, tinha um gosto amargo, e Dag a saboreou em pequenos goles, repensando na época agitada dos Jimi e dos Bob, nos baratos que duravam vários dias, cercados de minas a fim de descolar um baseado, que faziam os caras se acharem os mais importantes do universo.

Nas imensas praias de Sainte-Marie, ele também havia conhecido uma *metro*, como diziam os franceses ao se referir aos nascidos na metrópole. Mas não era rica nem casada. Era empregada doméstica e se chamava Françoise. Ele não quis lhe confessar que acabara de se alistar nos marines, na época isso pegava mal, então alegava que tinha que viver viajando. Françoise... Sentiu um arrepio que prenunciava uma bela fossa pelo passado e olhou o relógio. Salvo pelo gongo: era a hora. Destino: os escritórios climatizados.

Climatizados demais. Deveriam distribuir casacos na entrada. Dag teve a impressão de se cobrir lentamente de gelo enquanto a recepcionista, uma branca de pele vermelha como um camarão, fingia ouvi-lo, olhando-o com grandes olhos cinzas dóceis e indiferentes. Ele se debruçou sobre o balcão.

"Escute aqui, você não poderia chamar o chefe de seção? Isso nos faria ganhar tempo antes que eu vire um iceberg."

"O senhor Baker está ocupado."

"Ah! Não pode chamá-lo com esse seu troço aí?"

Ela se ajeitou na cadeira, meio encabulada.

"Não posso incomodá-lo."

Bem, ele devia estar tomando um café. Ou tinha ido ao banheiro, ou estava trepando com a secretária.

"A que horas posso vê-lo?"

"Tem que marcar hora."

"Exatamente. É isso que quer dizer 'a que horas posso vê-lo'."

"Tem que marcar hora."

Ai, que saco! Ele tinha topado com um exemplar perfeito da imbecil total. Estava dando tratos à bola para saber como sair desse impasse quando um sujeito gordão dentro de uma camisa apertada tão branca quanto suas bochechas entrou no hall com passos nervosos.

"Senhor Baker!", disse a moça com a expressão aliviada de um náufrago que avista um cargueiro.

"Quê? Estou com pressa!", arrotou o gordão, enxugando a testa.

"Esse homem aí quer marcar uma hora para vê-lo."

Baker percorreu Dag com um olhar que pretendia ser incisivo mas que mais parecia um olhar encharcado de rum.

"Qual é o problema?", resmungou.

"Investigações McGregor", Dag respondeu, exibindo prontamente sua carteirinha plastificada. "Preciso de algumas informações sobre uma de suas funcionárias."

"Agora?"

"Por que não? É rápido."

Visivelmente confortado por esse esclarecimento, Baker lhe fez sinal para acompanhá-lo e foi tropeçando até sua sala.

"...tre, McGregor."

Dag não tentou esclarecer o equívoco, era longo demais para ser explicado, e inútil. Baker afundou-se numa poltrona acostumada a sofrer e olhou Dag bem nos olhos antes de se inclinar e murmurar:

"Você não acha que esse arzinho está fraco demais?"

"No gênero criogenia talvez, mas para um simples congelamento está ótimo."

Baker digeriu por instantes essa acertada opinião e depois, pelo sim pelo não, balançou a cabeça.

"É, pois é... E aí? O que está investigando?"

"Estou à procura de uma senhorita Martinet, que trabalhou aqui em 1976."

"Ah, sei, sei. Vamos ver no arquivo."

Apertou uma tecla do seu fantástico telefone e lançou uma série de ordens quase sem gaguejar.

Dag olhou com admiração as filas de pastas suspensas e os armários metálicos.

"Que trabalheira, tudo isso!"

"É, pois é."

Baker ficou todo prosa.

"Nem imagina! A gente trata de mais de dois mil casos, só no distrito de Grand-Bourg, hein, porque Vieux-Fort é outra história."

"É mesmo?"

"É, não é a mesma coisa. Aqui é Grand-Bourg. Lá é Vieux-Fort, é, pois é."

Assustador. Dag já não sabia como convencer seus lábios a sorrir para esse hipopótamo embriagado, quando a secretária entrou. Mulata alta de cabelos curtos, ela lhe trouxe o alívio de ser uma pessoa normal.

"Bom dia. Aqui está a ficha da senhorita Martinet."

"Obrigado, Betty, obrigado. É, pois é... Mas me diga, tem procuração oficial?"

Ora essa!

"Não, só preciso de uma informação, não é nada oficial."

"Ah, sei, pois é, mas não sei se posso lhe dar o endereço e o telefone de uma de nossas funcionárias sem uma procuração oficial. Isso é privado, cavalheiro."

Dag balançou a cabeça.

"Preciso entrar em contato com a senhorita Martinet a respeito de um caso de família. Um sobrinho dela que vive nos Estados Unidos gostaria de encontrá-la e perdeu seu endereço."

Essa idéia lhe veio assim, sem mais nem menos: ele tinha um fraco pelas mentiras repentinas.

"Ah, sei, sei... O que acha, Betty?", perguntou o gordo sacudindo as bochechas.

Era óbvio que Betty pensava que aquilo estava demorando e que ela já estava com o pé doendo, empoleirada lá no alto de seus saltos de quinze centímetros.

"Não acho que a senhorita Martinet nos criticará por ter ajudado o sobrinho a encontrá-la."

"Sei, sei... Escute aqui, senhor McGregor, veja isso com a Betty. Tenho uma reunião, preciso ir embora."

Reunião com sua próstata em ruína, Dag diagnosticou, enquanto Baker se afastava, trôpego. Ele se virou para Betty e lhe sorriu.

"Bem, pode-se ver essa ficha?"

"O senhor é da polícia?"

"Investigações McGregor", ele suspirou tirando sua carteirinha mais uma vez.

"Isso aí é fajuto. E o que é que o senhor quer com essa pobre Martinet?"

"Já lhe disse."

Ela deu um risinho cético e fixou seus lindos olhos cor de avelã nos olhos pretos de Dag.

31

"Tudo bem. Éloïse Martinet, solteira, nascida em 1915 na Dominica. Aposentada desde 1985. Mora em Saintes, Terre-de-Haut. Avenida de Caye Plate, 115. Espero que o senhor não seja um estuprador de velhas."

"Tenho cara?"

Ela sorriu:

"Francamente, não se sabe muito bem que cara o senhor tem."

Ele meditou sobre essas palavras enquanto descia os degraus que levavam ao forno da rua. Quando chegou lá fora, instalou-se habilmente sob uma árvore para esperar um táxi, e continuou a refletir. Sempre imaginou que fosse do tipo bonitão, um quarentão bem-apanhado, sem nenhum cabelo branco, botas praticamente impecáveis, com um toque de imperador etíope no rosto, e eis que essa inocente criatura colocava tudo isso em dúvida. A imagem que ele tinha de si mesmo era real? Diante dessa angustiante pergunta, resolveu ir a pé até a praça central, onde talvez conseguisse pegar um táxi.

E vamos lá, marchar!, com a mochila batendo nas costas, como na linda época dos Jimi. A impressão de que alguém o seguia o fez virar-se diversas vezes, mas Dag não viu nada de especial. Paranóia profissional, concluiu apressando o passo.

Mais um calhambeque sacolejante, mais turistas pimentões e suados, mais um pequeno aeroporto onde se assava como numa caldeira. As Saintes. Um minúsculo arquipélago a duzentos e quarenta quilômetros de Saint-Martin. Terre-de-Haut, seis quilômetros de comprimento por três de largura, uma única estrada transitável, quase nenhum carro.

Como todo mundo, ele se dirigiu, enxugando a testa, ao sujeito que alugava *scooters*. Quinze minutos depois, freava diante de uma casinha de alvenaria. Cercada de hibiscos, era pintada de azul e rosa — paredes azuis, janelas rosas —; um velho Peugeot 404 retocado de zarcão estava estacionado na beira da estrada. Éloïse Martinet não parecia fã do *Auto-Journal*. Dag estacionou a *scooter* debaixo de uma palmeira e foi bater à porta descascada.

Ninguém respondeu. Ele deu a volta na casa, mas as cortinas estavam puxadas. Bateu de novo. Éloïse Martinet era bem velha. Eram quase sete horas, caíra a noite, Éloïse não devia estar muito longe, sobretudo se não tinha saído de carro. Ele deu uma olhada nas redondezas: a duzentos metros, à direita, um casebre caindo aos pedaços, coberto de primaveras, toda a família instalada diante da porta jogando cartas; à esquerda, uma casa de madeira, janelas fechadas, quase toda coberta pela vegetação. Só lhe restava esperar. Encostou-se na porta e quase se estatelou quando ela se escancarou com seu peso.

Mas não foi Éloïse Martinet que a tinha aberto. Não havia ninguém. Dag esticou a mão, tateando, para encontrar o interruptor. Acendeu a luz, que iluminou uma sala grande onde se amontoavam móveis de vime, um sofá florido, estantes abarrotadas de bibelôs, uma mesinha de centro com uma bandeja, um vaso onde floria um ramo de hibiscos de um amarelo vistoso, fotos emolduradas nas paredes, o pôster de um anúncio de pasta de dente com um bonitão bronzeado fazendo esqui aquático, mas nada de Éloïse Martinet.

Depois, Dag a viu. Estava deitada no chão, atrás do sofá, e seus pés em sandálias brancas batiam no soalho espasmodicamente. Ele deu um pulo até ali. Era uma mulherzinha frágil, de cabelos grisalhos. Ela o fitou com olhos já vidrados e murmurou:

"Comprimidos..."

Ele seguiu a direção indicada por seu olhar, pegou um vidro de comprimidos numa prateleira, abriu-o, nervoso. Seus dedos suavam, a velha tremia como vara-verde. Conseguiu pegar dois comprimidos e enfiou-os na boca de Éloïse Martinet. Ela piscou, como para agradecer, depois se retesou e caiu de novo no chão, com os olhos azuis arregalados.

Tarde demais. Ele olhou atônito sua boca entreaberta e a dentadura amarelada, as pupilas fixas, os cabelos grisalhos finos que se mexiam com a brisa. Levantou-a com cuidado, tentou sentir seu pulso. Nada. Estava morta, sem a menor dúvida.

Que azar o seu. Nem uma gota de sangue, nem uma ferida, uma crise cardíaca justo em seus braços. Ela deve tê-lo ouvido bater, esperado algum socorro, e ele, como um idiota, foi dar a volta na casa e ficou ali matando tempo. Merda. Por questão de minutos ela não teria morrido. Talvez fosse idiotice, mas ele se sentia responsável.

Levantou-se, furioso consigo mesmo e com a vida. Sentia uma necessidade tremenda de um traguinho. Era duro vê-la morrer assim, em seus braços, mesmo sem conhecê-la. Viu umas garrafas guardadas num móvel baixo e se agachou. Rum, claro, e mais rum, ele não agüentava mais esse rum desgraçado, e, ah!, uma garrafa de xerez. Abriu-a e se preparava para dar um boa talagada quando uma buzina rasgou o silêncio, tão perto que ele levou susto. Uma quantidade copiosa de xerez inundou sua camisa. O carro que buzinara prosseguiu seu caminho roncando, acompanhado de vozes de jovens que uivavam aos brados. Dag descobriu à sua direita a minúscula cozinha e abriu a torneira de água quente para se limpar.

Foi ao fechá-la que percebeu os dois copos. Sujos. Cheirou-os. Ali dentro houvera rum artesanal. Do bom. Um dos copos estava manchado de batom rosa-claro, o outro não. Dag voltou a examinar o cadáver. Os lábios de Éloïse Martinet exibiam um rosa discreto. Ela bebera num desses copos e alguém bebera no outro. Uma amiga? Um amigo? Um amante? Dag deu de ombros: o que é que ele tinha a ver com isso? Éloïse tinha o direito de receber quem quisesse. Mais uma vez ele reagia como um tira. Falando neles, já era hora de chamá-los. Mas antes era melhor fazer a discreta revista habitual. Nunca se sabia.

Começou olhando as fotos emolduradas, e a identificou imediatamente: reconheciam-se seus olhos claros e seu rosto pontudo, aos trinta, quarenta, cinqüenta anos, muitas vezes cercada por um monte de crianças. Demorou-se nas fotos mais antigas, examinando as crianças; não se decepcionou: Charlotte estava lá, agarrada na saia da senhorita Martinet, toda tímida, com os cabelos compridos presos em tranças, os olhos verdes e o ar felino. E depois? Afastando-se das fotos, percebeu que havia, no fundo da sala, uma escrivaninha com gavetas. Rodeou o cadáver com muita cautela e se aproximou do móvel. Nada em cima, a não ser um pote de vidro com canetas e uma revista de palavras cruzadas, nível cinco. Nas gavetas, pastas de cartolina meticulosamente arrumadas e marcadas com grandes letras de imprensa: "Contas de luz", "Contas de Água", "Impostos", "Aposentadoria", "Pessoal".

Avidamente, pegou a "Pessoal".

Eram cartas. Abertas, desamassadas e arrumadas por ordem cronológica. Notícias da família na França metropolitana, cartas de amigas etc. Precisaria de horas para examinar tudo; contentou-se, pois, em folheá-las, olhando rapidamente as assinaturas, quando uma delas chamou sua atenção: não estava assinada. Era uma folha de caderno quadriculado com algumas palavras riscadas por mãos inábeis: "Ela não se suicidou. Foi o diabo que a matou. Não diga a ninguém, ou ele matará a menina". Sem data. Letra quase ilegível, trêmula, de alcoólatra.

Éloïse Martinet a guardara entre as cartas de setembro a dezembro de 1976. Portanto, deve tê-la recebido depois da morte de Lorraine Dumas. Sim, essa carta referia-se necessariamente a Lorraine. O ronco de um motor o tirou de suas reflexões. Valia mesmo a pena ficar ali exposto, dando sopa? Afinal de contas, pelo que era capaz de perceber, Éloïse Martinet morrera de um ataque cardíaco e ele não podia mais ajudá-la. Dobrou a carta, meteu-a no bolso da calça, despediu-se do cadáver com um gesto de cabeça, pulou o peitoril da janela, esgueirou-se na escuridão sem um ruído e voltou para a estrada. Centenas de siris *touloulou* haviam começado seu passeio noturno pelo asfalto e ele sentia as carapaças quebrarem sob seus sapatos. Nojento. E, naturalmente, o farol da *scooter* não funcionava.

Andou devagar até o centro da cidade ao longo da estrada bordejada de alamandas, meteu-se num pequeno restaurante decorado de bambus e pediu uma cerveja e um *colombo*, sempre mergulhado em suas reflexões.

Quer dizer que alguém pensava que Lorraine não tinha se suicidado, que fora assassinada? Delírio de vizinho alcoólatra? Agora quem poderia lhe dizer? Éloïse Martinet morrera numa hora muito inoportuna. Do jeito que estavam as coisas, só lhe restava voltar para Philipsburg e anunciar a Lester que dera com os burros n'água e que devolvesse o dinheiro a Charlotte. Antes, falar com ela para saber o que queria que ele fizesse? Remexeu na carteira velha e tirou o pedacinho de papel amassado no qual anotara o número da senhorita Dumas. Eram nove horas. Talvez ela estivesse em casa. Cúmulo da sorte, ele tinha trazido o celular. Mas, cúmulo do azar, percebeu depois que o sinal "bateria fraca" estava piscando freneticamente. E de repente teve absoluta certeza de ter deixado o carregador no escritório.

"Alô?"

Um cara. Voz seca.

"Queria falar com Charlotte Dumas, por favor."

"Quien vai falar?"

Sotaque latino.

"Dag Leroy, é urgente. Meu telefone está quase sem bateria e..."

Cochichos do outro lado da linha. Pisca-pisca acelerado da luz da bateria.

"Alô, Leroy?"

Charlotte. Ele atropelou as fórmulas de cortesia.

"Estou nas Saintes. Depois explico. Escute aqui, parece que a pista furou. Posso continuar, mas não tenho muita esperança. Queria saber a sua opinião."

No fundo, a voz de homem:

"Mas ele é el rey de quê? El rey dos imbecis?"

"Cale a boca. Está me ouvindo, superdetetive?"

"Vai cair a linha..."

"Faço questão de encontrá-lo, é importante para mim, está entendendo?"

"É sim ou não?"

"Vá em frente. Mais quatro dias. E nenhum a mais. Não tenho grana..."

Caiu.

Dag guardou o telefone, agora inútil, na mochila. Quatro dias. Para fazer o quê? Voltou para terminar o seu *colombo*, pouquíssimo apimentado e frio. Realmente, a simpática Charlotte mantinha com Vasco Paquirri relações muito mais íntimas do que dera a entender. Mas e daí? Isso não mudava em nada o fato de que Éloïse Martinet tinha morrido e de que ele estava caindo de sono. Melhor procurar um hotel e ver se a noite seria boa conselheira.

Charlotte desligou, com uma expressão indecifrável no rosto. O homem atrás dela deu de ombros.

"No adianta nada, estás perdendo tempo, nena!"

"A grana é minha, faço o que quiser."

Vasco Paquirri levantou os olhos. Essa mulata era doida varrida! Torrar toda a sua grana para encontrar um cara que só tinha dado uma trepadinha rápida com sua mãe! Como se ele, Vasco, soubesse quem era seu pai... Deslocou seus noventa e cinco quilos de músculos dourados até a penteadeira que adornava um canto do amplo camarote forrado de mogno e sentou-se no pequeno pufe de cetim creme. Imóvel perto da cama grande coberta com uma colcha do mesmo cetim creme, Charlotte roía as unhas, nervosa. A água batia indolente no casco branco, no *Grand Banks 58*.

"Você te queda aí se roendo, se roendo, e não cambia nada!"

"Você não pode entender. Você não passa de um bandido de merda que não dá bola pra nada. Sua mãe era uma puta, portanto, evidentemente..."

Vasco deu um sorriso luminoso olhando-se no espelho antes de responder em espanhol:

"Não tente me enfurecer, esta noite não estou com a menor vontade."

Pegou uma escova, começou a escovar os grossos cabelos negros que lhe caíam até abaixo da cintura, admirando de passagem o jogo de sua musculatura, o bronzeado de sua pele lustrosa e seu lindo rosto de dignitário asteca.

"Filho da puta! Você nem sabe o que quer dizer se enfurecer. Você não é homem, não passa de um pilantra, de um broxa!"

Charlotte tinha se aproximado dele e o olhava de alto a baixo, com desprezo.

Ele se levantou, com a escova na mão.

"Você está me provocando, Charlotte, está me provocando!"

"Ande, vai, imbecil, vai! Mexa-se, seu saco de carne!"

Ela o empurrou violentamente. Ele não se mexeu um centímetro e, sem abandonar o sorriso tranqüilo, bateu-lhe violentamente no rosto com a escova. Ela caiu de costas na cama, seu penhoar de seda branca deixou as coxas à mostra. Ele avançou sobre ela, sempre sorrindo.

"*Vete al infierno!* Seu vagabundo! Eu tenho uma sessão de fotos amanhã. Olhe só! Por sua causa vou ficar desfigurada!", Charlotte lhe atirou na cara, levando a mão ao enorme hematoma roxo que começava a se formar entre o olho e a têmpora.

Balançando devagar a escova, Vasco se aproximou e jogou-a na cama de novo, com a outra mão. Levantou seu penhoar, deixando a bunda empinada de Charlotte à mostra, debruçou-se sobre ela, passou as cerdas duras da escova em sua pele delicada e cochichou em seu ouvido:

"Quanto?"

"Cinqüenta no mínimo...", murmurou Charlotte, com o rosto enfiado nos lençóis.

Vasco se endireitou, jogou para trás a vasta cabeleira que o atrapalhava, levantou o braço e começou a bater.

3

Dag acordou assustado. Em seu sonho, aparecera Éloïse Martinet. Seu rosto morto lhe sorria, seus olhos vazados o fixavam sem vê-lo e sua mão enrugada acariciava suavemente seus cabelos crespos puxando-os pela raiz, sem muita força, só como advertência. E sua voz, tão doce e cheia de infinita piedade, dizia: "Como você é bobo, meu pobre Dagobert...". Ele se debateu para escapar da carícia.

O ventilador girava no teto, fazendo um chiado. A noite estava escura mas ele sabia perfeitamente onde se encontrava: no hotel de l'Arbre à Pain, perto da praia. Ouvia as ondas quebrando na areia. Não estava com vontade de acender a luz. Tateando, procurou o maço de cigarros e quase derrubou o copo de água que colocara sobre a mesa-de-cabeceira. Por que diabos a senhorita Martinet quisera lhe fazer uma visita noturna? Vê-la morrer em seus braços o abalara mais do que ele imaginara. No entanto, estava habituado à morte. Esmagando o cigarro pela metade, resolveu tornar a dormir. O lençol lhe parecia úmido e pesado, e ele o jogou longe; virou-se e ficou rolando na cama, mas acabou pegando no sono, de madrugada.

Acordou às nove horas. Cabeça pesada, olhos inchados, bocejos de deslocar o maxilar. Engoliu o café na varanda do quarto. Estava quebrado, parecia que tinha acabado de levar uma surra. Lester ficaria feliz ao ver a nota de despesas. A quinhentos francos por noite, ele ia ficar louco para Dag voltar. Moças de fio dental brincavam na praia diante dos olhares sonsos de dois garis. Ao vê-las fazendo tanta farra, Dag sentiu-se velho. Um dos garis, um grandalhão de short, foi andando até as moças, que começaram a rir enquanto o sujeito ia lhes passando a cantada.

Ele se viu abordando Helen na praia de Saint Kitts. O mesmo sorriso conquistador, o mesmo peito estufado. Ela cuidava do clube náutico do complexo hoteleiro. Ele alugava uma prancha todos os dias e fazia as manobras mais radicais, como um garoto doido para se mostrar e impressionar a namorada. Numa tarde, ela lhe dissera: "Escute aqui, por que você não me convida para jantar? Assim sossegaria um pouco".

Quando ela entrou no restaurante do hotel, grande estátua loura dentro de um sarongue prateado, Dag se sentiu obrigado a mandar de volta a cerveja local e pedir um champanhe californiano. Fazia quanto tempo que não se viam? Dois meses? Um verdadeiro fiasco. Dois anos de brigas, de encontros complicados, de contas de telefone astronômicas. Líquido e certo que ela estava com outro. Com o lindo diretor branquinho do lindo hotel branquinho. Dag deu um suspiro, procurando o maço de Camel sem filtro.

"Como você é bobo, meu pobre Dagobert..." Merda, por que aquela velha coroca tinha vindo mexer com ele em pleno sonho? Ela lhe lembrava sua professora de ginásio, a senhorita Rose Toussaint, que era negra mas tinha a mesma voz e o mesmo olhar cheio de compaixão quando se dirigia a ele, com cara de "Pobrezinho, não é culpa sua". Dag se sacudiu: mas o que estava lhe dando, aos quarenta e cinco anos, para sonhar com a antiga professora encarnada nas feições de uma mulher que ele só vira uns poucos instantes? Resolveu ir para o chuveiro gelado: uma receita de romance policial americano. De fato, era um horror, ele sentia arrepios por todo o corpo, mas tinha de admitir que era eficaz. Lembrara-se de trazer um adaptador para o barbeador elétrico? Sim. Mais um ponto a seu favor. Depois de muito bem escanhoado, foi um Dagobert novo em folha que tratou de vestir jeans e camiseta cinza, admirando-se no espelho. Realmente bem-apanhado o cara, musculoso, nenhum grama de gordura... Não, falando sério, ele podia se sentir feliz consigo mesmo. Pena que Helen não fosse da mesma opinião.

Chegando à rua, resolveu dar um pulo a Grand-Bourg, aos arquivos do jornal local. Ali, pelo menos, conseguiria os detalhes sobre o drama que tinha ocorrido vinte anos antes. Mais uma vez foi arrastando sua sacola até o aeroporto de Terre-de-Haut. Já estava ficando monótono, e os guardas alfandegários iam começar a ficar desconfiados.

Vinte e cinco minutos de vôo num calhambeque superquente. Para matar o tempo, folheou a revista turística à disposição dos passageiros. "Caribe... Pequenas ilhas onde costuma pairar um clima de mistério e aventura." Acertou em cheio. Mistério e aventura, e no papel de mocinho desse filme imaginário, ele, o incomparável Dagobert. "Mosaico de povos, encruzilhada de civilizações." Mais uma vez, certíssimo. Ele mesmo não era um patchwork humano, de ascendência caribenha, africana, normanda, com uma gota de sangue chinês graças a sua trisavó materna, que, mal foi alforriada, juntou os trapos com um dos imigrantes recém-chegados de Cantão? Obrigado, ó folheto turístico tão sensato! Quando as coisas eram explicadas assim, pareciam tão simples que a gente ficava matutando por que às vezes eram tão difíceis de ser vividas.

Grand-Bourg não tinha mudado desde a véspera. Ele foi à sede do jornal e desceu até os arquivos, onde uma secretária muito eficiente lhe indicou a seção que o interessava. Acostumado com esse tipo de pesquisa, Dag desfilou depressa os microfilmes no projetor. Setembro, outubro, dia cinco, estava na quinta página, notícias locais de Vieux-Fort, enquanto a manchete destacava a demissão do ministro do Trabalho. *Suicídio em Grand-Mare. Uma jovem é encontrada enforcada na varanda de sua casa.*

Olhou a foto que ilustrava o artigo. Uma foto preto-e-branca ruim, bastante tremida, na qual uma mulher branca inchada apertava uma garotinha contra o peito. A mulher lhe parecia vagamente familiar, talvez porque lembrasse Charlotte. Não sorria, mas fixava um ponto ao longe. Ele concentrou sua atenção no texto: *A vítima, Lorraine Dumas-Malevoy, sofria de depressão. Vivia sozinha com a filha Charlotte, de cinco anos, na avenida de Grand-Mare, 45. Foi a menina que descobriu o corpo da mãe, de manhãzinha, e ficou agachada a seus pés até chegar um vizinho, o sr. Loiseau, 65 anos, pescador aposentado, ele mesmo morador do número 43.*

Seguia-se uma entrevista com o dito Loiseau: *"Fui eu que a encontrei. Ela estava enforcada, ali, o rosto todo roxo, a língua para fora, e a menina estava no chão, não chorava, nada, olhava a mãe girando presa à corda. Fiquei preocupado porque em geral eu as via passar para irem à escolinha. Mesmo bêbada como uma gambá, ela não teria esquecido de levar a menina. Fazia questão. Era uma mulher corajosa, um pouco chegada à bebida, mas mesmo assim uma boa mãe, sabe. Não teve vida fácil, o marido a expulsou por causa da menina... E então pensei que talvez ela estivesse doente, vá saber, e fui lá ver..." O testemunho do sr. Loiseau foi confirmado por outras pessoas da vizinhança. Parece que, mais uma vez, estamos diante de um drama do alcoolismo, praga de nossa linda ilha.*

O próximo número do jornal anunciava o enterro, previsto para o dia seguinte, e esclarecia que, tendo em vista a ausência de familiares próximos, Charlotte fora entregue aos cuidados da senhorita Éloïse Martinet, assistente social.

Dois dias depois, uma foto do enterro com a legenda: *Uma garotinha privada da mãe e que gostaria de encontrar o pai.* Pelo visto, o pai não foi sensível ao apelo. Segundo o jornal, Éloïse Martinet ia levar a criança para o educandário Lar da Sagrada Família, onde cuidariam dela até a maioridade. Dag olhou bem de perto a foto do enterro. Viam-se Éloïse

Martinet de vestido cinza segurando a pequena Charlotte pela mão, um homem de cabelo grisalho, apertado dentro de um terno escuro, com certeza Loiseau; umas mulheres gordas endomingadas e o padre, homenzinho de uns quarenta anos, celebrando a missa: o padre Honoré Léger. Nenhum branco, a não ser Martinet. Lorraine Dumas realmente fora rejeitada por sua comunidade. E tudo isso por causa de Charlotte, que já era muito bonitinha nessa idade. Uma vida jogada fora por causa de um marido chifrudo e de uma cor de pele, praguejou Dag. Se Lorraine tivesse trepado com um branco, poderia ter enganado o outro tanto quanto quisesse. Ele iria engolir que a menina era dele e Charlotte teria freqüentado os melhores colégios e hoje seria dona de uma pequena fortuna. Em vez disso, um barraco de folha de zinco, um enterro e o orfanato.

Ele folheou depressa os jornais seguintes. Mais nada. Pegou sua cadernetinha e anotou "John Loiseau", caso o velho pescador ainda estivesse vivo. Acrescentou "padre Honoré Léger". O padre devia estar com uns sessenta anos. Dag tentou se lembrar das missas a que assistia com sua tia. Não, o vigário da época era muito mais gordo.

Por desencargo de consciência, verificou em seguida o ano de 1987, quando o dito Malevoy batera as botas. Ali estava ele, no "Obituário": Christopher Malevoy, cavaleiro da Ordem do Mérito, ex-assessor do Ministério das Comunicações, ex-administrador da Générale Sucrière, *bem conhecido na região, onde presidia diversas sociedades beneficentes* — e o orfanato onde Charlotte estava enterrada? — *unanimemente pranteado.* Pois sim! Bastava ver sua foto: olhos translúcidos, raros cabelos grisalhos puxados para o alto da cabeça, rosto severo e sem pêlos, magro, maxilares apertados, tipo pastor vegetariano. Estava na cara que ele não titubeara em repudiar Lorraine. *Faleceu aos 74 anos.* Portanto, tinha pelo menos vinte a mais que a ex-mulher. Causa mortis: ataque cardíaco. Um ataque de riso excessivo, talvez.

44

Ele desligou o projetor, agradeceu à eficiente secretária e subiu numa "bomba" que estava saindo para Vieux-Fort. O pequeno ônibus que servia de táxi coletivo fez o trajeto num tempo recorde, sem que o motorista jamais tirasse a mão da buzina. Dag desceu do ônibus com alívio e, depois de tirar cara ou coroa para saber se iria ver primeiro Loiseau ou o padre, viu-se num táxi a caminho do número 43 da avenida de Grand-Mare. Tinha a impressão de participar de um estúpido jogo de salão. Sempre se imagina que os detetives particulares levam uma vida boa entre dois crimes e três garrafas de uísque. A verdade é que suam a camisa o dia inteiro em fastidiosas idas e vindas, para montar minúsculos pedaços de vidas anônimas e desinteressantes.

O táxi cruzava Vieux-Fort, e de repente Dag teve a impressão de ter recuado no tempo. Nada havia mudado. As cores vivas das casas, o azul-turquesa do mar, os homens de camisa branca fumando, apoiados nas tábuas desconjuntadas das lojas fechadas. O táxi pegou a rua principal, e Dag de repente se contorceu no assento. Ali, no 18, a loja pintada de verde. Era a loja de suvenires de sua tia. Deu tempo de ver a vitrine cheia de aparelhos fotográficos descartáveis, guias turísticos e conchas gigantescas, antes que o táxi pegasse uma transversal. Aparentemente, os sucessores de tia Amélie não tinham mudado de ramo. Toda a cidade parecia vítima de um feitiço, e Dag achou até que havia reconhecido uma das velhas que vendiam melancias na feira. Mas que nada, era impossível: ela teria mais de cem anos.

Parar, pagar, descer. Loiseau morava numa típica casa de pescador, com cestos em preparação no jardim, redes penduradas no telhado e uma mistura de telhas de zinco, madeira e cimento que dava a impressão de a casa estar meio cambaia. Dag deu a volta numa imponente bananeira e bateu à porta.

"Não tem ninguém", disse uma voz às suas costas.

Ele se virou. Havia um velhinho sentado num barco furado, à sombra de uma grande mangueira, com um cigarro grudado no canto dos lábios, os olhos no vazio.

"Estou procurando o senhor Loiseau."

"Sou eu", ele respondeu sem virar a cabeça.

"Mas acabou de dizer que não tinha ninguém em casa."

"Não tem ninguém lá dentro, já que estou aqui fora."

Um engraçadinho. Dag lhe sorriu amavelmente.

"Claro. Bom dia. Apresento-me: Dag Leroy. Sou amigo de Charlotte Dumas."

"Não conheço. Ela mora por aqui?"

"Charlotte Dumas, a filha de Lorraine Dumas, uma branca que vivia aqui em 1976. Lembra-se dela?"

O velho cuspiu no chão antes de responder:

"A branca? A mulher branca que vivia aqui em 1976?"

"É."

"Não, não me lembro."

Dag sentiu uma vontade furiosa de pôr os dedos no pescoço enrugado do velho e dar um bom apertão. Obviamente, John Loiseau estava gozando da sua cara. Ele articulou, com todo cuidado:

"Foi o senhor que a encontrou, enforcada na varanda."

"Ah, aquela! É. Ficou um bocado feia. Toda roxa, com a língua saindo, e a menina, sentada ali, ah, não tinha nada de bonito, não... O Senhor deu, o Senhor toma..."

Dag o interrompeu depressa:

"Sou amigo da filha dela, Charlotte. Ela queria conhecer as suas lembranças sobre a mãe. Se tinha amigos que vinham vê-la, se o senhor ouviu falar do pai..."

"Do pai da mulher branca?"

"Não, do pai da menina", ele respondeu pacientemente. "O homem que teve um caso com Lorraine."

"Alsace-Lorraine. Estive lá, na guerra, na Alsácia-Lorena. Fazia frio. Deus vomitou as moleiras."

Bem, bem, bem... O velho estava gagá. Uma visita à-toa. Dag resolveu lhe dedicar mais cinco minutos e desistir.

"Sabe por que ela se enforcou?"
"A mulher branca?"
"É."
"Ela não se enforcou. Foi o diabo que a enforcou!"
O diabo! Com toda certeza era ele que tinha escrito a carta para Éloïse Martinet. Delírio alcoólico-místico.
"O marido dela a expulsou de casa porque ela tinha mau-olhado", continuou Loiseau, fazendo o sinal-da-cruz. "Foi por isso que morreu. Porque freqüentava umas pessoas esquisitas. Gente ruim. Os espíritos pegaram a alma dela. O Senhor disse..."
"Ela saía com um homem em particular?", Dag o interrompeu.
"Tinha um monte de homens. Eram eles que pagavam o rum. Não tinham nojo daquela pele branca, nem um pouco, arrastavam-na para dentro e pimba! E eu sabia que isso não era bom, que ela ia ter problemas. Afasta-te do pecado e da tentação..."
Cada vez melhor: Lorraine dava passes em troca de garrafas de aguardente. Charlotte ficaria exultante ao saber. Dag continuou:
"Mas o homem que tinha feito a menina, o primeiro, o senhor o conhecia? Sabe alguma coisa sobre ele?"
"O homem? O primeiro? O primeiro pecador? Aquele que a afastou do marido? Não, sobre esse não sei nada. Ele não era daqui. Nunca veio vê-la. Era ruim. Jogou seu sêmen aos quatro ventos e desapareceu. E o bode chegou, o bode de pés fendidos..."
Melhor parar por aí.
"Muito obrigado, senhor Loiseau, por ter sido tão útil. O senhor se dava bem com ela, a mulher que se enforcou?"
"Dava, sim. Uma moça gentil. E a menina era muito bonitinha, toda lambuzada de geléia... Eu dizia à mãe para beber menos. Ficava tomando conta da menina, mostrava-lhe como limpar os peixes... Que pena! O Senhor deu, o Senhor tomou..."

Se o Senhor pudesse vir tomá-lo agora mesmo!, Dag pensou, maldosamente.

"Mais uma vez obrigado, e até logo."

"Já está indo?"

"Tenho que pegar o avião."

"Não, o barco."

"Como?"

"Barco é melhor. Avião é ruim: fura o céu. Barco é melhor: acaricia o mar."

"Tem razão. Até logo."

Dag se dirigia para a estrada a passos largos quando a voz do velho o fez parar de repente:

"Ele se chamava Jimi, o homem, era daqui. Tinha um sinal. O sinal do diabo, como ela dizia. Mas não lembro mais o quê. Acho que eram os pés fendidos."

Alarme falso. Dag deu de ombros, deixando-o falar besteira em voz baixa.

O número 45 ficava uns cinqüenta metros mais abaixo. Dois algarismos meio apagados, pintados de azul na entrada. O barraco minúsculo permanecera tal qual devia ter sido vinte anos antes. De madeira marrom, desconjuntado, com uma varanda de tábuas capengas, apoiadas em pilastras outrora verdes. As janelas tinham sido arrancadas. Um carrinho de bebê enferrujava num canto. Ninguém quis ir morar numa casa marcada por morte violenta. Era triste à beça ver aquele pequeno barraco em ruínas invadido pelo mato. Dag imaginou Lorraine Dumas girando devagar, pendurada na viga, e os grandes olhos de Charlotte fixos nos pés inchados da mãe... Horrível. Deu a volta na casa. Atrás era mato. Pisou a terra esponjosa até a janela de vidraças quebradas, que lhe revelou uma sala empoeirada e vazia. Sem perceber, começou a cantarolar a melodia nostálgica de *Boulevard of broken dreams,* de Nat King Cole. O bulevar dos sonhos desfeitos.

Saiu dessa contemplação morosa. Ainda precisava ver o padre Léger. Virou-se e ficou imóvel: dois homens o observavam. Um baixo e magro de cabelos grisalhos, com a fuça bicuda toda cheia de pintas, e um moreno altão com jeito de primeiro-bailarino, as faces marcadas por largas cicatrizes em cruz, cabelos compridos grisalhos presos num coque de toureiro. O branquinho suava em bicas dentro de um terno bege de mangas compridas demais e mascava uma folha de abacateiro com cara de espertalhão. O moreno alto, jogando graciosamente o peso do corpo sobre uma perna, usava uma calça azul-clara de tergal e uma camiseta que revelava músculos definidos. O baixinho lembrava uma versão avariada de Peter Pan, o alto tinha a cara simpática do barão Samedi, e o aviso "chateações à vista" piscava sobre suas cabeças. Dag esboçou um gesto para pegar a cartucheira mas se lembrou de que não estava com ela. Sua arma estava na mochila, e a mochila, às suas costas. Nada prático.

Peter Pan abriu a boca, mostrando uns dentes estragados e sujos, e deu uma escarrada amarela. Depois subiu a calça na cintura, sorrindo para Dag.

"*Goedemorgen motherfucker, hoe gaat het?*",* disse numa mistura de holandês e inglês.

"Bom dia, filho da puta." Gênero fino. Dag os encarou com frieza.

"*Ik heb haast.*"**

"Você é tão bonito, deu vontade de olhar você mais de perto", engatou Peter Pan em holandês.

"*What's wrong? Do you like to suck?*",*** Dag retrucou, com o olhar fixo nas mãos deles, enquanto pensava que

(*) Bom dia, filho da puta, tudo bem?
(**) Estou com pressa.
(***) Qual é o problema? Quer chupar?

essas discussões em ambiente internacional eram sempre delicadas.

O cara ficou vermelho como um pimentão, e, como por milagre, surgiu uma lâmina na ponta dos dedos dele. Um Applegate Folder de combate.

"Você é muito engraçadinho. Vou talhar um sorriso no seu rosto que você nunca mais vai perder", disse o artista-açougueiro, que parecia um tarado absolutamente decidido a usar seu instrumento.

Dag deu uma olhadela para o altão das cicatrizes, que estava estalando os dedos compridos cheios de escoriações mal tratadas. Essas mãos deviam ter sido usadas num saco de pancada humano pouco tempo antes. Dag respirou fundo, concentrando sua energia no plexo solar, encontrando a mesma mistura de ansiedade e excitação que sentia no ringue pouco antes que o juiz anunciasse o início da luta.

Peter Pan avançou para cima dele, com a faca levantada para o alto. Dag não tirava os olhos dela. Esse maluco era capaz de lhe furar as tripas.

"Frankie Voort lhe manda um abraço", soltou de repente o homem, projetando o braço direito para o abdômen de Dag.

Tenso como um cabo de vassoura, Dag se esquivou por um triz, mas o aço morno o roçou, cortando sua camisa e entrando em sua carne: queimava e era extremamente gelado. De canto de olho ele percebeu o outro sujeito que se preparava para agarrá-lo pela cintura, e atirou-lhe a mochila bem no meio da cara.

O altão da cicatriz titubeou, e Dag, enquanto o espancava de novo com a mochila já sem o peso da automática, saltou do chão e meteu o pé esquerdo — a ponta primeiro — na deplorável figura de Peter Pan. Às vezes as chapas de metal das solas de sapato tinham utilidade. A biqueira reforçada de sua bota esmagou o nariz do cara com um estalo seco. Fratura do septo nasal, Dag prognosticou, e, de quebra, deu-lhe no mesmo instante um segundo chute entre as coxas, levantando-o do chão. Sob o choque, Peter Pan soltou um gritinho e desabou, segurando com as duas mãos o orgulho de sua vida, e ali ficou, de lábios arrebentados, nariz esmigalhado, gemendo.

Sem fôlego, Dag se virou depressa, mas só teve tempo de perceber um imenso punho esfolado que o jogou no chão, ofegante, com a impressão de que um obus acabava de explodir em seu estômago. Tentou rolar na terra para escapar dos pontapés implacáveis que o altão da cicatriz lhe tascava. Um direto bem dado fez a bílis subir à sua boca. Um golpe com o salto do sapato lhe deu a impressão de que sua rótula tinha estilhaçado. Aquele filho-da-mãe era um *hand-killer*, assassino de mãos nuas, decidido a espancá-lo até que ele morresse.

Em posição fetal, com a boca cheia de baba e capim, Dag sentiu seu crânio vibrar sob um impacto particularmente violento. A dor percorreu todo o seu corpo, fazendo-o tremer, como se fosse uma corrente elétrica, e despertando o eco das vociferações de seu instrutor de sobrevivência: "Jamais deixar o inimigo assediá-lo. Você não é uma fortaleza filha-da-puta num filme debilóide filho-da-puta. Ataque! Se não atacar, você é um soldado filho-da-puta morto". Ou, como o coronel Applegate lhe dissera mais sucintamente: "Kill or get killed".

Levantar um pouco. Curvar-se para se proteger. Barulho de sola de sapato esmagando a terra a um milímetro de sua orelha esquerda. Acima do sapato, uma meia branca. Dentro da meia, um tornozelo. Dag plantou os dentes ali, com um grunhido animal. Uivo de sotaque hispânico. Perna que se sacode. O homem se abaixa, expondo imprudentemente a cabeça. O sapato com chapa de metal de Dag pega-o bem na face, abrindo-a até o osso. Palavrões intraduzíveis. Dag consegue se afastar um metro. Furioso, o homem parte para cima dele, com os dedos duros como garras. Vai furar meus olhos, pensa Dag. Sua mão vasculha desesperadamente o solo úmido à procura de uma arma, e pára. Ali, escondida na sombra, a massa palpitante de uma enorme aranha peluda, vermelha e preta. Uma aranhaçu, da família das caranguejeiras, com o corpo do tamanho de uma bola de tênis, inofensiva apesar do aspecto impressionante. Ele quase pôs a mão na teia.

Sentiu a respiração azeda do homem em cima dele e agarrou a aranha. Para sua grande surpresa, o contato não era repugnante, mas bastante suave. Mal teve tempo de ver suas patas atarracadas se debatendo furiosamente antes de jogá-la no rosto ensangüentado, onde ela se agarrou, apavorada, enfiando suas garras no queixo do homem que soltou uma exclamação de nojo e começou a gesticular, com as patas peludas presas a seus lábios.

A faca. A faca de Peter Pan. Estava ali, imóvel no chão, ao lado do dono, que continuava desmaiado. O sujeito da cicatriz acabava de esmagar freneticamente a aranha com o salto do sapato. Virou-se para Dag, fechou as mãos enormes e beijou as falanges com um sorriso de carniceiro. A faca. Ele devia ter prestado atenção antes de ir para cima de Dag, pois recebeu a faca comprida bem no meio da coxa e parou, atônito. Dag lançou-lhe um sorriso amável e esmagou o punho em seu rosto. O nariz se quebrou e o homem caiu de joelhos olhando a faca plantada em sua carne.

"*Het spijt mij*,* mas ela pode ser útil", Dag se desculpou tornando a pegar a arma com uma torção do pulso.

O homem soltou um grito de dor, apertando com os dedos compridos a ferida de onde jorrava sangue.

"*Bent u tegen tetanus ingeënt?*",** ele continuou, cortês, enxugando a lâmina na camiseta.

"*El coño de tu madre*", lançou o sujeito de sotaque portorriquenho.

Pelo visto, não gostava de quem se preocupava com sua saúde.

(*) Desculpe-me.
(**) Você é vacinado contra tétano?

52

"*Puede repetir?*", perguntou Dag, debruçando-se.
"*Metete el dedo en el culo, cabrón!*"

Visivelmente chateado com tamanha descortesia, Dag balançou a cabeça, esmurrou os dois punhos na coxa ferida do altão da cicatriz, que deu um grito. Depois, tascou-lhe um soco com o dorso da mão na face aberta, tão violento que o jogou de lado, no chão.

Um movimento à sua direita o advertiu que Peter Pan estava voltando a si e se arrastando até ele, com uma das mãos nos testículos, a outra se aproximando do tornozelo. Dag viu a coronha brilhante de um revólver minúsculo.

"*Watch your teeth!*",* falou, metendo-lhe um pontapé bem na boca.

Satisfeito, ouviu os dentes estragados do cara se quebrarem, viu o sangue esguichar dos maxilares fraturados. Com os flancos doloridos, inclinou-se para arrancar o pequeno revólver preso com fita adesiva no tornozelo de Peter Pan, e, segurando a arma pelo cano, deu-lhe um soco na base do crânio. Anestesia instantânea.

Virou-se para o altão da cicatriz, que gemia apertando a ferida. Dag manuseara a lâmina de modo a enfiá-la na parte mais gorda da coxa, e o homem não corria nenhum risco, a não ser uma feia cicatriz, mas como o outro não sabia disso o melhor era aumentar sua vantagem.

"Então quer dizer que foi o Cara-de-Bunda que o mandou?", perguntou-lhe em inglês.

"Voort quer a sua pele. Você está fodido, cara", retrucou o sujeito, fazendo careta de tanta dor.

"Onde está Voort?"

O altão da cicatriz balançou a cabeça em todas as direções.

"*No puedo creerlo!* Você acha que eu entrego assim meus cupinchas?"

(*) Cuidado com os dentes!

Dag perguntou de que filme de décima categoria eles tiravam suas frases. Apontou a faca para sua garganta:

"*Estoy harto. You're really starting to get on my tits!** Minha vontade é tirar um naco de suas orelhas. Que tal?"

"Pare de dizer besteira, cara!"

"Não estou dizendo besteira, estou falando muito sério. Para ser sincero, hesito entre isso ou desenhar uma segunda boca em você. Alguma coisa desse tipo..."

Passou devagarinho a lâmina pela garganta do cara, deixando um profundo talho púrpura, e cochichou em seu ouvido:

"Sabe como é que se morre perdendo todo o sangue? Primeiro, o corpo atrai as moscas... Depois, são as formigas..."

"Porra, não enche o saco!"

"Onde está Voort? Não vou perguntar de novo!"

"Que merda! Está em Saint-Barth. A gente tinha feito um contrato com ele para matar você, cara."

"Em Saint-Barth, onde?"

"No Tropicana Palace. Ele vai me matar, se souber..."

"*Cállate!* Da próxima vez que o encontrar sou eu que vou matá-lo. Dê o recado a esse monte de merda que veio junto com você."

O homem balançou a cabeça, seu gogó subia e descia convulsivamente. Dag apontou o revólver para a têmpora do sujeito, que fechou os olhos, tremendo como vara verde.

"Está com sono?", perguntou Dag à queima-roupa.

"*Qué?*", o outro soluçou, mal se agüentando.

"Está com sono", confirmou Dag dando-lhe um tiro seco. "*Buenas noches.*"

O homem desabou com um pequeno suspiro. Dag olhou ao redor. Tinha sangue por todo lado: nos rostos, nas roupas, nas flores. Usou o casaco de Peter Pan para limpar o rosto. Todo seu corpo tremia. Tocou no flanco queimando,

(*) Estou cheio. Você realmente está começando a me encher o saco!

embolou o paletó e apertou-o em cima do talho comprido que percorria suas costelas. Os dois homens deitados no chão respiravam com dificuldade. Dag se inclinou para a frente, pôs as mãos nos quadris, esforçando-se para acalmar o ritmo cardíaco.

Para ser sincero, ele devia admitir que não fora desagradável enfrentar esses dois sujeitos. Lembrou-se das longas horas suando enquanto ouvia os berros de seu instrutor francês de boxe. Os minutos excitantes no ringue. Por pouco não conquistara o título das Forças Armadas. Seu adversário ganhara nos pontos, exultando de alegria, enquanto Dag titubeava de um extremo a outro do ringue, quase cego com o sangue que jorrava dos supercílios, tentando respirar apesar das duas costelas quebradas. Mas ele não caíra. Terminara a luta de pé. Mais uma coisa que Helen não entendia: o prazer de lutar. Achava-o primitivo. Imaturo. "O esporte é um meio de transcender seu corpo, não de aviltá-lo, Dag." Ele deu de ombros. Pros diabos Helen e seu moralismo!

Endireitou-se. Quer dizer que Cara-de-Bunda gozava a vida em Saint-Barth, uma das ilhas mais glamourosas das Pequenas Antilhas! Mas agora ele não tinha tempo de cuidar disso. Agora, seu objetivo era o padre Léger. Apanhou a mochila, meteu o pequeno revólver e a faca ali dentro e pegou a estrada, tentando ignorar a dor.

Os alísios o refrescavam agradavelmente, mas as solas dos sapatos queimavam a planta dos pés. Porcos pretos e imensos, amarrados na frente dos barracos, ruminavam raízes e o olhavam passar. Havia nuvens sobre a montanha Soufrière. O mar estava parado. Nem um só ruído, a não ser, de vez em quando, o barulho ensurdecedor de um trator carregado de cana-de-açúcar. Um barco de pesca balançava indolente ao largo. Dag andava num bom ritmo, mas a avenida de Grand-Mare lhe pareceu interminável. Chegou ao centro da cidade com um suspiro de alívio.

4

Seu reflexo, entrevisto numa vitrine, dissuadiu-o de se apresentar ao padre naquele estado. A camiseta estava manchada de sangue, assim como as mãos, o rosto e as meias. Ele compreendia os olhares aflitos que os raros passantes lhe lançavam. Atravessou a rua, beirou o cais dos pescadores e desceu até a praia salpicada de algas. Era melhor se lavar e mudar de roupa. Apesar do sal que queimava, a água morna teve o efeito de um bálsamo calmante. Vestiu-se depressa e se sentiu bem melhor.

Lembrava-se perfeitamente da igreja, de sua fachada azul e branca. Nada havia mudado. Até o doente sentado nos degraus parecia o de suas recordações. O sujeito estava bebendo uma garrafa de cerveja, e Dag percebeu então que estava morrendo de sede. Ficou na dúvida se ia tomar um chope bem gelado antes de prosseguir suas investigações. Não, nada de ceder às tentações. Quanto mais rápido terminasse, mais depressa poderia dar um pontapé na bunda de Voort. Empurrou a pesada porta de madeira.

A nave estava fresca e escura. E vazia. Dag percorreu as galerias laterais sem fazer barulho e acabou descobrindo uma velha ajoelhada diante de um santo Antônio rubicundo.

"Desculpe..."

Ela levou um susto, fazendo seus cento e vinte quilos tremerem.

"O que deseja?"

"Estou procurando o padre Léger."

Ela o olhou como se ele fosse o último dos imbecis.

"Hoje é terça-feira, ele está no novo asilo."

"É longe?"

"Desculpe, moço, mas eu não sou funcionária da Secretaria de Turismo. Neste momento, como o senhor pode ver, estou rezando para santo Antônio para que ele ache a pulseira que eu perdi e que ganhei da minha pobre mãezinha."

Dag insistiu.

"Sinto muito, mas preciso vê-lo. É urgentíssimo. O asilo fica longe?"

Ela suspirou, fez um sinal de desculpa para santo Antônio, que fitava pacientemente o vazio com seu olhar extático pintado de tinta laca.

"O senhor pega a primeira à direita, a segunda à esquerda, vai até o salão de beleza, pega de novo a esquerda e chega lá. E agora, posso continuar?"

"Obrigado, até logo e boa sorte."

Seguindo conscienciosamente as indicações da velha, foi parar diante da porta cinza do novo asilo. Dez minutos depois, estava na presença do padre Léger, que acabara de fazer sua visita aos doentes e ministrar a extrema-unção a três anciãos inválidos. O padre Léger era baixo e forte. Com cabelos grisalhos curtos, sem barriga, ombros largos, vestindo calça preta e camisa pólo preta em cuja gola cinza-gelo estava espetada uma delicada cruz de prata, ele evocava irresistivelmente um Gene Kelly africano. Dag se apresentou. O padre Léger franziu o cenho.

"Um investigador particular... um detetive, se entendo bem. Um êmulo de Mike Hammer... Você tem uma profissão surpreendente, Leroy."

"O senhor também, padre", Dag observou, apontando a estola violeta e o vidro de crisma.

"Ah, eu...", suspirou o padre Léger beijando a estola que acabara de tirar. "Vamos conversar lá fora. Por hoje terminei."

Guardou os acessórios numa maleta e saíram. O padre Léger lhe indicou um pequeno terraço. Quando se sentaram, pediu um chope e Dag o acompanhou. Beberam calados.

"Bem, você queria me ver", disse o padre largando o copo quase vazio. "Um enigma teológico a resolver?"

Estava com cara de cansaço e desânimo. Dag abriu os braços em sinal de desculpa.

"Não, venho a mando de Charlotte Dumas, a filha de Lorraine Dumas, que se suicidou aqui, na avenida de Grand-Mare, em 1976. Uma moça branca. Foi o senhor que celebrou a cerimônia fúnebre."

O padre Léger coçou o queixo devagar com seus dedos escuros.

"Lorraine Dumas, sim, eu me lembro, uma moça que vivia sozinha com a menina... Uma história muito triste. Mas não estou vendo..."

"A filha dela, Charlotte, está hoje com vinte e cinco anos. Deseja encontrar o verdadeiro pai. Por isso é que estou aqui. Para levantar todas as pistas possíveis."

"Compreendo. Mas não acho que possa ajudá-lo muito. Às vezes eu passava pela casa delas, para levar açúcar, macarrão, roupas para a menina, coisas desse tipo. Certamente você sabe que Lorraine, a mãe, bebia bastante. Mas cuidava bem da criança, quanto a isso não havia o que dizer. Seja como for, nunca ouvi falar do pai. Era um assunto tabu. Bem que tentei, no início, convencer Lorraine a escrever para ele explicando o que tinha acontecido, que o marido a expulsara de casa, mas ela se recusava. Dizia que não sabia nada dele, que não podia mais encontrá-lo, que ele tinha ido para longe. É uma pena. Talvez, se esse homem tivesse sabido..."

Será que teria ido para mais longe ainda?, Dag pensou, cinicamente.

"Ela nunca disse o nome dele?"

"Chamou-o uma ou duas vezes de Jimi, mas tive a impressão de que era um simples apelido. Tudo isso é muito antigo... Não me lembro bem porque... na época eu estava

cheio de entusiasmo, era um 'batalhador', como se diz hoje. Queria ser útil. Ajudar as pessoas. E ela se suicidou... Então, isso me marcou. Bem", terminou o chope antes de prosseguir, "não acho que você vá descobrir grande coisa. Tentou falar com a assistente social? A senhorita Moineau ou algo assim?"
"Martinet. Tentei. Infelizmente, ela morreu."
"Ah! Mas tem o vizinho mais próximo, Loiseau, só que ele ficou gagá."
"Eu sei, acabo de vê-lo."
"Você não perdeu tempo."
Não, inclusive tivera tempo para dar uns tabefes em dois bandidos, como um autêntico detetive. Respondeu com cortesia:
"Não queria fazê-lo perder o seu."
"Não tenho tantas obrigações urgentes, e sua história me interessa. Sou um grande leitor de romances policiais. Acho que o romance policial tenta resolver o enigma fundamental da morte, seja ela qual for. Você sabe que muitos povos primitivos não aceitam a idéia de que a morte seja conseqüência do acaso, e sempre procuram um culpado. Pois é, no romance policial também toda morte é intencional. Acho isso fascinante. Dá vontade de dizer que o romance policial e a atração que exerce sobre as pessoas vêm em grande parte desse sentimento primitivo e dessa necessidade de racionalizar, de explicar, própria do ser humano, não acha?"
"Hã hã..."
Dag deu um gole tentando achar uma réplica pertinente, mas nada lhe veio à cabeça. Racionalizar a morte... A concretização desse conceito se achava na medicina legal e na prática das autópsias que ainda chocava certas convicções religiosas. Autópsia... Dag estalou os dedos.
"Como não foi morte natural, seguramente um médico foi requisitado para examinar o corpo e dar autorização para enterrar... Será que o senhor sabe quem foi?"

"Pelo que me lembro, deve ter sido o doutor Jones. Henry Jones. Era o único médico. Nossa ilha sempre ficou isolada das modernidades..."

Dag o interrompeu:

"Eu sei. Passei várias temporadas em Sainte-Marie, na infância. Minha tia era a dona da loja de suvenires, na rua 22-Juillet. Morreu em 1974."

"Ah, então não a conheci. Fui transferido para cá em 1975, depois da morte de meu antecessor. Foi Jones que dirigiu o dispensário de 1956 a 1990."

"Nesse caso, ele certamente recebeu Lorraine no consultório. E, se é verdade que as pessoas se confiam tanto a seu médico como a seu confessor, é possível que Jones possa me dar informações úteis. Se continua na ilha, claro..."

O padre Léger sorriu.

"Ele ainda vive em Sainte-Marie. Num palacete para os lados da Folle Anse, você vai encontrar sem dificuldade. Mas é um sujeito excêntrico, sabe. Dado à bebida. Não dá para confiar plenamente no que conta. Não diga que eu o indiquei, pois ele não gosta de mim. Acha que sou um fator de obscurantismo, um resquício medieval. É isso", o padre concluiu enquanto se levantava, "disse-lhe tudo o que sabia. Preciso ir embora, tenho visitas a fazer às famílias necessitadas, e só Deus sabe como são numerosas...", acrescentou levantando os olhos para invocar o testemunho de Deus.

Dag o cumprimentou.

"Gostei muito de encontrá-lo, padre."

"Eu também. Se precisar de alguma coisa, não hesite em me contatar."

Dag agradeceu mais uma vez e o olhou afastar-se a passos largos. Simpático, o padre. E, agora, uma visita ao médico. Dag parou numa cabine telefônica coberta de pichações obscenas e folheou um velho anuário com metade das páginas arrancadas. Ainda bem que o "jota" sobrevivera. Achou depressa o endereço e o número de Jones. Uns dez minutos a pé até lá. Inútil fazer despesa extra.

O médico morava num casarão ocre e branco que dava para o mar. Dag atravessou um portão escancarado e pegou uma alameda de cascalho antes de parar diante de um vasto terraço de piso vermelho, onde um velho de terno branco bebia uma bebida azulada. Uma verdadeira propaganda das cores nacionais da França, pensou Dag enquanto se aproximava. Pigarreou. O velho, sentado numa cadeira de balanço, virou a cabeça para ele. Seus fartos cabelos brancos caíam-lhe nos ombros e o bigode branco cuidadosamente aparado em escovinha sobressaía na vermelhidão de seu rosto.

"O senhor é convidado?", ele perguntou com voz áspera.

Um sarcástico. Dag perdeu o rebolado.

"Não propriamente. Vou me apresentar: Dag Leroy, da Investigações McGregor. Estou aqui para um caso muito confidencial."

"Se vende aspiradores ou telefones celulares, pode ir dando o fora."

Mais uma conversa agradável em perspectiva. Dag deu um passo a frente.

"Não sou vendedor. Posso sentar?"

"Não. *Bugger off!*"

"Se arranca!" Que recepção agradável! Dag fez sua voz de sargento-instrutor:

"Não se trata de vender alguma coisa, já lhe disse. Sou investigador particular e venho a mando da senhorita Dumas, a filha de Lorraine Dumas, que se suicidou na Grand-Mare em 1976."

Dag tinha a impressão de repetir infinitamente a mesma frase no vazio. O velho tomou um gole da bebida azulada antes de responder:

"Mil novecentos e setenta e seis. *Twenty years*. É muito tempo, vinte anos. Estou aposentado."

"Foi o senhor que tratou desse caso?"

"Talvez. Não é da sua conta."

Ele se serviu de uma talagada de bebida e esvaziou o copo de uma só vez antes de enxugar o bigode com as costas da mão.

"Aguardente hoje em dia não vale mais nada. Você é francês?"

"Não, sou americano."

"*Marines?*", perguntou Jones apontando o copo para as tatuagens de Dag.

"É. Podemos falar inglês, se preferir."

"*I don't care*.* Por que um detetive particular americano se interessa por um suicídio de vinte anos atrás?"

"Um caso de herança. Parece que Lorraine Dumas tinha uma filha."

"É, uma menina de quatro, cinco anos", disse Jones, antes de morder os lábios. "Ok, você venceu. Largue suas bombas!", falou de repente, cuspindo e se inclinando para a frente.

Eu bem que meteria um B-52 no seu cu, pensou Dag.

"Quem deu a autorização para enterrar?"

Mão trêmula que pega a garrafa. Bebida caindo lentamente no copo. Gole seco. Limpeza de bigode. Um tempo, e depois:

"Não se pode fazer nenhuma crítica a essa autorização, *nothing*, nada!"

Que bicho o tinha mordido? Dag avançou mais um passo, conciliador, mas o velho latiu:

"Recue. Você está com cheiro de suor, não gosto disso."

Aquele velho detrito tinha tudo do colonialista de caricatura! Mesmo assim, Dag sorriu.

(*) Tanto faz.

"Escute, sir, não vim aqui para agredi-lo nem para ser insultado. Foi o padre Léger que me deu seu endereço."
"*That dickhead?** Sempre metido com as velhas beatas... Sente-se, você está fazendo sombra."
Finalmente! Dag se dirigiu para uma poltrona de vime obviamente desconfortável.
"Quer um curaçau?"
Dag aceitou e o velho lhe serviu uma dose de curaçau dessas de derrubar um boi.
"*Ice?*"
"Não, obrigado, assim está bom."
"Então você é uma espécie de subtira. E trabalha para a filha da Dumas. *So, what's the problem?*** Já vou avisando: se ela está procurando encrenca comigo, vai entrar pelo cano. Sempre fiz meu trabalho direito. Sempre, cavalheiro!"
Dag estava perplexo.
"Mas ela não tem nenhuma queixa! Simplesmente tenta encontrar o pai."
"Malevoy? Ele morreu."
"Não, o outro, o verdadeiro."
"Ah, o caralho fantasma! Mas por quê? Dinheiro?"
"Não sei. Quer encontrá-lo, ponto final, e me paga para isso. Pensei que o senhor talvez soubesse alguma coisa."
Jones deu uma risada, por cima do copo:
"Você é um merdinha. Fica farejando todas as pistas igual a um cachorro. O que está esperando? Ande! Faça-me uma pergunta!"
Serviu-se de mais uma dose de curaçau, enquanto Dag saboreava o seu com precaução.
"Bem... Lorraine Dumas lhe fez confidências a respeito desse homem... amante dela?"
"Sigilo profissional, caro amigo, mesmo se a paciente está morta", retrucou Jones com ar satisfeito.

(*) Aquele imbecil?
(**) Então, qual é o problema?

Como aquele velho safado sabia ser antipático! Dag se esforçou para conter sua crescente irritação.

"Ela poderia ter lhe falado fora do ambiente estritamente médico."

"Estou vendo aonde você quer chegar. Mas não, nunca me disse nada. Bom dia, boa noite, e só. Na época eu era casado, e ela vivia sozinha, explorando mais ou menos seus encantos... Eu evitava prolongar o papo, *follow me?** Mais um?"

Sacudiu a garrafa quase vazia na direção de Dag, que recusou:

"Não, obrigado. Acabo este e vou embora."

"Já vai tarde! Vá amolar outra pessoa. Tenho mais o que fazer. Falar de Lorraine Dumas! Tanto mais que ela me criou um monte de chateações!"

"Que chateações?", perguntou Dag, subitamente de orelha em pé.

"Como se o senhor não soubesse! Mas o que é que ela está pensando, a filha da Dumas? Se tivessem provado que a autópsia foi malfeita, tinham me posto para fora. Foi esse *fucking bastard* do Rodriguez que tentou me acusar disso, para pegar o meu lugar. Um negro fofoqueiro e sonso. Bem feito para ele, que bateu as botas anteontem! Não havia espaço para nós dois aqui, o que aliás ele entendeu muito bem, pois foi embora da ilha, foi viver em Basse-Terre, como inspetor sanitário; voltou há dois anos, aposentado, um velho nojento e maledicente... Como se alguém pudesse querer matar aquela pobre puta..."

Dag prendia a respiração, atento para não interromper o dilúvio verbal de Jones, que se serviu de mais uma boa dose antes de prosseguir, aparentemente radiante por ter platéia.

"Imagine só que o pilantra alegava que ela havia sido estrangulada e depois enforcada! Queria que fizesse uma

(*) Está me entendendo?

autópsia completa! Com toda a trabalheira que a gente tinha! Tinha mais o que fazer, ora essa! Um carreirista horroroso! Contusões aqui, contusões ali, e daí? *We couldn't give a fuck!** É normal que uma moça que se prostitui e que bebe tenha umas manchas roxas, não é? Joguei o laudo dele no lixo. Era preciso enterrá-la, estava fazendo calor, ela ainda era a mulher de Malevoy, imagine o escândalo, e além do mais eu não tinha vontade de destrinchar toda aquela papelada. Joguei no fogo toda a documentação, a papelada é a morte da medicina, meu filho! Então vou lhe dizer em alto e bom som: nada de chantagem comigo, não mesmo!"

Dag olhou Jones sacudir a garrafa de curaçau, seu nariz grande e vermelho franzido de indignação, o bigode trêmulo. Um laudo de autópsia malfeito ou até falsificado... era a segunda alusão a um possível assassinato. E, falta de sorte, pelo visto o tal Rodriguez, o assistente honesto e zeloso, acabara de morrer. As investigações com gente da terceira idade tinham o inconveniente de que os protagonistas eram, no mínimo, voláteis. Jones parecia embalado, com o rosto inflamado pela bebida, os olhos vidrados, totalmente entregue às lembranças e à raiva que parecia possuí-lo vinte e quatro horas por dia. Dag se inclinou para a frente, evitando o bafo azedo do velho.

"E Rodriguez, não lhe criou dificuldades?"

"Pois sim! Queria uma promoção, precisava do meu apoio, bem que teria me ferrado, mas não tinha colhão para isso... Pediu transferência para Guadalupe, acordos multilaterais, essas coisas; fez bem, não posso trabalhar com carreiristas, sempre me contradizendo em tudo, achava que sabia tudo, se julgava branco. Não digo isso por você, mas você me entende..."

Dag entendia sobretudo que adoraria esmagar a fuça dele com uns sapatos de aço, e, nervoso, estalou os dedos, enquanto o velho médico continuava:

(*) A gente não tinha nada a ver com essa porra!

"Parece até que ele mandou uma cópia do laudo para o Departamento Sanitário e Social, quem é mesmo que cuidava disso na época? Ah, sim, Longuet; a gente esteve no Exército juntos, ele jogou a denúncia no lixo, Longuet... *Up his!** E, além do mais, mesmo se tivessem matado Lorraine Dumas, e... mesmo se fosse um bêbado que tivesse dado cabo dela, e daí? Não valia a pena convulsionar a ilha toda, sobretudo em 1976, quando a gente beirou a guerra civil aqui, sabe?"

Dag balançou a cabeça, falsamente condoído. O velho estava embalado, pelo visto aquilo ainda ia durar um tempão, Dag anotou mentalmente que devia se informar sobre Longuet. Talvez ainda houvesse em algum lugar uma cópia da carta mandada pelo tal de Rodriguez.

"Rodriguez era sobrenome ou nome?"

"Quê? Ah, sim, era sobrenome. Louis Rodriguez. Vá saber por quê. Com toda a certeza era um cubano de merda, perigoso comunista... Louis Rodriguez, um brinde a você, seu *bastard*, seu safado, espero que vá apodrecer no inferno!", berrou Jones brandindo o copo acima da cabeça e derramando bebida em seu terno.

Um homem corpulento de macacão apareceu calado na soleira da porta, avaliou os estragos e depois, aparentemente sossegado, desapareceu sem uma palavra.

Dag pensou que não tiraria mais nada dele, e a companhia de Jones começava a chateá-lo. Levantou-se.

"Muito obrigado por esta conversa. Não vou incomodá-lo mais."

"*Balls!*** Você tá doido para dar o fora, né? Queria me chantagear, mas entendeu que comigo não funciona. Bem, até logo, seu subtira, boa viagem e bons ventos! E cuidado, hein, não estou brincando! Ainda tenho amigos, sou alguém, fique sabendo!"

(*) No cu!
(**) Foda-se!

Dag já estava no portão, deixando Jones se esgoelar, enquanto o perfil agachado na sombra de uma enorme bananeira dava um suspiro resignado.

Sete horas da noite. O garçom de casaco branco cruzou o vasto terraço do Saint-Barth's Palace, inclinou-se para o homenzinho ardiloso e entregou-lhe o celular, com um sorriso:

"*Er is telefoon voor u*, senhor Voort."

Sem parar de bolinar a loura de fio dental rosa que testava a água da piscina com a ponta dos dedos dos pés impecavelmente pintados, Frankie pegou o telefone e grunhiu um breve *Ja?*, enquanto a loura escorregava para dentro d'água com um gritinho.

Seu interlocutor parecia ter grandes dificuldades de elocução. Depois de ouvi-lo com impaciência, Voort desligou sem uma palavra, furioso. Os dois palhaços tinham quebrado a cara lindamente. E agora, o desgraçado do Leroy ia ficar de pé atrás. Fez um sinal para o empregado e mandou-o levar uma taça de champanhe para a senhorita ali em frente.

Depois telefonou para um número e disse rapidamente em holandês:

"Tony? Acabo de receber um telefonema do Lucas e do Rico. Eu pedi a eles que me fizessem um servicinho, mas foram de uma absoluta incompetência. Estão voltando para Dominica hoje à noite, no vôo das seis e meia. Você ainda não se aposentou?... Bem, ok. Então, gostaria que cuidasse disso para mim... Pode botar pra quebrar, sim. A gente tinha combinado em torno dos três mil... É você que vai receber... Com mil de desconto. Até logo, Tony, um abraço para a mulher e as crianças."

Desligou, satisfeito. Os dois imbecis iam adubar as plantas dos manguezais. Ele não suportava ser ridicularizado por gente incompetente. Tinha uma posição a defender e um nome a zelar. "Voort, o devorador..." Permitiu-se um breve sorriso.

Do outro lado da piscina, a loura levantou a taça em sua direção e inclinou a cabeça agradecendo. Aquele sujeito tinha uma cara de dar nojo, mas apertava sua banha num terno Armani e consultava as horas num Cartier de platina. Bem fez ela em ter implantado silicone: a pesca do peixe gordo prenunciava-se promissora.

5

Dag acordou de madrugada. Um pássaro cantava loucamente no peitoril da janela. Sentou-se na cama e contemplou o horizonte. O mar estava forte, ondas imensas se acavalavam num ronco ensurdecedor. Cinco e quarenta e cinco. O hotel ainda estava calmo, mas ele percebeu os primeiros sinais de movimentação. Portas se abrindo devagar, o barulho de um monta-cargas, louças batendo... Bocejou. Tinha dormido bem, de um estirão, mas realmente não se sentia descansado.

Levantou-se e foi para a janela, recebendo com prazer a maresia no rosto. O Touloulou ficava na praia. Ele pegara um quarto ali depois da conversa com o doutor Jones. Engolira distraidamente um dourado grelhado e subira para dormir, com a cabeça fervendo com todas as conversas que tivera nos dois últimos dias. Era sempre assim: ficava tudo rodopiando em seu espírito, como se fossem trechos de filmes passando sem parar. E depois, de repente, tudo entrava nos eixos e o filme prosseguia normalmente. Por ora, contudo, ele só estava assistindo ao copião. Jones, padre Léger, John Loiseau, senhorita Martinet, Lorraine, Charlotte, tudo se misturava e circulava em desordem por sua cabeça.

Observou uma gaivota se jogar sobre uma presa, ouviu o grito agudo do pássaro enquanto roçava na água antes de subir, triunfante, sendo logo atacada pelas outras gaivotas que piavam frenéticas. O mar estava forte demais, os pescadores não se arriscariam. O *reef* lá longe formava uns tubos fantásticos: mar ideal para o surfe. Dag se espreguiçou, estalou os dedos — hábito que irritava seu pai e que lhe valera inúmeros tabefes. No terraço lá embaixo, os garçons faziam piadinhas em crioulo enquanto arrumavam as mesas para o café da manhã. Dag aprendera crioulo com sua tia, inglês com seus pais, francês na escola e holandês em Sint Maarten. Sua infância na Désirade era uma lembrança distante. Por ter passado a maior parte de suas horas de lazer nas Antilhas anglófonas, aos poucos ele se "desfrancesou", a tal ponto que, agora, sentia-se estrangeiro quando ia aos departamentos franceses ultramarinos.

O programa do dia era simples: informar-se sobre Louis Rodriguez e as circunstâncias de seu falecimento. Depois, fazer um contato com o sujeito do Departamento Sanitário e Social, Longuet. Em seguida, se tudo isso desse em nada, voltar e dizer a Lester que estava num impasse.

Mas... Mas havia algo estranho em todo esse caso, algo suspeito, que Dag conseguia farejar, um cheiro imperceptível de podridão, mentira e vigarice. Os velhos armários guardavam velhos esqueletos, porém ali havia algo mais. Como aqueles quadros em que uma camada de tinta mais recente cobre a tela original. Alguém pintara uma bela história, mas...

Mas... uma carta anônima falava de assassinato e um assistente zeloso levantara a mesma hipótese.

Mas... a mulher que recebera a carta e o assistente zeloso tinham morrido num intervalo muito pequeno. E então?

Dag balançou a cabeça. Primeiro, uma chuveirada, depois Rodriguez, depois Longuet. E depois, só depois, espaço para as hipóteses.

No chuveiro, ficou parado, com o sabonete na mão. Como os capangas de Voort souberam onde encontrá-lo? Será que o estiveram seguindo desde o início? Sem que ele tivesse percebido?

"Você está ficando imprestável, absolutamente imprestável, velho e imbecil", disse para si mesmo esfregando o peito.

Mas o cheiro imperceptível de podridão permanecia.

Vestiu-se depressa. No entanto, como fazia muito calor para pôr um paletó, excluiu a possibilidade de levar uma arma. De qualquer maneira, seu dedinho lhe dizia que Voort iria pensar duas vezes antes de despachar uma segunda dupla. Faminto, desceu para tomar café. A varanda estava quase deserta, com exceção de um casal de namorados que cochichavam baixinho em alemão e de uma mãe de família loura de óculos escuros e com dois garotinhos levados. Dag a cumprimentou cortesmente antes de se sentar, e a mulher lhe dirigiu um vago sorriso, sem tirar os olhos dos meninos que tinham acabado de derrubar a manteigueira. Vestia um colete que valorizava seus seios, e Dag, hipocritamente, baixou os olhos. Também tinha lindas pernas, finas e musculosas, que saíam de um short preto de algodão. Como o garçom o interrompera em suas observações, ele se concentrou no café da manhã.

Devorou os ovos com presunto e as torradas e tomou várias xícaras de café com muito açúcar, até se sentir empanturrado. Flagrou a mulher, com expressão séria, observando-o por trás dos óculos escuros; hesitou em acender um cigarro, depois se decidiu. Não ia continuar a se deixar aterrorizar por todas as mulheres que encontrasse! Um dos meninos lhe mostrou a língua e Dag revidou erguendo discretamente o dedo indicador, num gesto obsceno.

Quando terminou o cigarro, pediu à recepção do hotel que lhe reservasse um vôo para Basse-Terre, em Guadalupe. Em seguida foi tranqüilamente ao mercadinho-boteco-tabacaria-papelaria e comprou os jornais dos dois dias anteriores. O vendedor não estranhou: era comum as pessoas virem de suas aldeias só duas vezes por semana, e as notícias que as interessavam não eram necessariamente as do dia.

Dag se instalou no quebra-mar, perto de um pescador que parecia ter dormido encostado na vara de pescar. Rodriguez, Rodriguez... ali estava, no jornal da antevéspera: acidente mortal em Capesterre. *Um carro sai da estrada e se espatifa escarpa abaixo. O motorista, Louis Rodriguez, morreu na hora.* Seguiam-se os detalhes: o acidente ocorreu ao anoitecer, motivo inexplicado. Rodriguez teria se sentido mal? Dag consultou o jornal seguinte, procurou depressa a página de Vieux-Fort e achou no obituário o que queria: *Teresa Rodriguez, seus filhos Louisa e Martial, seus parentes e amigos comunicam com pesar o falecimento de Louis Rodriguez, 71 anos, pai e esposo tão amado. O enterro será em Saint-Louis, quarta-feira, 28 de julho, às 9h30, na igreja Nossa Senhora da Boa Viagem. Pede-se uma prece por ele.*

Era justamente quarta-feira, 28 de julho. Ele deu uma olhada no relógio, um Tide Master com medidor de marés, testado com sucesso nos *spots* de Pavones, na Costa Rica: 9h57. Dag se excitou: com um pouco de sorte, chegaria antes do final da cerimônia. Deu um pulo e se levantou, arrancando um grunhido ofendido do pescador, que puxou instintivamente a linha, e começou a correr.

Chegou à igreja suando em bicas. O céu escurecera, anunciando chuva grossa, pesada. As moscas zuniam, agitadas. Dag enxugou a testa antes de subir os degraus a toda.

Mais uma vez a temperatura agradável dentro da igreja o refrescou. O padre Léger rezava a missa em pé diante do altar, sua voz grave repercutia na abóbada. Havia na pequena nave umas trinta pessoas que repetiram em coro um salmo. Dag sentou-se bem no fundo. A imponente mulher de preto que chorava na primeira fila era certamente a viúva desconsolada. Ao lado, segurando-a, o jovem robusto de terno cinza e a moça graciosa de tailleur escuro deviam ser os filhos mencionados no anúncio fúnebre: Martial e Louisa. A moça virou a cabeça. Dag lhe deu uns trinta e cinco anos, notou seu perfil voluntarioso, o narizinho arrebitado e o queixo triangular. Um linda gatinha negra com sangue caraíba, pensou. O jovem irmão parecia feito de pedra. O tipo de sujeito em cujo pé não se deve pisar.

Misturado entre os presentes, Dag sentiu alívio de ter vestido uma camisa azul-marinho e uma calça cinza de algodão. Não fazia questão de ser notado. O salmo estava no fim. O padre Léger modulou a última nota, de braços levantados, depois abençoou os presentes com um gesto largo. Quatro homens se levantaram, pegaram o caixão e o carregaram nos ombros passando devagar pela nave. A família os seguia aos prantos. Ao passar na frente dele, Dag observou o ar decidido da moça, seus grandes olhos muito negros, o olhar inteligente, as maças altas e esticadas e os lábios suaves e carnudos. Uma mistura promissora de ternura e orgulho. Esgueirou-se para a rua e aproximou-se dela.

"Desculpe, você é filha de Louis?", perguntou.

Ela se virou de pronto, seu lindo rosto devastado pela dor.

"Sou, por quê?"

"Eu era amigo de seu pai. Trabalhei com ele há anos e depois fui para o continente. Acabo de voltar e saber desta terrível desgraça. Queria lhe dizer que estou desolado... Como foi que aconteceu?"

"Não se sabe, eu não entendo. Papai era prudente, sempre dirigia devagar..."

"Talvez um mal-estar?"

"Ele tinha boa saúde, tinha acabado de fazer um check-up. É essa porcaria de estrada, toda esburacada, isso sim. Talvez tenha estourado um pneu..."

"Venha, Louisa, por favor!"

Seu irmão a chamava, furioso, tentando fazer com que a mãe, em lágrimas, entrasse na minivan que os levaria ao cemitério. Ela fez um gesto vago.

"Desculpe... Escute, se conheceu papai, passe lá em casa hoje à noite. Mamãe preparou um jantar."

"Com muito prazer, mas não me lembro do endereço de vocês..."

"Le Ti'Bout, em frente ao clube de mergulho. Até a noite, lá pelas sete."

Ela correu para o carro. Dag recuou para a sombra de uma palmeira. Uma graça de moça, Louisa Rodriguez. E que corpo! E podia se perceber que não estava muito convencida de que o pai tivera um mal-estar. A conversa prenunciava informações interessantes. Mas, primeiro, precisava encarar o bate-e-volta a Basse-Terre e a visita ao senhor Longuet. Quando Lester visse as despesas de avião, teria um troço.

Dag avistou o padre Léger no pórtico e foi até lá.

"Bom dia."

"Ah, o detetive! Bom dia, meu jovem. Que belo enigma a resolver hoje de manhã! Em que ponto estão as suas investigações?"

"O dr. Jones me deu a pista de um tal de Longuet, que era responsável pelos serviços de higiene e de saúde pública e que hoje trabalha em Basse-Terre, em Guadalupe. Na verdade, parece que o suicídio de Lorraine Dumas pode ter sido assassinato... Vou lhe contar tudo isso em detalhes, mas agora tenho que ir, e queria lhe perguntar se pode ficar com a minha mochila. Eu pego à noite..."

"Claro, contanto que me conte tudo!"

"Estamos combinados. Até de noite."

Ao sair do pequeno aeroporto de Baillif, depois de se submeter mais uma vez às rápidas formalidades alfandegárias, Dag berrou por um táxi, passando na frente dos viajantes carregados de bagagem. O motorista aumentou o som do rádio ao engatar, e uma onda de música *kadens* invadiu o carro; absorto, Dag observava pelo vidro os arredores. Crianças berravam e corriam umas atrás das outras, empurrando as pessoas. Um homenzinho puxava a duras penas uma enorme mala coberta de etiquetas e devidamente amarrada com uma corda, da qual escapavam panos de madras. Um bassê mijava calmamente em cima da elegante mala de couro de uma jovem aeromoça que estava sendo paquerada pelo dono do cachorro. Dag sorriu. Enquanto o táxi se afastava do aeroporto, viu passar rapidamente diante dele uma mulher que lhe pareceu familiar, mas não conseguiu se lembrar de onde a conhecia. Uma branca, de calça-pescador azul e colete combinando, com uma grande bolsa azul-marinho a tiracolo. Ora, deixa pra lá!

Acomodou-se no assento e mais uma vez recapitulou todo o caso.

Um: em 1970, na sossegada ilha de Sainte-Marie, Lorraine Dumas-Malevoy, uma moça branca casada com um senhor Malevoy vinte e cinco anos mais velho, encontra um rapaz negro. Amor à sombra dos coqueiros. Nove meses depois nasce uma filha ilegítima. Malevoy expulsa de casa Lorraine e o bebê de cor. ("Mas que cor?", o pai de Dag costumava perguntar com um sorriso inocente que fazia seus interlocutores corarem.)

Dois: Lorraine instala-se no bairro pobre de Vieux-Fort e sobrevive graças ao auxílio do governo e a seus encantos. Bebe cada vez mais e termina se suicidando em 1976, deixando a menina Charlotte, de cinco anos. É Loiseau, um vizinho, que encontra o cadáver.

Três: a autorização para o enterro é assinada pelo doutor Jones, apesar da oposição de seu assistente, Louis Rodriguez, que acha a morte suspeita. O enterro fica a cargo do padre Léger.

Quatro: Charlotte fica sob a responsabilidade da senhorita Martinet, depois é encaminhada para o orfanato, de onde só sai aos dezoito anos.

Até aí, nada de mais. De olhos semicerrados, Dag tamborilava no couro rachado do assento.

Cinco: ela sai do orfanato, torna-se modelo e — como muitas crianças abandonadas que começam a ganhar dinheiro quando adultas — resolve abruptamente encontrar seu pai. Surge então uma série de perguntas:

a) Por que a senhorita Martinet guardava entre seus papéis uma carta falando de crime, datada de uns vinte anos atrás? Se fossem apenas elucubrações de bêbado, por que não jogá-la fora?

b) Por que o tal Rodriguez duvidava do suicídio?

c) Por que o doutor Jones estava tão apressado em abafar o caso?

Uma visão de Jones estrangulando Lorraine durante um coito sadomasoquista veio-lhe ao espírito. Era este o inconveniente do caso: tudo era possível. Incluindo a volta inesperada do misterioso Jimi numa noite de outubro, seguida de uma briga que acaba mal. Ele abandonou seus devaneios: não estava ali para investigar o assassinato imaginário dessa pobre Lorraine, mas para encontrar o pai de Charlotte.

O táxi freou, tirando-o de seus pensamentos.

"Chegamos, patrão. Boa sorte."

Ele pagou, desceu e contemplou a fachada de cerâmica e vidro fumê. Horrível, fria e pretensiosa — decretou ao cruzar as portas automáticas de vidro.

E mais uma moça atrás do balcão de recepção e mais lengalenga.

"O professor Longuet não pode recebê-lo agora. Está em reunião."

"Vou esperar, obrigado."

"Não sei se poderá recebê-lo hoje, está muito ocupado."

E tem mais o que fazer do que receber negros desconhecidos e sem carta de recomendação — acrescentou seu queixo arrogante e pontudo.

"Diga-lhe que é importante, é a respeito de um crime", Dag falou, sem receio.

A moça perdeu a empáfia.

"Um crime! Mas o senhor tem que ir procurar a polícia!"

"Mas eu sou a polícia, senhorita. E preciso ver o professor Longuet, certo?"

"Espere um momento."

Dag sentou-se numa banqueta de curvim cor de laranja debaixo de uma tabuleta "É proibido fumar", e acendeu um cigarro. A moça falava em voz baixa num interfone. Sem interromper a conversa, esticou o dedo na direção de Dag, apontando a tabuleta. Ele deu seu sorriso mais charmoso e apagou o cigarro na banqueta.

"O senhor é maluco!", a moça gritou. "Desculpe, eu estava simplesmente dizendo ao cavalheiro, ahnn..."

"Leroy, Dagobert Leroy."

"Não, é o senhor Dagobert Leroy que está apagando... Como? Não, não estou brincando. Por quê? Sim, senhor. Agora mesmo."

A moça desligou o interfone e o olhou, rubra.

"O professor o espera em sua sala. Terceiro andar à direita. Viu o que o senhor fez?"

"Não há cinzeiro."

"É claro: é proibido fumar em locais públicos. Não sabe ler?"

"Não. E afinal de contas não podia apagar essa guimba na sua mão... Tenha um bom dia", disse-lhe Dag em tom conciliador ao passar na frente dela em direção ao elevador.

O professor Longuet era um velho seco, de cabelos grisalhos e ralos. Dançava dentro de uma camisa pólo Lacoste lilás e uma calça xadrez combinando. Estava em pé atrás da mesa, de cara fechada.

"Que história é essa?", exclamou assim que Dag apareceu na porta, com um vozeirão que desmentia seu aspecto frágil.

"Não achei cinzeiro..."

"Como? Não estou falando de cinzeiro. Estou falando dessa brincadeira cretina de *le roi Dagobert*."

"Leroy, Dagobert."

"Exatamente. Você é débil mental? Tenho mais o que fazer do que ficar recebendo engraçadinhos como você."

"É meu nome. Dagobert Leroy."

Longuet o olhou surpreso.

"Ah, é seu nome. Hã, bem, bem, e daí? Pode me explicar que negócio é esse de crime?"

"É um pouco complicado. Posso sentar?"

"Se quiser", respondeu Longuet visivelmente furioso, antes de se sentar também. "Mas seja breve, cheguei de viagem hoje de manhã e tenho um monte de assuntos atrasados", acrescentou tamborilando os dedos nervosamente numa pilha de documentos.

"Ficaria muito aborrecido se o fizesse perder seu tempo. O senhor era responsável pelos serviços de saúde de Sainte-Marie nos anos setenta?"

"Professor Longuet, por favor. Era, sim."

"E, se entendi bem, professor, o senhor emigrou para Guadalupe?"

"Em dezembro de 1976. Meus pais tinham nacionalidade francesa. Pedi minha naturalização e vim viver aqui. Algum problema?"

"Em outubro de 1976 uma moça branca, Lorraine Dumas-Malevoy, foi encontrada estrangulada em Vieux-Fort, professor."

"É muito possível. E daí? A polícia está reabrindo o inquérito?"

"Exatamente, professor. Parece que não foi suicídio, mas crime."

"Sinto muito por essa pobre coitada, mas não vejo o que é que eu tenho com isso..."

"O senhor poderia me falar de uma carta que recebeu na época questionando o laudo de autópsia do doutor Jones. Lembra-se de Jones, seu eminente confrade e companheiro de Exército? Um parecer assinado por Louis Rodriguez."

Longuet se calou, com a fisionomia repentinamente transtornada. Examinava com extrema atenção as mãos cobertas de manchas escuras. Depois levantou a cabeça e seus olhos cinzentos encararam os de Dag.

"Bem que eu sabia que essa história viria à tona mais dia menos dia. Quis ser gentil com Jones, não deveria ter sido."

"O que aconteceu exatamente, professor?"

"Jones concluiu um pouco rápido demais que tinha sido suicídio. Rodriguez contestou o laudo. As marcas que havia no pescoço da moça indicavam, a seu ver, sinais de estrangulamento manual. Eles discutiram e brigaram. Rodriguez me mandou uma carta denunciando a atitude de seu chefe. Jones me telefonou: a moça era alcoólatra, era prostituta, ele não encontrara nada de anormal; Rodriguez era um exaltado e tal. Joguei o laudo de Rodriguez no lixo e o transferi para Basse-Terre, no quadro do programa de cooperação com o governo da França. É isso."

"E o laudo de Rodriguez era convincente?"

"Sei lá, não sou especialista em medicina legal. Tampouco Jones, aliás."

"Além do mais, para efeitos administrativos, Lorraine continuava a ser esposa do respeitável senhor Malevoy. Não valia a pena fazer muita onda, não é, professor?"

Longuet lançou-lhe um olhar pouco amigável.

"Não é isso que eu queria dizer... Aliás, o senhor não me mostrou sua carteira."

"Que carteira?"

"Como assim, 'que carteira'? Sua carteira de policial. Os tiras têm uma, não têm?"

"Têm."

"E então?"

"Então, o quê?"

Longuet se levantou, ameaçador.

"Não sei que brincadeira é esta..."

Dag também se levantou.

"Eu também não, professor. O senhor me pede para mostrar minha carteira de policial. Acho estranho."

"Por quê?"

"Porque, fique sabendo, professor, para ter uma carteira de policial é preciso ser policial. Mais uma vez obrigado pela conversa, professor, e até breve."

"Mas o senhor disse à recepcionista..."

"Ela deve ter entendido mal. Passe bem."

"Safado!"

Longuet pulou da cadeira justamente na hora em que Dag batia a porta na sua cara. Foi apenas o tempo de abri-la e Dag já desabalava pela escada.

"Prendam-no, é um impostor!", Longuet começou a berrar.

Dag apareceu bem na frente da recepcionista perplexa e correu para a porta.

"Chame a ambulância! Ele vai ter um ataque cardíaco", gritou-lhe antes de passar por ela como um furacão.

A moça ficou boquiaberta, depois encolheu os ombros, pronta para aturar a bronca do chefe.

Dag pegou a primeira rua à direita e se meteu numa loja de departamentos, todo sorridente. Fazer Longuet perder as estribeiras o vingara do velho Jones. Ficou perambulando entre as gôndolas, quase comprou uma bermuda colorida estampada com moças de topless, depois saiu tranqüilamente e pegou a rua Docteur-Cabre, cujo comércio era muito movimentado.

Agora, tinha explorado tudo. Impossível ir mais longe, a pista acabava ali. O mais simples talvez fosse Charlotte pôr um anúncio: "Jovem procura o pai. Telefone...". Dag não sabia o que mais poderia fazer.

Passou num bar para comprar cigarros e acabou parando numa cabine telefônica diante da vitrine de uma agência de viagens que propunha cruzeiros fantásticos ao Spitzberg. Ligou para o escritório.

"Oi, Zoé, por-favor-pode-chamar-o-chefe-obrigado?"

"Você vai acabar mal, Dagobert, estou lhe dizendo."

"Amém."

Ouviu um suspiro recriminador antes que ao fundo a voz de baixo de Lester lançasse um sonoro "*Hello!*".

"*Hi, big boss!* Quem fala é seu sócio preferido, diretamente de Basse-Terre", disse Dag em inglês, língua em que sempre se falavam.

"Achei que estivesse em Sainte-Marie. Você se inscreveu num passeio turístico?", Lester caçoou.

"Pois sim! Não paro de pular de uma ilha desgraçada para outra. Estou num impasse. O cara desapareceu, evaporou-se há vinte anos e ninguém dá a menor bola para essa história."

Dag fez um resumo sucinto dos fatos. Lester suspirou.

"Evidentemente, nada disso chega a ser promissor. Quer que eu peça a Zoé que dê uma olhada no Go-2-Hell?"

"Só rindo."

"Go-2-Hell" era o apelido do Macintosh que reinava em cima da mesa da diretoria. Internauta convicto, Lester adorava brincar com ele horas a fio, para seu desespero quando recebia as contas de telefone. Dag, embora reconhecesse sua eventual utilidade, preferia continuar a se mover num universo tátil de três dimensões.

De repente, pensou em Francis Go, um dos tiras com quem Lester estava regularmente em contato por todas as Antilhas. Sua "rede de colaboradores", como dizia. Go era inspetor-chefe da Divisão de Homicídios.

"Vou tentar entrar em contato com Francis Go em Grand-Bourg. Passe o telefone dele, esqueci minha caderneta", disse Dag puxando do bolso um envelope rasgado e uma caneta.

"Você não pode ter um celular com memória, como todo mundo?"

"Só se você me der um aumento, Les. Ande, mande o número de telefone. Nunca se sabe. Vou fazer mais essa tentativa, e depois chega, volto para aí."

Anotou o número que Lester lhe deu e desligou. Bem, era melhor telefonar logo para Go... Conseguiu falar com ele depois de alguns minutos de espera na horrível companhia de um Vivaldi tocado por uma taquara rachada.

"Inspetor Go, pois não."

"Bom dia, estou ligando da parte de Lester McGregor. Sou Dag Leroy, sócio dele, gostaria de vê-lo uns minutos."

"Estou bastante ocupado. É urgente?"

"Gostaria de encerrar uma investigação. Estou aqui até amanhã."

Francis Go suspirou. Dag ouviu-o virar depressa umas folhas.

"Vejamos... Bem, passe na Polícia Central às cinco da tarde."

Dag mal conseguiu se despedir e o outro já tinha desligado. Apressado, esse Go.

Abriu caminho entre a multidão que perambulava pelo passeio Nolivos e foi até a estação rodoviária.

Enquanto contemplava a paisagem pela janela do ônibus que o levava ao aeroporto, beliscava um saco de rosquinhas que comprara de um dos garotos do porto. Quinze minutos de trajeto. Suficiente para tirar uma soneca. Insuficiente para que as molas desse assento desgraçado conseguissem lhe furar a pele. Amassou o saco vazio e instalou-se confortavelmente para dormir.

O Fiat Uno rodava atrás do ônibus, feito uma escolta, e as mãos postas ao volante não pareciam crispadas nem dormentes: pacientes.

Quando o motorista do ônibus teve de parar para trocar um pneu, o Fiat estacionou no acostamento, cem metros atrás, e esperou calmamente, uma mancha vermelha ao sol.

Dag cruzou a porta do aeroporto correndo. O ônibus atrasara meia hora por causa do pneu furado! Nos romances policiais, no cinema, isso nunca acontecia. Aliás, no cinema os investigadores particulares andavam de conversível, ouvindo Miles Davis. Bem feito para mim, pensou Dag, isso vai me ensinar a não respeitar a tradição.

Ofegante, apresentou-se no balcão de check in na hora em que a aeromoça estava se levantando.

"Terminou, cavalheiro, o avião acaba de decolar."

"Fantástico. Imagino que era o único da tarde..."

"Exato, o próximo decola amanhã de manhã, às sete horas."

"E o barco?"

"Para Sainte-Marie? Tem que tomar em Trois-Rivières ou em Pointe-à-Pitre."

"Legal. A senhorita se incomoda se eu dormir esta noite debaixo do balcão?"

"Pode alugar um táxi aéreo. Ou um barco", a moça propôs, prestativa.

Dag agradeceu. De fato, era uma solução. Sobretudo à custa de Lester.

Meia hora mais tarde, Dag estava sentado num grande barco a motor que pulava no mar agitado.

Copiosamente molhado pelas ondas que espirravam nele, encolheu-se no assento, um banco de madeira desconjuntado, e não viu a grande lancha que pegava a mesma direção, algumas centenas de metros atrás.

Quando seu barco atracou em Grand-Bourg depois de quarenta e cinco minutos, Dag estava encharcado da cabeça aos pés. De fato, um passeio refrescante... Pagou ao pescador taciturno que conduzira a embarcação e consultou o relógio: quatro e dez. Cinqüenta minutos para matar. Falando em matar... Esquecera de contar a Lester o *raid* dos capangas de Voort. Enquanto falava consigo mesmo, chegou a Independance Square, sentou-se num terraço onde se ouvia *cadence-rampa* a todo volume e pediu um chope, que tomou de olho no relógio. Os minutos custavam a passar, lentos, suados. Pediu outro chope e um maço de Knight sem filtro, foi mijar, observou uma fila de formigas atarefadas transportando um torrão de açúcar, coçou a virilha, ouviu um grupo de jovens altercando por causa de uma briga de galo que ainda nem tinha acontecido, enxugou a nuca com um guardanapo e, finalmente, quatro e quarenta e cinco.

Dag se levantou e atravessou a rua: a delegacia ficava a uma quadra dali. Estava virando a esquina onde havia um prédio em ruínas quando lhe bateram no ombro. Virou-se depressa: se fosse mais um daqueles filhos da puta do Voort... Era a mulher branca que ele imaginara ter reconhecido no aeroporto. Ela sorriu.

"Bom dia", disse em francês com um sotaque indefinível.

"Hã, bom dia... A gente se conhece?"

"Puxa vida! Você é um péssimo fisionomista! No hotel, hoje de manhã. No café da manhã."

Foi lá que a vira! Mas hoje de manhã parecia que ela o estava esnobando, com seus óculos escuros e o cabelo preso num rabo-de-cavalo na nuca... Ele se forçou a sorrir.

"Ah, é, desculpe. Sou muito distraído..."

Dez para as cinco.

"Você conhece a rua Petites-Abîmes? É a primeira vez que venho a Grand-Bourg e acho que estou perdida..."

Mas que mulher chata! Lindos olhos azuis e peitos respeitáveis, mas, realmente, não era hora. Ele se desculpou.

"Bem, não é por aqui, mas não posso acompanhá-la. Tenho um encontro e estou em cima da hora. Pergunte ao guarda ali..."

Virou-se um pouco para lhe mostrar o guarda de uniforme do outro lado do jardim público e, nesse exato momento, recebeu uma bola de futebol na cara. Desequilibrando-se, esbarrou na mulher e alguma coisa dura bateu violentamente em seu cotovelo. Enquanto apertava o nariz dolorido por causa da bolada, ficou imaginando o que ela carregava na bolsa. Apareceu um garoto, ofegante:

"Desculpe, moço, não fui eu, foi o Bono. Ele chuta que nem louco."

"Não faz mal."

O garoto pegou a bola e desapareceu, correndo.

Dag se virou para a mulher. Ela estava com a mão enfiada na bolsa a tiracolo e o encarava, com um sorriso crispado.

Cinco para as cinco. Ele ia se atrasar.

"Sinto muito, mas realmente tenho que ir embora."

"Seu cretino!"

Dag a olhou, atônito. Suas pupilas estavam fixas, seus lábios, brancos. Uma drogada?

"Está passando mal?"

"*Llama una ambulancia, cabrón!*"

"Uma ambulância? Não está se sentindo bem?"

"Vou morrer, sacou? *Morir, desaparecer,* tá legal?"

Sua voz estava trêmula. Dag deu um passo para trás. Aquela mulher era louca. Olhou-a mais atentamente e notou a mancha de sangue que se espalhava por seu colete, na altura do fígado. Deu mais um passo para trás e viu o buraco na bolsa dela e o cano da automática, prolongado por um silenciador. Instintivamente, esticou a mão e pegou a bolsa, arrancando-a da mulher, que a mantinha apertada contra o ventre. Ela vacilou, agarrou-se na parede. Dag a olhava, pasmo, com a bolsa na mão. Agora, o sangue escorria aos borbotões por sua calça-pescador. Ele balbuciou:

"Vou buscar socorro. Não se mexa."

Ela escorregou lentamente pelo muro, deixando um fio de sangue na pedra.

"Não precisa mais... Estou fodida."

Dag tinha a impressão de estar num sonho. Aquela mulher... apoiada no muro quente... com uma bala na barriga... Ajoelhou-se perto dela.

"O que aconteceu?"

Ela o olhou friamente, com as feições crispadas de dor.

"Morrer por causa de um *cabrón* que nem você... É muito besta!

Retomou o fôlego e acrescentou:

"Seu cotovelo, merda! Você esbarrou em mim com o cotovelo, e o tiro saiu pela culatra, bem em cima de mim."

"Era a mim que você queria matar?", Dag balbuciou, incrédulo.

"Não, Bill Clinton... O que você acha, seu filho da puta?", ela retrucou com desprezo.

Matá-lo? A ele? Por quê?

Um fio de sangue apareceu no canto dos lábios da mulher. Era completamente irreal, aquela linda moça morrendo ali, de dia, numa rua sossegada, com um guarda a duzentos metros, crianças jogando bola, e a bolsa que guardava uma arma automática... Dag pôs a mão em seu ombro.

"Mas por quê?"

"*Five thousand... dollars. A real good job.*"*

Aquela mãe de família em férias era pistoleira? Ele esfregou os olhos.

"Quem lhe pagou?"

"*Secreto profesional.*"

Ela parecia estar quase sorrindo. Dag exclamou:

"Isto é ridículo!"

"*Adios, pequeño frango...*"

Apoiou a cabeça no muro, deixando o sangue jorrar de seus lábios.

"Espere!"

Dag passou uma das mãos na nuca da mulher, debruçou-se sobre seus lábios ensangüentados, fixou seu olhar no dela. Seus lindos olhos azuis já estavam vidrados. Ela teve um pequeno arrepio, apertou-lhe de repente a mão, e ele sentiu medo. Também apertou a mão dela e cochichou:

"Coragem... Vai passar..."

"*Fuck you...*", a mulher balbuciou em meio a uma grande bolha de sangue. "Vá à merda e que o mundo inteiro vá à merda", tentou gritar, mas o sangue a sufocava.

Ela ofegava espasmodicamente. Seus olhos se arregalaram, deu um breve grito de puro terror animal e morreu. Dag viu seu olhar perder vida. Um milionésimo de segundo antes estava com uma mulher nos braços e agora não havia mais nada. Encostou-a delicadamente na pedra, levantou-se, sem-

---

(*) Cinco mil... dólares. Um ótimo serviço.

pre com a bolsa e a arma no ombro. Do outro lado da praça, o guarda apitou.

"Ei, o que está acontecendo aí?"

"Ela teve um mal-estar, tem que chamar uma ambulância, depressa!"

O guarda se aproximou a passos largos. Mais uns metros e veria o sangue. Ficou imóvel para falar em seu walkie-talkie. Dag, em pé diante do corpo, escondia a mulher. Ninguém à direita, ninguém à esquerda, ele respirou fundo e saiu em disparada.

"Pare! Não se mova, pare!", gritou o guarda puxando a arma.

Dag já tinha virado a esquina e entrado a toda numa ruela adjacente. Ainda ouviu o guarda exclamar "Ah, não! Essa não!" e, depois, mais nada. Diminuiu o passo, foi dar numa rua movimentada, meteu-se entre as barracas e chegou à delegacia às cinco e quinze, sem fôlego, pingando. Grandes manchas de sangue sujavam sua camisa azul-marinho. Com um pouco de sorte, poderiam pensar que eram auréolas de suor no tecido escuro — ele conjeturou enquanto retomava fôlego. O policial de plantão levantou a cabeça.

"Gostaria de ver o inspetor Go."

"Ele acaba de sair."

"Merda!"

"Teve um chamado urgente. Uma mulher que foi assassinada na rua."

Essa não! Dag sentou-se num banco de madeira salpicado de pichações contra os tiras.

"Vou aguardar um pouco, obrigado."

O policial balançou a cabeça distraído e voltou para as suas ocorrências.

Dentro da delegacia estava fresco e escuro. Um grande ventilador girava devagar, com um ronco que acalmava. Dag fechou os olhos. Uma tentativa de assassinato. Quiseram matá-lo. E nada de bandidos de araque, mas uma verdadeira profissional. Será que Cara-de-Bunda gastaria cinco mil dólares para ter sua pele? Pouco provável. Com toda a certeza não tinha dinheiro para se dar ao luxo de uma vingança a esse preço. Mas, então, quem? Para piorar, ele ia ter que explicar ao inspetor Go por que estava com a bolsa da falecida e com sua arma e, sobretudo, ia ter que convencê-lo de que não tinha matado aquela moça, e isso, isso também ia ser muito cansativo. Bem, veríamos... Acomodou-se mais confortavelmente, de olhos fechados, e tentou relaxar. Imaginou-se flutuando na espuma, com a boca salgada, o corpo mole como o de um leão-marinho: técnica de relaxamento que ele inventara no correr dos anos. O ventilador fazia um chiado, soprando uma brisa leve em seu rosto. Devagar, bem devagarinho, caiu no sono.

Sonhou que entrava na casa da senhorita Martinet. Estava escuro, ele procurava o interruptor, acendia e se via cara a cara com a assassina, com uma automática apontada para a sua barriga. Ela caía na gargalhada antes de beber rum, bem devagar, num velho vidro de mostarda, o qual jogou dentro da pia. Dag viu o dedo indicador dela apertar o gatilho ao mesmo tempo que ela lhe dizia: "Levante-se, seu puto!". Acordou assustado.

O policial de plantão o sacudia.

"O inspetor Go chegou. Ele o espera na sala dele."

"Ah, obrigado", Dag resmungou, retomando pé na realidade.

Levantou-se, espreguiçou-se, foi para a sala que lhe indicavam, com a bolsa da mulher debaixo do braço, e bateu à porta.

"Entre!"

A sala era minúscula e Francis Go, enorme. Tal como um buda de bronze apertado numa camisa azul-clara abotoada até o pescoço, ele imperava atrás de uma mesa comida pelas traças, diante de um computador que parecia um brinquedo entre suas mãos gigantescas. Com o dedo indicador gorducho, apontou-lhe uma cadeira de verniz descascado.

"Sente-se. Em que posso ajudá-lo?"

Sua voz era agradável, com uma ponta de sotaque crioulo.

"Bem, vim aqui para lhe fazer umas perguntas sobre um caso antigo... Mas talvez não seja a hora adequada."

"Nunca é a hora adequada. Temos falta de pessoal, estamos sempre atrasados. Veja, agorinha mesmo acabamos de encontrar na rua uma mulher com uma bala no ventre. Morta. Um sujeito falava com ela, e dois segundos depois ela estava morta. Nas barbas de um de nossos policiais. Incompreensível. Bem, não é problema seu... Vamos lá, faça suas perguntas."

Dag pegou um cigarro no bolso da camisa, mas Go levantou uma de suas mãos enormes.

"Sinto muito, aqui não se fuma. Gosto dos meus pulmões."

Dag largou o cigarro, evitando pensar na bolsa de couro que pesava sobre sua coxa, e arriscou:

"O senhor se lembra de Lorraine Dumas-Malevoy, uma moça branca que foi encontrada enforcada em Vieux-Fort em 1976?"

"Setenta e seis? Faz séculos... O que quer saber sobre essa Dumas?"

"Queria saber se havia uma ficha sobre o caso."

A duras penas Go girou na cadeira, que fez um chiado, e virou-se para um terminal de computador que estava numa mesinha atrás dele.

Digitou algo, resmungou uns palavrões para a máquina, digitou de novo, depois se virou.

"Temos alguma coisa nos arquivos. Não tenho tempo de acompanhá-lo."

Rabiscou umas palavras numa folha em branco.

"Dê isso ao plantonista lá embaixo, ele o levará. Esses números aqui são a referência da pasta. E Lester, como vai?"

"Em plena forma. Os negócios andam bem. Mandou-lhe um abraço."

Segundo o que Lester lhe dissera, Go e ele tinham se conhecido no Haiti, na época em que Lester andava metido com a CIA. Go era um dos oponentes clandestinos ao governo Duvalier, e Lester o ajudara a fugir.

"Não vou prendê-lo por mais tempo, tenho trabalho até dizer chega."

Dag agradeceu-lhe.

O inspetor Go observou a porta se fechar atrás do sócio de Lester. Sentia-se sufocado. Desabotoou a gola da camisa e aspirou uma boa lufada de ar morno. Morria-se de calor naquele cubículo. Abriu uma gaveta e tirou um vidrinho de plástico com cápsulas cheias de pó verde. A etiqueta do frasco dizia "fucus vesiculus". Algas desintoxicantes. Pegou duas cápsulas, que engoliu sem água. Logo se sentiu melhor. As cápsulas não continham *fucus*, mas pó de glândula sexual de cobra comprado a preço de ouro num velho herbanário. O píton era o seu *loa*, seu espírito tutelar, e aquilo sempre regenerava suas forças. Embora não acreditasse de fato em todas essas práticas do vodu, Go preferia segui-las: afinal de contas, como dissera o filósofo Pascal em sua época, não custava nada acreditar.

Chegava-se aos arquivos por uma porta com a inscrição "Acesso restrito", ao lado dos toaletes, no fundo de um corredor escuro. O policial de plantão escoltou Dag ao subsolo, até um porão abarrotado de prateleiras empoeiradas.

"Está tudo aqui. Desculpe, mas tenho que subir. Está classificado por ano e por ordem alfabética."

Dag foi observar os arquivos sobrecarregados. A prateleira de 1976 ficava num canto, abarrotada de pastas suspensas. Percorreu rapidamente as etiquetas e logo a achou: "Dumas-Malevoy". Meteu a mão na pasta e tirou... uma simples folha datilografada: "Pasta ref. 4670/JF. Acompanhado pelo insp. Darras. Caso encerrado. Cota X".

Subiu para ver o policial de plantão e grudou a folha no nariz dele:

"O que é que isso quer dizer?"

O guarda estudou a folha por alguns segundos, com absoluta indiferença.

"Sei lá... Inspetor!", gritou de repente.
Aproximou-se um jovem bem-apanhado de camiseta branca impecável.
"Talvez o senhor possa ajudar este cavalheiro", disse o plantonista coçando a cabeça.
"Qual é o assunto?"
Dag lhe entregou seu cartão de visita.
"Dag Leroy, das Investigações McGregor. Estou encarregado de um caso antigo e o inspetor Go me disse para consultar o arquivo."
Estendeu a folha ao inspetor, que a estudou por alguns instantes atrás de seus óculos de armação de tartaruga antes de dar de ombros.
"Darras... Darras, agora ele está aposentado, no Périgord, na França. Devemos ter o endereço dele em algum lugar, se lhe interessa."
"Mas onde está a documentação?"
"Cota x. Quer dizer que se perdeu."
"Perdeu?"
"Alguém quis consultá-la, ou pegou emprestado. O senhor sabe como é, casos arquivados, realmente a gente não liga muito para eles. Qual era o problema?"
"Um suicídio que talvez não tenha sido suicídio. Encontraram a mulher enforcada. O doutor Jones, médico de plantão, concluiu pelo suicídio. O assistente dele inclinava-se para um assassinato disfarçado. Fizeram-no calar o bico."
"E o que você tem a ver com isso?"
"A filha da vítima nos encarregou de encontrar o pai. Mexendo neste caso, dei de cara com essa história de suicídio duvidoso."
"E o pai?"
"Ninguém sabe, ninguém viu. Talvez se chamasse Jimi. Talvez fosse de Sainte-Marie, não se sabe de nada, ninguém nunca o viu."
"Conte um pouco mais..."

Dag não pestanejou. O jovem inspetor ouviu-o atento e só o interrompeu uma vez.

"É engraçado, isso me lembra alguma coisa... Uma mulher enforcada, em 1977, acho, para os lados de Trois-Rivières, branca, jovem, bonita. Chamava-se... hã, Johnson, é, Jennifer Johnson. Era de Sainte-Marie mas morava em Guadalupe. Foi por isso que nos comunicaram o caso. Quando nossos colegas *frenchies* descobriram o corpo, pensaram em suicídio, mas o legista achou indícios suspeitos, e fizeram uma autópsia: ela tinha sido violentada com um instrumento pontudo, tipo agulha de tricô, e estrangulada."

"Violentada com uma agulha de tricô?", repetiu Dag, perplexo.

"Torturada, se preferir. Longa e selvagemente torturada", acrescentou o inspetor com uma careta de horror. "O assassino apagou os vestígios do crime e cuidou de toda a encenação, mas esqueceu de limpar uma minúscula mancha de sangue no vestido. Foi o que chamou a atenção do legista. Ele também concluiu que a moça tivera relações sexuais com preservativo antes de ser massacrada. A mulher não tinha amante fixo, vivia sozinha desde a morte do marido. Interrogaram os amigos, os conhecidos, porém não chegaram a nada."

"Nada prova que o homem com quem ela fez amor e o assassino da agulha fossem a mesma pessoa", disse Dag, intrigado.

"É verdade. Mas era a hipótese da equipe encarregada da investigação. Do contrário, seria preciso que ela tivesse ido para a cama com um desconhecido e duas horas depois outro desconhecido tivesse chegado para massacrá-la. Pouco provável."

"Mas possível. Seja como for, obrigado pelas informações. O senhor não estava aqui na época?"

"Não, mas quando fui transferido para cá me puseram nos arquivos. Aproveitei para me inteirar um pouco e dei de cara com esse caso sem solução", explicou o inspetor, esquecendo de esclarecer que foi o caso Johnson que deu de cara com ele, mais exatamente com a sua cabeça, quando a pasta caiu da prateleira. Foi ao tentar guardá-la de novo que as fotos chamaram sua atenção e ele a vasculhou.

"Você devia falar disso com o inspetor Go", ele continuou, tirando os óculos. "Acho que ele trabalhou nesse caso, sabe como é... esse negócio de cooperação, esses troços assim."

O homem despediu-se de Dag, que voltou para a sala de Go sob o olhar taciturno do plantonista. O inspetor Go estudava um documento datilografado. Levantou a cabeça depressa, tão acolhedor quanto um bisão incomodado em plena pastagem, e reabotoou correndo a gola da camisa. Mas deu tempo para Dag perceber a pequena cicatriz redonda e saliente na base do pescoço. Como quem não quer nada, Dag lhe entregou a folha.

"Desculpe incomodá-lo de novo, mas a pasta está vazia. Só havia isso."

"Deixe-me ver... Ah, sim, pasta perdida. Isto aqui é uma bagunça desgraçada."

"Encontrei um de seus jovens inspetores que me falou de um caso semelhante."

"É mesmo?"

"Jennifer Johnson."

Go abriu devagar suas mãos imensas de estrangulador e lançou um sorriso amável a Dag.

"Caso arquivado. Não se chegou a nada. Você sabe como são os jovens, sempre querem brilhar. Francamente, nenhuma relação com o caso Lorraine Dumas. Precisa de mais alguma coisa? Porque estou com a agenda um bocado apertada..."

"Vou deixá-lo trabalhar, mais uma vez obrigado."

Dag se lembrou *in extremis* da bolsa, que pegou escondendo o rasgo com a mão. Já não tinha vontade de falar disso com Francis Go. Era complicado demais para explicar.

Ocultação de provas, obstrução das buscas... isso aí podia ir longe. Hesitando, perguntou:

"E a mulher encontrada na rua? O caso está avançando?"

"Ela não levava nada consigo, a não ser um colar com uma medalha de Nossa Senhora e as iniciais A. J. Fora isso... Vamos publicar a foto, é possível que alguém reconheça. Sabe como é. A rotina. Se pelo menos eu pudesse pegar o cara que estava com ela..."

"Tem um perfil dele?"

"Segundo o guarda era um black qualquer, de cabelo curto; segundo os garotos era um grandalhão, tipo americano jogador de basquete. Em suma, nada muito útil. Black não é o que falta aqui, não é mesmo?"

"E o ferimento?"

"45 ACP, coisa séria, calibre de profissional. Estranho, não é? Em geral, nas histórias passionais usa-se uma faca, uma espingarda, sei lá, mas não um revólver igual ao dos tiras e dos bandidos. E por que um bandido de Sainte-Marie ia querer matar uma turista branca? E por que eles não berraram nem nada? Mais um caso que vai me fazer suar durante meses, e à toa!", concluiu batendo na mesa, que por pouco não desabou.

Levantou-se, ocupando todo o espaço, com a pança balançando.

Dag o cumprimentou.

"Muito prazer!"

Go fechou a mão de Dag na sua e apertou-a amavelmente, soltando-a pouco antes de Dag sentir seus dedos quebrarem. Ele saiu pelo corredor sacudindo a mão. Quer dizer que outra mulher tinha sido enforcada! E Go fora particularmente evasivo.

O plantonista enfrentava as vociferações de uma velha cuja bolsa tinha sido roubada. De repente, Dag cedeu a um impulso e se meteu discretamente pelo corredor escuro. Se o interpelassem, alegaria estar procurando o toalete.

Empurrou a porta metálica que ficara aberta e desceu depressa até a sala do arquivo. Entrou sem barulho: ninguém. Correu até a prateleira 1977 e meteu o dedo entre as pastas... "Johnson, ref. 5478, an. 2/38." Pronto. Umas vinte páginas numa pasta bege. Folheou-as depressa: laudo de autópsia, fotografias, resumo da investigação salpicada de carimbos "République Française", "confidencial", "cópia autenticada ", "para informação". Ótimo.

Ficou um ou dois segundos olhando fixamente a velha pasta bege e pensando o que estava rabiscado ali. "... ref. 5478, an. 2/38." An.: anexo? Faltava um documento. Examinou as folhas até o relatório final, dirigido ao delegado Cornet. Pouco provável que ele ainda estivesse na ativa. Vejamos... por que suprimir um documento dessa pasta? Ou será que se tratava de mais uma perda?

Pegou a pasta vizinha: nenhum "an.". A seguinte, uma história sombria de vizinhos, resolvida no facão, continha um "an.": um memorando interno, do inspetor Go para o delegado Cornet. Dag verificou mais algumas pastas ao acaso: "an.", aparentemente, designava os memorandos internos e as informações confidenciais trocadas entre policiais.

Dag percorreu depressa a grande sala escura, observando os nomes das diversas seções. Um feixe de luz entrava pelas grades de uma janela, como se fosse o luar num cemitério de papel. As estantes mais afastadas estavam desabando com o peso de caixotes empilhados de forma desleixada, nos quais se liam inscrições feitas com pincel atômico: "Contabilidade", "Obras do prédio", "Pessoal". Ah! Já estava mais interessante. Dag começou a remexer nas pastas amontoadas, incomodando uma colônia de *ravets*, as baratas locais, que se dispersaram, apavoradas.

Estava tudo arrumado em ordem alfabética. "DARRAS, René": ficha biográfica, memorandos de serviço, cartas oficiais, formulários administrativos, correspondência interna. Correspondência interna. Classificada por ano. O jovem inspetor tinha feito as coisas direito. Dag pegou o ano de 1977, ávido. Bobagens e mais bobagens. Estava perdendo tempo. Ia fechar o arquivo quando algo lhe saltou aos olhos: uma nota datada de 18 de setembro de 1977 assinada pelo delegado Cornet, confirmando que recebera o an. 2/38. E comunicando ao inspetor-chefe Darras que não havia razão para levar aquilo adiante. Aquilo, o quê? Ele voltou um pouco: "CORNET, Raymond". Mesma papelada amarela, citações de ordem ao mérito, carreira, correspondência. O papel cheirava a poeira. Ao se aproximar do período que lhe interessava, Dag sentiu-se estranhamente febril. E se não houvesse nada? Dia 20 de agosto de 1977. Lá estava ele: o an. 2/38. Uma carta batida numa velha máquina de escrever e assinada pelo inspetor Darras. Havia um envelope grampeado na carta.

Barulho de passos no andar. Dag levantou os olhos, alarmado. Com toda a certeza os guardas não apreciariam essa intrusão clandestina no subsolo. Ele tirou do arquivo a carta e o envelope e recolocou depressa o caixote no lugar. Depois, repreendendo-se mentalmente, meteu a pasta Johnson na bolsa arrancada da senhorita A. J. Um delito a mais, um a menos... Subiu os degraus a passo de gato. Empurrou devagarinho a porta de ferro. Nada à vista; uma porta bateu, a voz de Go explodiu de repente: "Merda! Estou com trabalho até dizer chega!". Dag pegou o corredor, fingindo que estava fechando a braguilha. Sempre poderia argumentar com um desarranjo intestinal.

Tinha a impressão de transportar uma bomba. "Suficiente para explodir o seu registro profissional", uma voz sussurrou em sua cabeça enquanto ele voltava para a portaria.

"Ninguém vai notar nada. — E se Go quiser dar uma olhada por lá? Ter voltado a falar de tudo isso podia lhe dar vontade de rever o caso. — Ele está cheio de trabalho", Dag retrucou com voz tênue porém tenaz.

Passou com ar distante na frente do plantonista, que não tirou os olhos de suas ocorrências. E pronto, simples como beber água! Dag entrou num táxi estacionado na praça, perseguido pela vozinha aguda: "E essa bolsa que era da falecida e oculta a arma que serviu para matá-la, acha que é bom guardá-la com você? — E faço o quê? Mostro-a a Go e passo a noite no xadrez? Perco horas a lhe explicar que uma mãe de família equipada como um mafioso quis me matar sem razão, assim, pá-pum?". Dag estalou os dedos, fazendo o motorista se virar, um velho nem um pouco tagarela.

O olhar do motorista se fixou na bolsa furada, e depois na estrada.

Dag recomeçou seu diálogo interior.

"E o que você vai fazer com a bolsa e o revólver? Vai voltar com tudo isso para Sint Maarten? — Vou jogá-los numa lixeira do aeroporto. — Encaminhar os tiras para uma falsa pista, bravo! — E devo encaminhá-los para onde? Para cima de mim?"

Chiado de freios. Ele levantou a cabeça: o velho o encarava.

"Desça."

"Como?"

"Desça do meu carro."

Mas o que é que há? Dag se inclinou e se viu cara a cara com um revólver antigo mas bem lubrificado. Arregalou os olhos: não era possível que esse velhote fosse mais um!

O velho apontou a bolsa de couro.

"Pegue a sua bolsa e se arranque! E não tente puxar sua arma ou vou matá-lo."

Abruptamente, Dag percebeu o rádio, que estava ligado. O velho sacudiu o berrante.

"Eles acabaram de dizer que um homem matou uma branca, no centro, e que fugiu com a bolsa dela, uma bolsa de couro azul-marinho, e esta bolsa é de couro azul-marinho e tem uma arma nesta bolsa, eu sei reconhecer um revólver, e esta bolsa é uma bolsa de mulher, e a sua camisa tem manchas escuras que estão fedendo a sangue seco, e você vai descer do meu carro."

Não valia a pena argumentar. Dag pegou a bolsa e abriu a porta. E que se desse por feliz de o velho não o entregar a um tira!

"Vieux-Fort é longe?"

"Três quilômetros."

O velho o visava entre os olhos, dedo no gatilho, sem o menor sinal de quem estava brincando.

Dag bateu a porta. Só lhe restava andar, esperando que ninguém fosse lhe dar um tiro ou viesse prendê-lo. O táxi saiu a toda, no meio de uma nuvem de fumaça, deixando-o sozinho no crepúsculo. A estrada ondulava, deserta, tão sossegada quanto a de *Intriga internacional*. Ele apressou o passo, com a bolsa no ombro, beirando prudentemente o acostamento. A carcaça enferrujada de um carro brilhava sob a luz da lua que começava a subir. Tirou da bolsa a pasta roubada, meteu-a debaixo da camisa, deu uma olhada ao redor e jogou a bolsa comprometedora dentro do carro velho, depois de tê-la revistado, embora sem esperanças. A moça não devia ser imbecil a ponto de deixar ali sua agenda ou seu endereço. De fato, além da automática, a bolsa só tinha um maiô rosa-shocking, uma chave e uma revista. A chave, uma pequena chave chata e dourada, estava pendurada num chaveiro em forma de golfinho. Guardou-a no bolso. Quanto à revista, era um troço em inglês que tratava de mergulho e esportes náuticos. Dobrou-a e enfiou-a no bolso de trás da calça. Esportiva, a capanga.

Ficou olhando pesaroso o Sig-Sauer P 220. Era uma pena jogar fora uma arma tão bonita: modelo que equipava inúmeros corpos de polícia europeus e americanos, assim como as forças armadas sueca e japonesa; mas conservá-la podia lhe valer uma condenação por homicídio. Limpou cuidadosamente a coronha, jogou-a na carcaça carbonizada e pegou de novo a estrada.

E as crianças? Que fim ela teria dado às crianças? Afinal, não teria alugado os dois meninos só para aquela manhã! E desde quando o seguia? Dag tentou lembrar se ela já estava no hotel quando ele chegou na noite da véspera, mas não conseguiu.

Outra imagem o obcecava: a de um pedaço de carne inchada, do tamanho de uma moeda de um dólar, na base do pescoço de Francis Go. Ele apostava de dez a zero que aquilo fora uma tentativa de apagar alguma tatuagem. Uma tatuagem comprometedora que pouquíssimos homens deste planeta exibiam. Dag tivera oportunidade de ver uma dessas num cadáver estraçalhado, durante uma incursão a uma favela de refugiados haitianos. O homem fora retalhado a facão e a terra batida bebera os litros de sangue derramado, formando uma lama rosa e esponjosa. Um sujeito jovem de short esfiapado afastara as milhares de moscas aglutinadas em cima do cadáver e apontara para Dag o sinal responsável pelo assassinato do homem: um olho dotado de três pupilas. A marca dos Iniciados da Confraria dos Servos de Dambala, recrutados principalmente entre a elite dos *tonton macoutes*. Quando Duvalier caiu, muitos deles tentaram apagar a marca infamante, não desejando sofrer o suplício do pneu em chamas, preconizado por suas antigas vítimas.

Francis Go não teria mentido um pouco a Lester quando alegou ser opositor clandestino?

6

Dag chegou a Vieux-Fort lá pelas oito e meia da noite, suando em bicas, com os pés em brasa. A cidade já parecia dormir. Lembrou-se de como se espantara, em criança, quando soube que na quaresma — ou verão, para os europeus — o dia podia ficar claro até as dez da noite. Estava acostumado a ver o ano inteiro o sol nascer às seis e se pôr lá pelas sete, invariavelmente. Desistiu de ler a documentação roubada na delegacia. Objetivo: trocar de roupa e correr até a casa dos Rodriguez. Que ritmo infernal o de Dagobert Leroy!

O padre Léger o recebeu com um sorriso radiante. Estava sentado à mesa, na sacristia, e remexia as certidões.

"Casamentos, batismos, estou pondo um pouco de ordem", explicou. "Não conseguiu nada?"

"Quase nada. Estou bastante atrasado, estão me esperando na casa dos Rodriguez para o jantar de luto."

"Você os conhece?", espantou-se o padre.

"Não. Menti para Louisa Rodriguez alegando que era amigo do pai dela", Dag respondeu vasculhando sua sacola de viagem para tirar uma camiseta preta e limpa.

"E com que objetivo?"

"Louis Rodriguez. Foi ele que achou que Lorraine Dumas tinha sido assassinada. Talvez tenha comentado com os filhos, nunca se sabe."

O padre Léger franziu o cenho.

"Tenho a impressão de que a sua investigação mudou de rumo. Achei que você estava procurando o pai de Charlotte, e não o assassino da mãe dela."

"Talvez sejam a mesma pessoa. E talvez Lorraine não seja a única vítima."

O padre, interessado, levantou-se.

"Como assim?"

"Quando eu voltar lhe conto tudo, se o senhor ainda estiver acordado", disse Dag enquanto se contorcia para tirar a calça suja e enfiar um jeans desbotado.

"Estarei no presbitério, bem ao lado. Vou esperá-lo!"

Dag já estava na rua. Tinha descoberto o clube de mergulho ali perto do embarcadouro, e foi para lá a passos rápidos.

A casa dos Rodriguez ficava bem em frente, uma casa branca muito modesta, cercada de um jardim todo florido. Ouviu o zunzum das conversas uns dez metros antes de chegar. Pelas janelas escancaradas via-se que havia muita gente. Foi Louisa que abriu a porta. Usava um vestido preto de babados mais apropriado a uma festa de aniversário. Os outros convidados também estavam nos trinques e Dag sentiu-se deslocado com jeans e camiseta. Louisa o cumprimentou: sua pele era quente e delicada.

"Entre. Venha beber alguma coisa", disse com sua voz arrastada.

Ele a seguiu até o bufê arrumado no meio da sala, sobrecarregado dos mais diversos pratos: *cabri* de carneiro, *balaous* grelhados, pão doce, mamões, goiabas etc. Como bom especialista, farejou o cheiro do caldo que saía de uma grande panela de *chellou*. Dag adorava esse prato à base de miúdos e arroz, que se comia raramente em Saint-Martin. Louisa lhe deu um copo de ponche gelado.

"Tome. Quer dizer que você era um amigo de meu pai?"

"Ah, eu o conheci há muito tempo. Eu trabalhava num laboratório, e fomos com a cara um do outro."

"Ele nunca nos falou de você."

"Não éramos íntimos, sabe, só bons companheiros."

"Mas você é mais moço que ele..."

Ora essa! O defunto tinha vinte anos mais que ele! Dag deu um gole sem responder, o ponche estava forte, o pileque ia ser geral e todos ali iam prantear as virtudes do saudoso Louis Rodriguez. Ele não sabia como abordar o assunto que tanto o interessava. Louisa olhava ao redor, e ele disse de supetão:

"Você trabalha em Vieux-Fort?"

"Na escola primária. Sou responsável pelo pré-primário."

"Eles têm sorte! Não é sempre que se tem uma professora tão charmosa como você."

Por que estava jogando todo esse papo furado tão cafona para cima dela? Iria levar um tabefe. Encabulada, Louisa se virou.

"Desculpe, mas tenho que ir ver os outros convidados... Sirva-se, não se acanhe."

Que cara mais chato!

"Seu pai me falou de você, de quem gostava muito", Dag insistiu.

"É mesmo? Pois é, ninguém diria", retrucou a moça. "Vivia me dando bronca... porque ainda não me casei, porque dirijo depressa demais, porque eu fumo... Tudo em mim o contrariava."

"Só na aparência. Na verdade, tinha muito orgulho de você", Dag arriscou, consciente de estar numa corda bamba: não sabia nada sobre a moça.

"Você diz isso para me agradar. É do gênero paquerador que elogia descaradamente."

Ele sorriu.

"Fui desmascarado! Que posso fazer para ser perdoado?"

"Ajudar-me a servir o ponche... Venha. Pegue a concha aí e encha os copos."

Dag obedeceu, com ar compenetrado de menino que fez bobagem. Ela sorriu. Quando queria, ele sabia ser engraçadinho.

"Até que você leva jeito! Ah, mamãe chegou, vou apresentá-la..."

Danou-se!

"Mamãe, apresento-lhe Dag Leroy, um amigo de papai. Trabalharam juntos na Grand'Terre."

"Ah, você conheceu meu pobre Louis? Que tragédia! Bem, Deus nos dá e Deus nos tira..."

Teresa Rodriguez fez o sinal-da-cruz antes de sacudir Dag pelo braço.

"Era um homem bom! E justo! Nunca teve sorte, liquidaram a carreira dele por causa dessa história, mas ele tinha razão!"

"Ah, mamãe, você não vai recomeçar!", Louisa reclamou. "Tudo isso é tão antigo."

"Antigo? Mas, minha filha, seu pai quase perdeu o lugar por causa desse safado e você diz 'tudo isso é tão antigo'! E daí? Injustiça é sempre injustiça, não é mesmo, senhor?"

"A senhora está coberta de razão, o tempo não cura nada", Dag respondeu soltando o braço que a viúva apertava. "Nunca entendi direito o que aconteceu, seu marido se negava a comentar...", ele prosseguiu, ignorando o olhar furibundo de Louisa.

"Ele sabia que a moça tinha sido assassinada, ele me disse. Foi ele que fez a autópsia. O médico estava caindo de bêbado, fez o serviço de qualquer jeito, mas, como não queriam criar caso, abafaram a história. Jogaram o laudo de Louis no lixo, e o transferiram. A gente tinha acabado de comprar esta casa, as crianças eram pequenas, ele teve de viver lá, num apartamento minúsculo. Tudo isso para não criar problemas para o marido..."

"Marido de quem?", Dag perguntou, com a concha suspensa em cima de um copo.

"Da moça... Um velho cheio da grana. A moça teve uma filha com um cara daqui da terra, o velho a expulsou, ela vivia na miséria, uma moça bonita, Louis me disse. Uma moça loura bonita, bem novinha, estrangulada e estuprada!"

Quê? Dag estremeceu, derrubando um pouco de ponche na toalha.

"Estuprada? Mas eu achava que..."

"Estuprada, garanto-lhe", cochichou Teresa chegando mais perto, e ele viu os lábios trêmulos dela bem perto dos seus. "Imagine o escândalo! E ninguém quis escutar meu pobre Louis. Isso o deixou furioso, ele nunca mais foi o mesmo, perdeu a confiança; desconfiava de todos os brancos, falava-me disso o tempo todo em suas cartas, no início..."

Dag largou a concha.

"A senhora guardou as cartas dele?"

"Ah, claro, moço, todas! Estão ali, no bufê, numa caixa de madrepérola que herdei de mamãe. Meu pobre Louis!"

Ela enxugou os olhos, abalada por um acesso de choro, e Dag, perturbado, virou-se para Louisa, que não estava mais ao seu lado. Conversava com um homem de uns quarenta anos de pele muito clara, esbelto e elegante, com um penteado cheio de trancinhas bem curtas. O homem a segurava pelo ombro, sorridente. Enquanto procurava alguém para ficar com mamãe Teresa, Dag ficou pensando quem seria o bonitão. Uma velhinha de cabelo grisalho surgiu bem a calhar.

"Não chore, minha filha, não chore, você vai encontrar o seu homem no céu. Venha, vamos cantar para ele. Venha...", ela murmurou em crioulo, passando o braço pelos ombros da viúva.

Arrastou-a até o canto das senhoras. Dag serviu-se de um copo de ponche e tomou-o de um só gole. Precisava daquelas cartas. Ninguém jamais havia mencionado que Lorraine tinha sido estuprada. Como aquela Jennifer Johnson cuja pasta estava na sua sacola. Santo Deus, ele sentia que estava na pista de uma história inacreditável: alguém cometera crimes na região, vinte anos antes, crimes impunes até hoje... Levantou os olhos. Como fazer? Impossível agir agora. Seria obrigado a assaltar a casa ou achar uma desculpa para que Teresa o deixasse ler as cartas... Buscou Louisa com os olhos. O bonitão elegante estava conversando com outro sujeito, e Dag sentiu-se vagamente feliz.

Tocaram seu ombro.

"Quem é você?"

Era Louisa, severa. Ele baixou a cabeça.

"Como?"

"Eu perguntei quem é você. Estou falando francês, não estou?"

"Mais ou menos."

"Seu grosso! Responda à minha pergunta."

Seus olhos negros brilhavam. Dag sentiu que vinha encrenca pela frente. Tentou disfarçar.

"Não estou entendendo. Já lhe disse, eu me chamo Dagobert Leroy."

"Dagobert ou Luís XIV, para mim tanto faz. Quero saber o que você deseja."

"Nada, ora. Falar com a sua mãe, só isso."

Louisa pegou-o pela camiseta e puxou-o para si.

"Escute aqui uma coisa, meu primo Francisque, com quem eu estava conversando agorinha mesmo, viu você anteontem com John Loiseau, e John Loiseau foi quem encontrou morta aquela mulher de quem você estava falando com mamãe. Então, não banque o esperto comigo e me diga o que está querendo."

Ela examinou seu rosto com gravidade. Dag ficou quieto, com um ligeiro sorriso no canto da boca, o olhar zombeteiro. Louisa sentiu uma vontade incrível de lhe dar um bom tabefe. Ele parecia tão cheio de si! E aquelas tatuagens de macho! Ela recomeçou, furiosa.

"Você é tira, é isso? Se eu disser ao meu irmão que você é um impostor, ele o estraçalha rapidinho..."

Com o queixo, apontou-lhe Martial. Metido num terno cujas costuras dos ombros perigavam arrebentar, o rapaz distribuía apertos de mãos, com os olhos cheios de lágrimas.

Dag suspirou, mostrando as palmas da mão em sinal de paz.

"É uma longa história. Podemos conversar lá fora?"

Louisa o observou, desconfiada, de queixo empinado.

"Lá fora não vou poder impedir que você fuja..."

"Como eu poderia querer fugir de você?"

"Você pensa que é engraçado?"

"Às vezes. Conto-lhe tudo ou continuo a servir ponche?"

Ela deu um tapa em seu peito com as costas da mão.

"Ei, não fale comigo assim, não, viu? Saia."

Dag pôs as mãos para o alto e dirigiu-se para a porta.

Ela lhe beliscou cruelmente a gordura do braço murmurando: "Baixe as mãos, diabos!".

"Ai! Você é totalmente doida!", Dag protestou ao cruzar a porta.

"Tenho horror que debochem de mim."

De rabo de olho, Francisque os viu sair. Quem era aquele cara? Sobre o que Louisa poderia estar falando com ele? Mexia em suas trancinhas com uma ponta de contrariedade. Detestava ver desconhecidos rondando Louisa. Gostaria de segui-los, mas seu interlocutor, o gerente do Island Car Rental, onde ele trabalhava, estava numa conversa apaixonada sobre seus galos de briga.

O jardim estava um breu. Dag levantou a cabeça para o céu estrelado. O vento os envolvia, morno, agradável. Essa mulher lhe agradava. Muito.

Esse cara não lhe agradava. Nada.

Ela cruzou os braços sobre o peito, exibindo um semblante glacial.

"E aí? Estou esperando suas explicações."

Dag deu um passo à frente; ela logo recuou.

"Fique onde está."

"Não vou atacá-la."

"Como posso saber? Afinal de contas, você pode ser o assassino dessa mulher. Tem idade para isso, ou não?"

Dag ficou perplexo. De fato, o cara devia ter entre quarenta e quarenta e cinco anos. Louisa o olhou, prestes a mordê-lo. Ele sentou sobre uma pilha de pneus velhos.

"Vou lhe explicar. Mas tem que prometer que não falará a ninguém. Pode ser perigoso."

"Hey, man, você é um pouco escuro demais para brincar de James Bond."

Dag deu de ombros, sorrindo. A mulher mais geniosa que ele encontrara ultimamente, essa Louisa. E um corpo dos diabos... Ele resolveu contar toda a história, imaginando que, nessa toada, a ilha inteira logo estaria informada, mas precisava da ajuda dela.

Louisa o escutou com atenção, e quando Dag terminou ela ficou um momento calada.

"É verdade, tudo isso? Você não está inventando?"

"Juro por minha mãe mortinha..."

Ela deu de ombros. Realmente, ele não conseguia deixar de bancar o engraçadinho. Um detetive particular. Com jeitão de surfista americano. E um sorriso de arrasar quarteirão. Louisa devia acreditar nele?

"O que você quer com a mamãe?"

"As cartas do seu pai. Aquelas em que ele fala de Lorraine Dumas."

"E mais nada! Não se pode dizer que você seja propriamente acanhado... Vir assim na casa da gente..."

Dag levantou-se e aproximou-se dela. Louisa parecia perdida em seus pensamentos. Cedendo a um impulso repentino, inclinou-se e deu-lhe um beijo na boca. Ouviu-se o tapa, sonoro. Que mulher de pulso!

"Era só o que faltava! Quem você acha que é?"

"Desculpe, não sei o que me deu. Um raio de lua que atravessou minha cabeça..."

Louisa o observou atentamente.

"Escute aqui, Napoleão, sei que você se acha muito esperto e muito bonito e tal, mas, realmente, você não é meu tipo."

"Ah, é? E qual é o seu tipo?"

"Francisque. Somos noivos. Vou me casar no outono."

Dag sentiu-se irracionalmente furioso. Era ridículo. Não fazia nem vinte e quatro horas que ele conhecia essa moça. E ela era jovem demais para ele. Mas, mesmo assim... aquele cretino do Francisque, com seus trejeitos e seu requebro, suas ridículas trancinhas e sua impecável roupa verde-escura elegantemente apertada na cintura... Ele percebeu que Louisa deu meia-volta e foi embora.

"Ei, espere!"

"O quê? Você quer as cartas? Volte às três horas da manhã. Sente-se ali", ela acrescentou, apontando para os pneus, "e não faça barulho."

Dag roçou seu punho.

"Obrigado."

"De nada. Estou curiosa para saber o que vai acontecer", ela retrucou, afastando-se depressa.

Deu meia-volta e entrou na casa. Dag olhou seu perfil cruzar a porta. Francisque foi encontrá-la, cochichou-lhe alguma coisa enquanto examinava o jardim escuro. Dag, invisível na sombra, deu-lhe uma banana e afastou-se. A charmosa Louisa era tão amável quanto Charlotte e quanto a maioria das mulheres que ele encontrara ultimamente. Será que a raça feminina agora só produzia o modelo "megera new look 1996"? Ou se tratava de uma lamentável alteração que ocorria quando elas entravam em contato com o repugnante Dag Leroy? Há perguntas que é melhor evitar.

O padre Léger o esperava, afundado numa confortável poltrona de couro esfolado, mergulhado na leitura do último livro de Stephen King. Levantou a cabeça ao ver Dag entrar.

"E então, a caçada foi rendosa?"

"Acho que sim. Vou encontrar a filha de Louis Rodriguez às três da madrugada. Ela deve me entregar as cartas do pai sobre esse caso."

"Puxa, estou vendo que você não perdeu tempo. Lembre que me prometeu um relato completo de tudo o que aconteceu."

"Tudo bem!"

Dag se jogou no sofá surrado que guarnecia a parede do fundo e começou, pela segunda vez naquela noite, a contar todo o caso.

O padre Léger pontuava seu relato com grunhidos de apreciação e, quando Dag chegou à tentativa de assassinato pela misteriosa A. J., ele não conseguiu conter uma exclamação:

"Mas é um verdadeiro romance! E pensar que, enquanto isso, tenho que aturar as confissões maçantes de minhas boas paroquianas..."

"Cada um com a sua vocação. O senhor é o padre, eu sou o cavaleiro."

"Está faltando a toga."

"Como?"

"Os três fundamentos do Estado: a Igreja, a espada e a toga. A magistratura. Falta-nos um juiz."

Malicioso, Dag apontou para o teto.

"Vamos nos contentar com o seu patrão. Vou lhe contar o resto, é muito interessante."

A cena do inspetor Go pareceu divertir muito o padre Léger, assim como o episódio do motorista de táxi. Mas parece que ficou particularmente fascinado pelo caso Johnson e pela maneira como, casualmente, Dag chegou àquela pasta.

"E você a roubou?"

"Ainda não tive tempo de dar uma olhada. Se me permite..."

"Esteja à vontade."

Dag levantou-se para buscar a pasta, enquanto o padre continuava:

"Se entendi direito, você pensa que um homem pode ter assassinado essas duas mulheres sem jamais ter sido procurado pela polícia... *Anguis in herba...*"

"Exatamente, a cobra no mato...", Dag aprovou.

O padre Léger o olhou com certo espanto.

"Você sabe latim?"

"Umas coisinhas. No mar a gente tinha tempo de sobra. O capelão de bordo me ensinou umas locuções. Difíceis de empregar na conversa corrente... Bem, examinemos meu butim."

Diante do olhar concentrado do padre, Dag abriu a pasta e a percorreu rapidamente, resumindo os principais elementos:

Jennifer Johnson. Trinta e dois anos. Viúva. Vivia da fortuna deixada pelo marido, um banqueiro de Sainte-Marie que morreu de enfarte quatro anos antes. Dividia seu tempo entre Sainte-Marie, onde ficava sua residência principal, e Trois-Rivières, onde havia oito anos ela alugava regularmente uma mansão. Encontrada morta, enforcada no ventilador da sala de jantar, em março de 1977. O ventilador estava ligado e o corpo girava numa espécie de valsa macabra, a um metro e meio do chão, acima de uma cadeira virada. O laudo médico-legal, assinado por um tal de Léon Andrevon, médico-chefe em Baillif, enchia três páginas com letras miúdas.

"Eu conhecia o dr. Andrevon. Ele morreu em 1981: ataque cardíaco."

Era de esperar. Na falta de Roma, todos os caminhos levavam, aparentemente, ao cemitério... Dag prosseguiu a leitura. A autópsia provara que Jennifer fora estrangulada, estuprada e torturada com um instrumento pontudo que rasgara sua vagina e seu útero. Nenhum vestígio de luta corporal. A vítima não ingerira bebida alcoólica nem psicotrópicos. Sua última refeição parece ter sido feita duas horas antes de morrer e se compunha de dourado, lentilhas e iogurte. Se não tivesse uma mancha minúscula de sangue no vestido, o enterro teria sido autorizado sem problemas com a menção "suicídio".

Como a vítima tinha nacionalidade santa-maritana, o inspetor-chefe Darras, auxiliado pelo jovem inspetor Go, acompanhara o inquérito com os policiais franceses. Nada vezes nada. Darras investigara toda a vizinhança, passara pelo crivo todas as relações da moça, sem resultado. Ela vivia sozinha e praticava assiduamente mergulho livre. E corria o boato de que tinha vários amantes ocasionais.

Mergulho livre. Dag pensou de novo na revista encontrada na bolsa azul-marinho da misteriosa A. J. E no amante de Lorraine Dumas encontrado numa praia. O correspondente francês de Darras, inspetor-geral Richetti, concluía por um crime cometido num de seus encontros amorosos casuais.

Dag entregou as folhas datilografadas ao padre Léger antes de examinar os outros documentos. Uma cópia do laudo dos especialistas dos laboratórios: impressões digitais, fibras, lascas de unha roída, cabelos, pêlos etc. Resultado: nada. Fotos, macabras, da vítima. Na primeira delas, tirada no local do crime, o rosto estava roxo, os olhos e a língua saltados, impedindo que se percebessem suas verdadeiras feições. Nas fotos seguintes, tiradas no necrotério, percebia-se que ela devia ter sido uma linda moça morena, de rosto voluntarioso, corpo bem-feito. Os olhos estavam abertos, pálidos e vazados, e um talho enorme atravessava sua garganta.

Dag pegou outra foto e não conseguiu conter uma careta de nojo: o doutor Andrevon tirara fotos das partes genitais da moça, pondo em evidência as lacerações e as tumefações. O homem que a atacara devia ser completamente tarado. O relatório esclarecia que os ferimentos haviam sido feitos ainda em vida, enquanto a estrangulavam. Isso supunha certa força. Estrangular uma mulher com uma só mão, estuprá-la com a outra. Ou será que ela perdera a consciência e parara de se debater? Espera-se, pensou Dag, largando essas fotos; espera-se que estivesse inconsciente.

111

A nota do inspetor Darras tinha o carimbo "confidencial". Resumia-se a poucas linhas:

Senhor Inspetor-chefe,
Tenho a honra de levar ao seu conhecimento que meus informantes sabem de mortes semelhantes à da viúva Johnson, tanto em Saint Kitts como em Antígua e em Saint Vincent. Não gozando das prerrogativas necessárias para investigar nesses territórios, permito-me recomendar vivamente um acordo com as autoridades locais a fim de podermos prosseguir nossas investigações.
Se as informações supracitadas são exatas, parece cada vez mais provável que estamos diante de um criminoso organizado que se desloca pelo Caribe.
Grato pela atenção dada à minha solicitação.

Seguiam-se datas e nomes:

— *11 de março de 1975, Antígua*: Elisabeth Martin, negra, 34 anos, enforcada. Depressiva desde o divórcio. Não há autópsia.

— *16 de dezembro de 1975, Saint Vincent*: Irene Kaufman, branca, 31 anos, solteira, enforcada. Acabara de ser demitida, suspeita de ter desfalcado o caixa da empresa. Não há autópsia.

— *3 de julho de 1976, Saint Kitts*: Kim Locarno, asiática, 32 anos, viúva, enforcada. Alcoólatra desde a morte do marido, piloto de caça. Não há autópsia.

— *4 de outubro de 1976, Sainte-Marie*: Lorraine Dumas, branca, 34 anos, separada do marido. Enforcada. Alcoólatra e prostituta. Mãe de uma menina de cor, Charlotte. Conclusão da autópsia: suicídio.

— *março de 1977, Trois-Rivières, Guadalupe*: Jennifer Johnson.

"Eu tinha razão! Olhe isto aqui!"
Entregou a carta ao padre.

O último documento da pasta era uma simples folha batida à máquina, enviada pelo delegado e chefe de divisão Marchand, de Baillif:

Prezado amigo,
Acuso recebimento de sua correspondência de 28 do corrente. Não acho que valha a pena mobilizar nossas equipes já sobrecarregadas de trabalho para aprofundarmos a tese sustentada por nosso Darras. Tudo leva a crer que se trata de mera coincidência. Você sabe tão bem quanto eu que, quando se quer, podemos estabelecer relações entre quaisquer fatos. Isso se chama sofisma, e meu orçamento é alérgico a ele.
Não se esqueça de que gostaríamos de tê-lo para jantar numa noite dessas.
Cordialmente...

Então, a carta enfática de Darras não dera em nada. As Antilhas eram fracionadas em tantas ilhas ora americanas, ora francesas, espanholas ou holandesas que, apesar da opinião de seu colega, o delegado Cornet não deve ter tido vontade de quebrar a cabeça para perseguir um criminoso-fantasma por todo o mar do Caribe. Por conseguinte, simplesmente rabiscou na folha, em diagonal, uma única palavra com caneta vermelha: ARQUIVAR.

É verdade que a lista não provava nada. Mulheres se suicidavam todo dia. Mas Darras deve ter sentido aquele cheiro imperceptível de tramóia que Dag sentia desde que se debruçara sobre esse caso. E citava até Lorraine Dumas. Se o cretino do Jones não tivesse impedido Louis Rodriguez de fazer seu trabalho, o mistério talvez tivesse sido resolvido mais depressa, ou pelo menos o delegado Cornet talvez tivesse achado conveniente apoiar seu inspetor.

"É incrível...", murmurou o padre Léger, que parecia sinceramente abalado, ao largar a pasta. "Se você não tivesse se deparado por acaso com aquele jovem inspetor, jamais teria posto a mão neste texto."

113

"Engraçado pensar que todas as nossas ações, desde que nos levantamos hoje de manhã, o senhor e eu, concluíram-se com este encontro, neste exato momento", refletiu Dag. "De qualquer maneira, quase todos os casos criminais se resolvem graças a denúncias. Na verdade, não somos investigadores, mas coletores de fatos."

"Não, senhor, nada de falsa modéstia. Acha mesmo que um assassino matou todas essas mulheres?"

"Infelizmente, acho que é noventa por cento provável", Dag respondeu enquanto abria o envelope anexo.

Dentro do envelope encontrou um maço de folhas amareladas. Artigos de jornais, cuidadosamente recortados e colados em cartolina. Todas estavam ali, na seção de "crimes". Elisabeth, Irene, Kim, Lorraine e Jennifer, com as fotos ampliadas. Dag examinou por muito tempo os recortes de jornais, passando-os ao padre Léger à medida que os lia. Nada propriamente sensacional. Uma simples relação dos fatos. *Descoberta em sua casa... aparentemente se suicidou... problemas de dinheiro... tratada por causa de depressão nervosa... intemperança...*

"Todas essas mulheres eram sozinhas e infelizes", Dag constatou, "a tal ponto que o suicídio parecia lógico. O cara é esperto, escolheu as vítimas a dedo. Três brancas, uma negra, uma asiática. Eclético quanto à cor da pele. Mas não quanto à idade: todas tinham entre trinta e quarenta anos."

"A que conclusão você chega?"

"A nenhuma, por enquanto. Amanhã telefonarei a Darras", Dag suspirou, levantando-se.

"Mas sua cliente, Charlotte Dumas, não lhe paga para isso?"

"Não, é por minha conta. Vou dizer-lhe que abandono o caso. Impossível encontrar o pai, a menos que seja..."

"Seria horrível", o padre o interrompeu. "Fazer todo esse esforço para encontrar um pai e ficar sabendo que é um criminoso sádico..."

"Ninguém melhor que o senhor para saber que tudo é possível, não é? Sabe que encontrei uma carta anônima, na casa da senhorita Martinet?"

"Não, não sabia."

"Acho que era de Loiseau, o vizinho. Ele acusava o diabo de ter matado Lorraine. Pensei que se tratasse de simples delírio de bêbado. Mas talvez fosse um apelido. O apelido que ele dera a algum conhecido de Lorraine que identificara como terrivelmente perigoso."

"Sem querer falar mal de Loiseau, ele vive bêbado há sessenta anos, sem interrupção. Estou pensando..."

"O quê?"

"Baseando-nos na data de nascimento de Charlotte, esse misterioso Jimi deve ter tido relações carnais com Lorraine Dumas desde o mês de abril. Portanto, estava aqui durante a quaresma de 1970, e todo ano, como você sabe, temos as grandes festas de 15 de agosto. A procissão, é claro, mas também bailes, concursos de pesca, de músicas, e o imenso churrasco na praia da Grande Anse."

Dag concordou, ele se lembrava perfeitamente: quatro dias de farra e de *fiestas*, em que todo mundo fedia a rum a cem passos de distância.

"Pois é, estou pensando se por acaso nossos pombinhos não teriam sido fotografados sem querer, caso tenham participado dos festejos. Teria que consultar o jornal da época, quem sabe?"

"Talvez o homem já tivesse ido embora nessa data, o que tornaria plausível o fato de jamais ter sabido que Lorraine estava grávida. Mas o senhor acaba de me dar uma idéia!", exclamou Dag. "Eu me lembro que havia um sujeito, como era o nome dele? Ah, sim, Mango, o Macumbeiro, que tinha um estúdio de fotografia, perto da *drugstore*; ele passava por seu crivo a ilha inteira e metralhava tudo o que via. Depois dava um canhoto e quem quisesse a foto tinha de buscá-la no dia seguinte."

"E você acha que Mango guardou as fotos tiradas — talvez — em 1970?"

"Não sei. Como o senhor diz: temos que tentar."

O padre Léger fez um muxoxo de ceticismo.

"Por que não? E Louisa, você não acha que ela vai contar tudo isso ao noivo, Francisque?"

"Talvez. Pensando bem, tanto faz. O único problema seria contar ao assassino..."

"Ou que alguma coisa chegasse a seus ouvidos. Se esse homem de fato cometeu tais crimes há vinte anos, com absoluta certeza não faz a menor questão de que se traga isso à tona. E com absoluta certeza está disposto a tudo para evitar que se descubra seu passado."

"Talvez esteja morto", Dag objetou.

"Acho é que ele está bem vivo, sabe estar sendo ameaçado e parece suficientemente disposto a agir *per fas et nefas*,* pois chegou a lhe despachar uma assassina profissional. Acho que você se meteu numa brincadeira muito perigosa, senhor Leroy."

"Não é isso que me fará recuar. O senhor reparou que os crimes parecem se concentrar num período muito curto, dois anos mais ou menos?"

O padre Léger franziu o cenho.

"Não sabemos se o inspetor Darras dispunha de todas as informações necessárias. Teria que vasculhar mais para trás e mais para a frente. Além disso, talvez esse homem não estivesse em condições de cometer crimes mais cedo. Talvez fosse muito moço."

"Outra coisa", Dag retomou. "Se partíssemos da hipótese de que pode se tratar do misterioso Jimi, amante de Charlotte, por que esperar cinco anos para matá-la?"

"Pode ter ocorrido um fato que mexeu com alguma coisa na cabeça desse homem. *Abyssus abyssum invocat.***

(*) Por todos os meios, literalmente, "pelo justo e pelo injusto".
(**) O abismo chama o abismo.

Realmente, você dispõe de pouquíssimos elementos. A meu ver, não há esperança... O tempo depositou sobre esse caso muitas camadas de pó, impenetráveis. Você parece um arqueólogo que procura uma cidade soterrada na areia sem possuir nenhum indício que permita encontrá-la..."

"Acho-o muito derrotista, padre", Dag retrucou, enquanto se servia de um copo d'água. "Sempre achei que se deve lutar contra o demônio com todas as nossas forças, e um sujeito capaz de dilacerar as entranhas de uma moça só pode ter um pacto com o demônio, não?"

O padre Léger mexeu o dedo indicador em sinal de reprimenda.

"Você está debochando de mim, senhor detetive. Está achando que sou um velho gagá de miolo mole, mas acredite em mim, pois vou lhe falar francamente: você está se encaminhando para uma montanha de problemas. *Fréquenté chien, ou ka trapé pice.**"

"Eu sei."

Dag lavou o copo na pia, enquanto refletia. O padre Legér tinha toda razão. Por exemplo: a senhorita A. J. Quem a teria enviado, senão o assassino? Por outro lado, como o assassino podia saber que ele começara uma investigação sobre seu caso? Será que estava sempre à espreita de tudo o que acontecia na ilha? Depois de todos esses anos? Outra hipótese: Dag o teria encontrado?

O padre Léger acendera um charuto cubano contrabandeado e fumava-o feliz.

"Quer um? Sem querer blasfemar, estes Montecristos são divinos..."

"Queria ter certeza de uma coisa", Dag o interrompeu.

"Diga..."

"O senhor pode me jurar que nunca ouviu nada em confissão que se relacionasse com esse caso?"

(*) Quem se mete com cachorro acaba com sarna.

O padre Léger soltou uma longa espiral de fumaça antes de responder: "Não tenho o direito de jurar, mas posso lhe garantir".

Dag releu mais uma vez o laudo do doutor Léon Andrevon. Ainda bem que o médico não tinha sido Jones, pois era muito provável que não percebesse nada. "Mulher enforcada, mais uma, é a vida, autorização para enterrar, e pimba, vapt-vupt, a próxima!" Devia encher a cara com formol, Jones. Bem. Inútil continuar especulando no vazio.

Dag olhou o relógio.

"Vou tentar dormir uma ou duas horas. O senhor não vai se deitar?"

"Durmo muito pouco. Sofro de insônia. Em geral, leio até dormir nesta poltrona... Não se preocupe comigo. Instale-se no quarto."

"Obrigado. Realmente sou muito grato à sua ajuda."

"Ora, não diga bobagens. É você que me ajuda a sair do tédio e da rotina. Descanse bem para enfrentar o dragão Louisa daqui a pouco."

Dag concordou com um sinal de cabeça e fechou a porta. Teve a impressão de flagrar um toque de malícia no olhar do padre.

O quarto era mobiliado com sobriedade: um leito de campanha coberto com um lençol branco, uma mesinha-de-cabeceira, um armário de pinho, uma mesa e uma cadeira em frente da janela. Havia uma fileira de livros sobre a mesa, encostados na parede: alguns de teologia, o *Da natureza das coisas*, de Lucrécio, uma gramática latina, uma hagiografia de santa Teresa de Lisieux. E nenhuma revista pornô escondida.

Dag se deitou vestido, depois de tirar os sapatos e acertar o despertador de bolso para as duas e meia. Olhou as paredes brancas sem vê-las, tentando esvaziar a cabeça para dormir. Um homem persegue mulheres sozinhas na faixa dos trinta anos, estrangula-as e tortura-as, sem deixar vestígios, silencioso e rápido como um lobo, um predador que sabe se disfarçar durante longos anos, a menos que estivesse morto. Mas, e A. J.? De onde saíra aquela mulher enviada para matá-lo? Será que teria sido um engano? Será que ela teria errado o alvo? Pouco provável. E então? Então, então, então... As perguntas se engatavam umas nas outras como os vagões de um trem, desfilando sem parar com seu chiado monótono. Um trem... correndo pelas planícies nuas rumo a um destino desconhecido...

Frankie Voort levantou-se e apoiou-se no cotovelo, arfando. De bruços, imobilizada debaixo dele, a moça loura gemia em cadência, com muita convicção. Sem parar de mexer os quadris, ele acendeu um cigarro e deu uma longa tragada. Pensando bem, uma boa noitada. Os dois palhaços tiveram o que mereceram. E Vasco Paquirri mandara contatá-lo. Uma interessante conversa de negócios à vista. O velho don Moraes, chefe de Frankie, estava ficando senil. Não poderia manter por muito mais tempo o controle do tráfico de drogas. Paquirri era ambicioso e via-se muito bem no papel de seu sucessor no cargo. E ele, Frankie, devia refletir antes de se posicionar na guerra de gangues que se anunciava. Seguir sua estrela.

Bombardeou a moça com um ímpeto de entusiasmo e ela agarrou o travesseiro berrando tão forte "ai, ai, ai", que Frankie teve vontade de esmagar a cabeça dela na parede. "*Shut up, dirty bitch*",* soltou ele puxando-lhe violentamente os cabelos, "*shut up!*". Ela calou a boca na mesma hora, submissa. "*Heel goed*", Frankie cochichou ao largar a moça. "Muito bem", murmurou para si mesmo. Sim, estava tudo bem. Ele montaria no mundo assim como montara naquela puta, e ai de quem tentasse atravessar seu caminho!

(*) Cale a boca, puta imunda!

7

Dag levou um susto. Uma campainha fraca tocava no meio da noite. Apertou o botão e o pequeno despertador sossegou. Pensando bem, até que conseguira dormir. Levantou-se, abriu a porta e atravessou a sala na ponta dos pés. O padre Léger roncava na poltrona, com o livro aberto sobre os joelhos.

O vento estava morno, as estrelas cintilavam. Dag passou a mão no cabelo e, ao ver uma fonte, foi lavar o rosto e a boca. Enfim sós, minha pequena Louisa — pensou sorrindo.

A casa estava em silêncio, mergulhada na escuridão. Dag sentou-se na pilha de pneus e esperou. Tudo calmo. A água marulhava contra os pontões, um gato bravo miou, alguma coisa agitou as samambaias. Dag resistia à vontade de fumar. Às três horas em ponto, a porta entreabriu-se e uma silhueta miúda correu até ele.

"Você está aí?", ela murmurou, procurando-o na escuridão.

Como resposta, Dag esticou o braço e pegou-a pelo punho. Ela se soltou como se uma cobra a tivesse roçado e lhe entregou um envelope grosso.

"Aqui estão as cartas. Você está dormindo no presbitério?"

"Já que não posso dormir com você..."

"Deixe o pacote lá. Passarei para pegá-lo durante o dia", ela respondeu, ignorando a observação. "Agora, dê o fora! Tenho que voltar."

"Que despedida simpática! Não me dá nem um beijinho?"

"Claro que não. Acho que você está equivocado comigo. Não sou uma dessas galinhas que você deve estar acostumado a agarrar. Então, não volte a rondar por aqui ou vou dizer a Francisque para lhe encher o rabo de chumbo."

"Um costume ancestral, imagino? Louisa, quero vê-la de novo."

Quanto lero-lero! Com ele, ia ser preciso pôr os pingos nos is.

"Será que você é surdo? Você não é nem um pouco o meu tipo. Acho a sua cara horrorosa, sabe? Vá pentear macaco e me deixe em paz!"

"Ok, já entendi, obrigado pelas cartas, e adeus... Parto com o coração despedaçado, em soluços mudos, claro, mas muito reais...", Dag murmurou enquanto se aproximava dela.

Louisa recuou, prendeu os pés num ancinho e quase deu uma cambalhota. Dag agarrou-a no ar e puxou-a contra si. Sentiu os seios dela esmagados contra seu peito.

"Fique comigo, menina linda."

"Me largue ou eu grito!"

"Ah, adoro esse tipo de diálogo, e a minha fala é: 'Você será minha querendo ou não, sua cadela!'."

"Filho da puta!"

Dag não teve tempo de se interrogar sobre a estranha propensão que as mulheres tinham ultimamente para tratá-lo de "cretino", "nojento", "imbecil" ou "filho da puta". Uma luz acendeu e uma voz viril, que ele identificou como a do musculoso Martial, falou:

"Louisa? Você está aí?"

"Estou, tinha ouvido um barulho, *an ka vin, pani problem!*"*

"Mentirosa", Dag cochichou, apertando-a contra si.

(*) Estou indo, não é nada!

"Volte para a cama", Louisa gritou para o irmão, enquanto tentava arranhar o rosto de Dag.
"Tem certeza?"
O rapaz parecia hesitante.
"Tenho, estou lhe dizendo. Você vai acordar mamãe..."
"*Ka ki la?** É Francisque?"
"Não. *An ka vin*, já falei."
Ela se debateu com todas as forças para se soltar. Dag largou-a de repente e ela se estatelou na grama.
"Louisa?"
A cabeça do irmão apareceu na janela.
"Droga, levei um tombo! Cale a boca, está ouvindo?"
Dag recuara na sombra das árvores. Todo risonho, olhou-a se levantar, brandir um punho vingativo na sua direção e voltar para casa, cuja porta logo se fechou. Uma agradável conversa.
E agora, as cartas.
O padre Léger continuava a dormir. Dag enfiou-se no quarto, jogou-se na cama e contemplou seu butim: um grande envelope de onde escapavam umas trinta cartas escritas com uma letra grande irregular. Estavam todas datadas no canto superior, à direita. Selecionou depressa quatro cartas que correspondiam ao período em questão.

Minha querida,
Aqui vai tudo bem, o serviço é fácil, os outros companheiros são amáveis, o chefe do laboratório é simpático, portanto não se preocupe comigo. Espero que você esteja bem e a as crianças também. Outro dia, o desgraçado do Jones veio ver Longuet (o chefão) e cruzei com ele no corredor. Nem me cumprimentou. Imagine que trabalhei quase quatro anos sob ordens dele e esse pústula nem sequer me cumprimenta, quando na verdade era ele que estava errado e deveria me pedir desculpas de joelhos, porque essa moça foi estuprada e assassina-

(*) Quem está aí?

da, tenho certeza, e tenho certeza de que esta é a verdade verdadeira e que, por ter dito a verdade, agora estou longe de você e das crianças. O mundo é um nojo, sobretudo para nós. Se eu fosse branco, Jones jamais ousaria jogar meu laudo no lixo. Bem, não quero mergulhar na amargura e deixá-la aflita. Sim, estou comendo direito e durmo o suficiente. Não se preocupe.
Mas quando penso que o pobre imbecil nem sequer viu as equimoses nos pequenos lábios, nem os rasgões na vagina, e que alegou que ela deve ter se ferido ao cair! Ao cair em cima de quê? Uma chave de fenda? Desculpe, estou me deixando levar pela revolta.
Tenho que terminar esta carta, pois está na hora do carteiro chegar. Mando-lhe um beijo muito grande, beije as crianças por mim e diga-lhes para se comportarem; senão, que cuidem dos bumbuns.

Seu Louis que a ama.

As duas cartas seguintes voltavam ao mesmo assunto sem dar outros detalhes. Sentia-se que Louis não tinha digerido a sua transferência.

E tinha razão — suspirou Dag ao se levantar. Se o tivessem escutado, talvez Jennifer Johnson não teria sido assassinada. Pegou outra carta, datada de abril de 1977, percorreu depressa as linhas e parou de repente, estarrecido.

Acabo de ler no jornal que acharam uma mulher da nossa terra enforcada em Basse-Terre. Foi Andrevon que fez a autópsia, e ele viu direitinho que se tratava de um assassinato! Isso prova que eu tinha razão! Não quero me arriscar a perder meu emprego porque precisamos muito dele, mas tampouco posso me calar para sempre. Então, contatei nossos inspetores encarregados do caso e contei-lhes tudo, esclarecendo que era material sigiloso, simplesmente para fazer a investigação avançar, mas pedi que não citassem de jeito nenhum o meu nome ou o que quer que fosse, fique tranqüila. Vou enterrar esse assunto, acabou-se. Agora, cabe à polícia cuidar do caso. Tudo o que quero é ganhar muito dinheiro para nós dois...

Dag assobiou em silêncio, entre os dentes. Rodriguez tinha contatado Darras e Go. Portanto, o pilantra do Go sabia, oficiosamente, que Lorraine Dumas fora assassinada. Por que fingia não saber nada? A não ser que... — Dag andava de um lado para outro no quarto —, a não ser que esse tampinha gorducho soubesse de algo sobre o caso, algo que tivesse medo de revelar.

Dag largou as cartas, furioso. Tudo isso era tremendamente confuso, e não só por causa do tempo que havia se passado, mas porque sentia o dedo maquiavélico de um assassino inteligente e organizado, de um espírito frio, capaz de correr riscos e embaralhar as pistas conscientemente. O homem que matara aquelas mulheres não agiu durante um ataque de raiva ou uma bebedeira. Dag tinha certeza de que ele fazia isso por prazer, como uma criança que tortura um inseto. E, escondido na sombra, espiava os esforços ridículos de Dag com um sorriso perverso...

Percebeu que não conseguiria dormir. Melhor dar mais uma olhada na pasta Johnson.

Dag abriu a porta sem fazer barulho e voltou para perto do padre Léger, que não se mexeu. Para alguém que tinha insônia, ele dormia pesado! Dag procurou a pasta com os olhos. Onde a metera? O padre Léger talvez a tivesse relido... Aproximou-se do padre. Nada em seu colo, nem na poltrona. Nada em cima da escrivaninha. Onde fora parar? Dag inspecionou o sofá florido, a pequena cozinha, as estantes, inclinou-se para olhar debaixo do bufê: nada. Hesitou em acordar o padre. A pasta deveria estar ali. Voltou para o quarto: talvez tivesse levado para lá e não se lembrava. Nada. Droga. Voltou para a sala, coçando o rosto, pensativo. E o outro continuava a dormir, apesar de toda a barulheira que Dag fazia ao vasculhar... Inclinou-se para a poltrona, talvez a pasta tivesse escorregado e estivesse debaixo do padre... Nada.

Sentiu-se invadido por um sentimento difuso de apreensão. Aquela maldita pasta tinha desaparecido, e aparentemente o padre dormia um sono profundo. Aproximou-se de mansinho do velho caído sobre o braço da poltrona, com o queixo encostado no peito. Será que... não, era impossível, mas mesmo assim... Com uma ponta de ansiedade, Dag gritou:

"Ei! Acorde! Ei!"

O padre Léger não se mexeu.

"Santo Deus!"

Nenhuma reação. Dag pulou na frente dele e levantou sua cabeça. Uma ferida arroxeada ornava o crânio do padre, e escorrera sangue em seu rosto. Ele respirava pela boca, com dificuldade. Dag xingou em voz baixa e saiu correndo para a cozinha. Pegou um pano de prato, molhou-o na água fria e voltou para limpar o rosto do padre, que gemia.

Dag enxaguou o pano e recomeçou a operação, depois pegou cubos de gelo no refrigerador, meteu-os num saco plástico pendurado na maçaneta da porta e o colocou sobre a cabeça do padre Léger, que de repente abriu os olhos.

"*Ka sa yé?*"*

"Deram-lhe uma paulada."

"Quê?"

Ele levou a mão à cabeça.

"Ai, ai, ai, que dor de cabeça..."

"O senhor está com uma ferida da largura de um dedo. Sorte que está vivo. Como foi que aconteceu?"

"Sei lá!", respondeu o padre Léger com uma careta de dor. "Eu estava dormindo. Não percebi que me deram uma paulada! É assustador! Receber uma paulada sem nem sequer reparar!"

Dag debruçou-se sobre ele.

(*) O que há?

"Talvez seja preciso ir ao hospital para lhe darem uns pontos."

"Não, não, não vale a pena. Olhe, não está sangrando mais. Essa não, não consigo acreditar, em vinte anos minha casa nunca foi arrombada! Ninguém fecha nada a chave aqui! Realmente, a aventura o persegue como uma sombra!"

"Justamente", Dag retrucou, "a pasta de Jennifer Johnson não está mais aqui."

"Como? Desculpe se estou parecendo um velho tonto por causa das pauladas, mas pode repetir?"

"A pasta com a documentação de Jennifer sumiu. O senhor desmaiado, a pasta roubada. E só fiquei ausente uma hora."

"Devem ter visto você sair e pensado que eu estava sozinho e vulnerável."

"Mas que interesse podia ter aquela pasta? Fazia vinte anos que estava nos arquivos, droga!", Dag respondeu, jogando-se no sofá, que rangeu um pouquinho.

O padre Léger deslocou ligeiramente o saco de gelo, com cuidado.

"Está doendo, essa porcaria! É que não tenho nada de um homem de ação. Bem, vamos refletir. Confesso-lhe que estou um pouco atônito: encontrar um detetive, perseguir assassinos, levar uma paulada e resolver enigmas assim de improviso, realmente não é todo dia."

"Para mim também não. Em geral cuido de maridos traídos ou de crianças que fogem... O senhor tem álcool em algum lugar?"

"Ah, não, vai arder!"

"Não é para o senhor, mas para mim. Preciso beber alguma coisa forte."

"Ah, no bufê tem um rum queima-goela, uma delícia, você vai ver, e me dê um golinho também, *sek-sek.*"

Foi o que Dag fez. Encheu dois copos, entregando um ao padre Léger, que molhou os lábios como um verdadeiro especialista.

"Ah! *Pu bon i bon memm!* Bom mesmo!", exclamou estalando a língua. "Ótimo. Nada melhor para as noites de aventura. Vejamos, onde estávamos?"

"Fui buscar as cartas na casa de Louisa, alguém lhe deu uma paulada e roubou a pasta", Dag concluiu dando uma boa talagada de rum.

"Não, volte mais para trás. Para o início. É preciso tomar o fio da meada desde o início se quisermos reconstituir o novelo."

"Tudo bem. Segunda-feira, 26 de julho: estou quieto no escritório, pensando no que vou beber na hora do aperitivo. Entra um mulheraço e me diz que se chama Charlotte Dumas e que quer encontrar seu pai desconhecido. Informa que sua mãe, Lorraine Dumas-Malevoy, morreu vinte anos antes: suicídio. Vou ao orfanato e depois à casa da assistente social."

"Devagar! Pegue papel e caneta. Vamos anotar os nomes de todas as pessoas que você encontrou desde o início da investigação", propôs o padre Léger, todo excitado. "Estou me divertindo, oba!"

"Antes isso. Pronto, está tudo aqui. Continuando. Chego na casa da Martinet, a assistente social: ela morre de ataque cardíaco em meus braços. Ligo para Charlotte. Ela me pede para tentar mais quatro dias antes de abandonar o caso, portanto, até sexta-feira. No dia seguinte, terça, 27, vou ver John Loiseau: está gagá. Dois bandidos miseráveis pagos por Frankie Voort me atacam..."

"Anotou o nome de todo mundo?", interrompeu-o padre Léger.

"Anotei. Venho vê-lo, depois vou ver Jones. Jones me põe na pista de Rodriguez, que acaba de morrer. Quarta-feira, 28: vou ao enterro. Vou ver Longuet. Ligo para Lester, peço-lhe o número de Go. Uma mulher, cujas iniciais são A. J., tenta me matar e morre acidentalmente. Converso com Go. Encontro um jovem tira que me fala de Jennifer Johnson. Roubo a pasta Johnson. Vou à casa dos Rodriguez. Louisa marca encontro comigo. Noite de quarta para quinta-feira: vou ao encontro, dão uma paulada no senhor, roubam a pasta."

"Não esqueceu ninguém?"

"Não... Ah, sim, o primo de Louisa, Francisque. Ele diz ter me visto com Loiseau. O que o senhor sabe sobre ele?"

"Conheço-o desde criança. Um rapaz muito sério, muito fechado, que trabalha duro. Obstinado. Sempre foi apaixonado por Louisa e, depois que ela brigou com o último namorado, ele entrou na fila. Com sucesso, aliás. Deve ter uns quarenta anos... Vamos acrescentá-lo como suspeito potencial", o padre decidiu, tremendo as narinas. "Em tudo isso, há necessariamente alguém que está mentindo para você", disse, reconsiderando a lista.

"Go mentiu. Li a correspondência de Louis Rodriguez: ele tinha avisado os policiais do caso de Lorraine. Portanto, Go sabia que Lorraine Dumas tinha sido assassinada, mas não quis me dizer. E Longuet também mentiu: o laudo de Louis Rodriguez falava do estupro, Longuet não fez a menor referência a isso."

"Bem. Mas por que mentiram? Para dar cobertura a um assassino?"

"Talvez estejam com medo", Dag propôs, pensativo.

"E talvez Longuet nunca tenha visto o verdadeiro laudo de Rodriguez", o padre Léger sugeriu, com um sorriso de quem está se divertindo.

"O senhor é assustador, com esse saco de gelo na cabeça e esse gosto pelo crime nos olhos! Deveria escrever romances policiais."

"Sempre tive vontade. Um velho sonho de juventude."

"Nunca é tarde demais..."

"Não, não. Você me trouxe um mistério, um de verdade, isso é importante. Continuemos, chegaremos lá, tenho certeza!"

"Ainda há pouco o senhor me aconselhava a abandonar tudo", Dag espantou-se, terminando seu copo.

"Digamos que nesse meio tempo recebi o batismo de fogo e contraí o vírus."

"Bem-vindo ao clube! Mas não temos muita certeza se é um bom clube", retrucou Dag servindo-se de novo, copiosamente. "Excelente, esse rum... E se a gente tentasse dormir um pouco?"

"Durma, se quiser, pois na sua idade ainda se tem sono, e me deixe refletir!", o padre anunciou, afundando de novo na poltrona, com a lista na mão.

Dag sorriu, balançando a cabeça. Um padre maluco, eis o seu parceiro! Bocejou. Estava quase raiando o dia, precisava tentar dormir um pouco. Deitou-se na cama, ao lado das cartas, e na mesma hora caiu num sono profundo.

O homem esticou a mão para a pequena geladeira instalada na cabine e tirou uma cerveja gelada. A pasta Johnson estava ao seu lado. A chalupa balançava na água turquesa, o vento soprava nas adriças. Agradável. Observava a aurora, a massa trêmula do sol subindo entre as ondas. Deitou-se na rede, abaixou um pouco a aba do boné de beisebol e tomou um bom gole de cerveja. Isso também era agradável. Colocou a garrafa no parapeito e pegou um caderno de capa dura, azul-marinho, que tinha a simples menção "diário de bordo" em letras douradas. Abriu-o, deixando seu olhar correr indolentemente por alguns trechos, ao acaso.

16 de dezembro de 1975. Excelente caça, ontem à noite. A moça berrou durante quase duas horas. Quando entendeu o que eu ia fazer para terminar, começou a me suplicar, histérica. Apertei meu polegar em sua garganta, como aprendi a fazer nos comandos, e isso a paralisou. Viva mas impossibilitada de se mexer. E matei-a, o mais devagar possível, sabendo que ela estava consciente de tudo. Vi seus olhos arregalados revirarem nas órbitas para todos os lados, ela mordeu a língua até sair sangue. Depois, lavei-a, vesti-a e a enforquei. Uma linda

moça. Muito sexy. Muito morta. [...] Se ao menos eu pudesse me contentar em estuprá-las... Mas para mim é impossível ter relações sexuais. Há essa tensão em meu sexo, esse afluxo de sangue que me joga para cima das mulheres, mas a coisa jamais se conclui. Assim que estou dentro delas tenho a impressão de estar mexendo um pedaço de pau num monte de terra. Fico olhando o Caçador foder essas putas, que é o que elas são, mas não é suficiente. Tenho que matá-las. Adoro matá-las. Adoro o momento exato da morte, em que elas se transformam em objetos inertes em minhas mãos, bonecas pesadas e moles que às vezes me divirto em pôr em posições grotescas. Gostaria tanto de compreender o que sentem. Adoraria poder trancar uma delas num lugar seguro e esfolá-la bem devagar, decepar seus nervos, secioná-los um a um, para compreender como tudo isso funciona. Mas tenho que ser prudente. Vivem me dizendo.
Estou convencido de que, se tivesse tido meios de prosseguir meus estudos, teria me tornado um brande biólogo. Eis as conseqüências de uma vocação abortada: eu me viro com o que encontro.

18 de abril de 1976. Go tem medo de mim. Ele se cala, mas tem medo. Sinto seu medo. Fede. Há medos que cheiram a terra úmida, mas o dele cheira a lixo. Ele gostaria de parar. Expliquei-lhe que não era possível, por enquanto. Que faria o Iniciador sem seu Caçador?

... junho de 1979. Apareceu uma nova doença mortal nos Estados Unidos. Estão chamando de AIDS. Transmite-se pelo sangue e pelas relações sexuais. Contaminará Go?

O homem sorri ao reler o trecho. Desde então, as coisas evoluíram. Uma fantástica epidemia. Lembrou-se com deleite de sua visita ao prédio reservado especialmente aos doentes, em Miami. "O morredouro", como o chamavam. Gostava de contemplar os agonizantes. Os doentes em fase terminal. Isso acalmava momentaneamente sua necessidade de destruir. Como uma bolsa de gelo em cima de um dente cariado. Mas o desejo logo voltava. Desde que o Grande Ordenador resolvera dissolver o pequeno grupo, ele aprendera a satisfazer sua sede de violência em redes especializadas. Havia tantos países onde era possível dispor à vontade de pequenos escravos sem que ninguém falasse de assassinatos... Suspirou. Mas os escravos eram menos divertidos. Existe diferença entre um coelho criado em cativeiro e uma lebre acuada horas a fio, diante de um caçador de espingarda na mão. Com a lata de cerveja apertada entre as pernas, botou os olhos em seu diário de bordo.

5 de outubro de 1976. Ontem à noite, pela primeira vez, iniciei a mãe, enquanto a filhinha dormia na sala ao lado. Disse-lhe que ia morrer, que sua filha acordaria se gritasse e que, se acordasse, eu seria obrigado a lhe fazer a mesma coisa que faria com ela. Calou-se, ficou o tempo todo calada, mesmo quando passei para a agulha. O amor das mães pelos filhos é de fato algo surpreendente. Será que eu não deveria ter eliminado a menina? Receio ter dado provas de sensibilidade exagerada...

O homem fechou o diário com um suspiro de desespero. Sim, deveria ter eliminado a criança naquela noite. Mas quem poderia prever que vinte anos depois...

Ergueu-se um pouco, mergulhou os lábios na espuma. Inútil lamentar o passado. Era preciso traçar um plano de ação. Logo o encontrou: Go tinha sido um estúpido, Go deveria ser castigado. O velho detrito, suicidado. E esse pobre Leroy, extinto, assim como todos aqueles com quem imprudentemente falara: Charlotte Dumas e Vasco Paquirri, Louisa Rodriguez... E também era preciso encontrar um culpado plausível. Trabalho pela frente não ia faltar. Contanto que ainda tivesse a mesma mão... Bebeu a última gota de cerveja e se levantou para jogar a garrafa vazia no lixo. Tinha horror a desordem.

Pegou a documentação e contemplou as fotos da autópsia com um leve sorriso, depois apanhou um palito de fósforo e o riscou. As fotos crepitaram soltando um cheiro de plástico queimado e se retorciam sobre si mesmas, o rosto de Jennifer se contraindo num ricto que lhe pareceu tremendamente cômico. Deixou as fotos se consumirem de vez. Parecia não sentir o calor das labaredas. Em seguida, abriu a mão e largou as cinzas na água clara riscada pela espuma.

Uma onda imensa se formava ao largo, forte, regular, como a trepada de um dominador. O ar estava com aquele cheiro particular que precede as tempestades. Lambeu os dedos, saboreou o sal. Gostava de ouvir o estrondo das ondas, a certeza tranqüila da violência do mundo. Gostava da selvageria dos elementos enfurecidos; gostava de participar a seu modo desse equilíbrio delicado entre a brutalidade da tempestade e o bater de asas da borboleta. Aterrorizar com muita delicadeza, fazer alguém sofrer com muito requinte, qual um esteta. Sim, ele fora o Iniciador, aquele que abre as portas do outro mundo, as portas arrombadas do desespero, as portas pesadas da experiência última.

E, já que lhe pediam com tanta insistência, iria mostrar como ainda era grande o seu poder.

O rádio de bordo anunciava a previsão do tempo e ele aguçou o ouvido. Se o aviso de tempestade se confirmasse, qualquer deslocamento seria impossível. Teria de atracar o barco num lugar seguro e alugar um carro para poder circular na ilha. Que curiosa coincidência que o namorado titular de Louisa, tão bonitinha, trabalhasse numa locadora...

8

O padre Léger não pregara os olhos, ruminando pensamentos sombrios. Aos poucos, a claridade do dia invadiu a sala, enquanto ele continuava imóvel. O gelo derretera dentro do saco, e pingava água em seu rosto sem que ele percebesse. Sua cabeça latejava dolorosamente, e ele acabou se levantando para tomar uma aspirina. Aproveitou para pôr água para ferver. Eram quase nove horas, tinha de acordar o jovem e impetuoso detetive.

O iate balançava suavemente na água azul-turquesa. De pé perto dos paveses, o homem à espreita fumava, perdido em seus sonhos, sentindo nas costas, na altura da cintura, o contato agradável do Smith e Wesson. O vento indolente eriçava as palmeiras, a laguna dormia sob o sol, e, ao longe, a forte arrebentação parecia inofensiva.

No luxuoso sofá de couro branco, Charlotte assistia distraída ao telejornal matutino no minitelevisor de alta definição, enquanto beliscava seu *porridge* com um daiquiri bem forte. Estava nervosa. Por que se dirigira àquele escritório de detetives? De que lhe adiantaria ficar sabendo que seu pai era um velho cortador de cana desempregado ou um bancário que sofria de torcicolo? E quem gostaria de ter uma filha igual a ela? Charlotte não tinha nada da criaturinha encantadora e afetuosa que um pai sonha em apertar contra o peito. Talvez mulheres iguais a ela não tivessem mesmo pai. E dormissem com homens sem raízes.

Deu uma olhadela para Vasco, que cantarolava e preparava uma fileira de pó com a ajuda da placa de ouro gravada com suas iniciais, presente dos amigos de Bogotá. Um *must* turístico. Vasco deu uma boa cafungada, atento à qualidade da cocaína. Só consumia a extrapura, em quantidade moderada. Nem pensar em estragar os miolos com crack e outras porcarias destinadas à venda. Ofereceu a Charlotte, que recusou com um sinal de cabeça. Ela estava cansada de ver suas amigas chegarem ao ponto de bater bolsa nas favelas para conseguir um pico; nem pensar em tocar num só grama de pó. O álcool lhe bastava.

De repente, o telefone celular tocou, estridente. Charlotte baixou o som da minitelevisão enquanto Vasco pegava o aparelho.

"*Dígame.*"

Seu rosto ficou imóvel quando ouviu o que o interlocutor dizia. Largou o telefone devagar, sem dar uma palavra.

"O que era?", perguntou Charlotte bebendo o daiquiri.

"Uma amiga minha teve um problema. Um problemão."

"Que tipo?"

"Uma bala calibre quarenta e cinco no fígado."

Charlotte sentou-se calmamente no sofá. Essa não!

"Estou furioso", ele acrescentou com voz fria.

Ela deu outro gole no coquetel bem gelado. Vasco vivia furioso. Bem no dia em que ela planejara ir a Saint-Barth fazer compras com ele e experimentar aquele tailleur Christian Lacroix... Deu outro gole. Ele não dizia nada, imóvel, seu lindo rosto impassível, emburrado como o de uma criança. Uma criança de noventa quilos, isso é o que ele era. Vasco virou-se devagar para Charlotte, pegou seu copo e jogou-o contra a parede forrada de linho salmão. O copo quebrou com um barulho cristalino, os cacos caíram como uma chuva sobre o espesso tapete persa. Charlotte suspirou. Que criança! Bem, era melhor cuidar da situação. Aproximou-se dele e pôs a mão em seu ombro, serenando-o:

"Era alguém importante para você?"

Vasco virou-se e, pela primeira vez desde que viviam juntos, ela teve medo de seu olhar fixo.

"Era minha irmã de leite."

Droga! Vasco lhe falara mil vezes dessa famosa Anita, a tal ponto que Charlotte teve uma cena de ciúme. Soube então que Anita e ele eram como irmão e irmã, tinham sido criados pela mesma ama-de-leite, na Venezuela. Uma velha meio maluca que vivia perto da floresta, apanhando os gatos e as crianças abandonadas e alimentando-os da mesma maneira: com bofe de porco e arroz. Com o assassinato de Anita, era líquido e certo que Vasco ia pirar... Charlotte quis pegar sua mão, mas ele se afastou com um gesto ríspido.

"Como é que foi?"

"Em Grand-Bourg, Sainte-Marie. Um filho da puta lhe deu um tiro na barriga e fugiu."

"Já se sabe quem foi?", Charlotte perguntou, apática, pensando se deveria passar esmalte nas unhas.

Vasco era tão sentimental...

"Logo vamos saber, juro a você. E esse sujeito, vou cuidar dele pessoalmente."

"Tem razão, meu amor. Vou tomar um banho. Não quer vir? Você relaxaria um pouco."

Vasco virou-se para ela e agarrou-a violentamente pelos cabelos.

"Sua puta nojenta, você está se lixando, né?"

"Não, juro que não. Estou triste por você, amor."

Mas, para falar a verdade, ela não estava sentindo nada. Raramente se dava ao luxo de ter uma emoção pessoal. Um luxo muito doloroso, a emoção. Para utilizar com extrema parcimônia.

"*Ponte de rodillas!*",* Vasco lhe intimou.

(*) Ajoelhe-se!

"*You're are hurting me!*",* Charlotte reclamou, só por reclamar.

"De joelhos!"

Jogou-a brutalmente no chão e, segurando-a pela nuca, obrigou-a a grudar os lábios em seu baixo-ventre. Charlotte suspirou ao ouvi-lo baixar o zíper da calça: o esmalte esperaria, mas tomara que o tailleur ainda não tivesse sido vendido!

A chaleira começou a apitar. O padre Léger jogou água quente em duas xícaras, misturou o café solúvel, o açúcar e voltou para a sala, pondo as xícaras sobre a mesinha de centro. Depois foi bater à porta do quarto.

As ondas quebravam na praia de areia preta, desmanchando as dunas, e Dag pulava por cima dos vagalhões, nu, com os braços abertos. Depois se virou e a viu. A Onda. Mastodonte azul-noite de maxilar branco e baboso escancaradamente aberto para engoli-lo. Tinha que mergulhar. Remexeu-se, enfiando o rosto sob os lençóis. À toa. A onda o engoliu, rolando-o em seu ventre escaldante e fétido, batendo incansavelmente seu corpo contra o fundo rochoso, quebrando metodicamente todos os seus ossos antes de cuspi-lo de novo na areia, semimorto, com a boca cheia de peixes-luas. Dag custou a abrir os olhos. Estava suado e exausto. Tamborilavam à porta.

"Levante-se, meu filho! O café está pronto!"

"Já vou", Dag articulou com voz sonolenta.

Que horas eram? Nove horas! Que droga, o velhote podia deixá-lo dormir mais um pouco! Sentou-se, enxugou a testa com o lençol. Pesadelo horroroso. Tivera outro sonho, mas não se lembrava de quase nada. Um sonho em que a senhorita Martinet conversava com o inspetor Go a seu respeito.

(*) Você está me machucando!

Martinet... Ele se lembrou então do sonho, ela o chamava de imbecil. A assassina o esperava justamente na casa de Martinet e largava o copo dentro da pia. Puxa, ele andava sonhando muito ultimamente! Sua tia acreditava que os sonhos tinham um significado. Atribuía-lhes valor divinatório. Dag deu de ombros e foi se vestir. Tinham significado, sem dúvida, mas era preciso decifrá-los pacientemente. Por que o cérebro não podia enviar mensagens decodificadas em vez dessas charadas idiotas? Abriu a porta e cruzou o olhar alerta do padre Léger, que estava à sua frente com uma xícara na mão.

"Descansou bem?"

"Ah... Bem que eu ainda dormiria mais um pouco..."

"Não temos tempo de dormir, dormiremos bastante na morte!"

"Achava que todos nós iríamos ressuscitar."

"Não de imediato, infelizmente, não de imediato!", respondeu o padre Léger, esfuziante. "Será preciso esperar o Juízo Final, e como o homem já existe há quase dois milhões de anos e parece prosperar, supõe-se que não vai ser tão cedo... Tome o café."

"Obrigado", disse Dag levando a xícara aos lábios.

Muito quente. Ele soprou o líquido escaldante e foi até a janela, bocejando.

"Vai chover."

"Isso vai refrescar nossas idéias", disse o padre Léger, jovial.

"Vai ser um temporal daqueles! Viu o céu? Vamos ficar presos aqui o dia inteiro. O que a previsão do tempo está dizendo?"

Com um gesto desenvolto, o padre apontou o aparelho de rádio.

"Não sei, não escutei."

Dag girou o botão e procurou uma estação. A voz arrastada de um locutor surgiu de repente, dando os resultados esportivos da véspera. Dag terminou o café, apontou para o alto da cabeça do padre.

"Vai ter que desinfetar essa ferida. Não é hora de pegar uma infecção."

"Devo ter mercurocromo em algum lugar", murmurou o padre Léger indo vasculhar o banheiro minúsculo.

O locutor anunciou o boletim informativo, e Dag escutou pacientemente as últimas notícias internacionais, antes das locais.

"A moça assassinada ontem em pleno centro de Grand-Bourg, com um tiro de revólver na barriga, ainda não foi identificada. Tratava-se de uma mulher branca, com cerca de quarenta anos, que vestia colete, calça-pescador azul-marinho e sandálias pretas de couro. Cabelos louros de corte Chanel, olhos azuis, um e sessenta e sete de altura, sessenta quilos. A vítima também usava uma bolsa de couro azul-marinho que desapareceu, assim como uma medalha da Virgem com as iniciais A. J. Se você conhece alguém com essa descrição, entre imediatamente em contato com a Polícia Central de Grand-Bourg."

Em suma: nenhuma pista ainda. Essa moça não caíra do céu. Os capangas seguem pistas muito particulares. Não se materializam de repente. A moça era profissional. Não era seu primeiro serviço. Falava espanhol. Era preciso ligar para Lester, cujos contatos na Flórida talvez pudessem dar alguma informação.

"E agora a previsão do tempo", continuou o locutor, com entusiasmo. "Como informamos ontem à noite, o ciclone Charlie se aproxima de nosso litoral. Aconselha-se máxima prudência: fiquem à escuta da 97,8 FM, verifiquem portas e janelas. Os vôos da Air Santa Maria estão suspensos até novas informações e as ligações de barco estão interrompidas até o próximo boletim, ao meio-dia. Para mais informação, ligue para 45-22-22."

Dag deu um suspiro e serviu-se de um segundo café. Esse ciclone ia fazê-lo perder tempo. "Tempo, para fazer o quê?", sussurrou a vozinha aguda dentro de sua cabeça. "Para ir atrás de um fantasma?" Dag ignorou a vozinha e mexeu o café. O padre Léger foi até ele, exibindo, vitorioso, um vidro de mercurocromo.

"Está aqui. Eu sabia que tinha um."

Antes que Dag pudesse se oferecer para ajudá-lo, o padre derramou um bocado em sua cabeleira crespa. O mercurocromo começou a escorrer por todos os lados, pintando riscos vermelho-escuros em suas faces cor de chocolate.

"Acho que o senhor exagerou um pouco... Tome."

Dag lhe deu um lenço de papel e o padre se enxugou com umas batidinhas, lambuzando-se mais ainda. Dag pôs a xícara na pia e começou a lavar os dois copos que tinham usado na véspera. De repente, gelou. Os copos estavam lado a lado na pia, com um pouco de líquido no fundo. Os copos. Os copos sujos da casa de Martinet. Os copos sujos na pia. O sonho em que a assassina lhe estendia um copo na casa de Martinet. Como ele fora idiota! Agarrou o padre Léger pelo ombro.

"Ai! Calma, rapaz, estou machucado!"

"Quando cheguei na casa de Martinet, estava tudo apagado, já era noite. Entrei e ela estava deitada no chão, no escuro, mas havia dois copos na pia, dois copos com um restinho de rum: ela recebera alguém."

"E daí? É razão suficiente para me sacudir como se eu fosse uma ameixeira?"

"Com toda a certeza ela não recebeu o convidado no escuro."

"Talvez o tivesse recebido mais cedo, durante a tarde."

"Escute aqui, eu devia encontrá-la para conversar sobre Lorraine; ora, ela morreu em meus braços, quando na verdade alguém foi vê-la um pouco antes. O que o senhor deduz?"

"Nada."

"No meu sonho, ela me dizia que eu não passava de um imbecil. Sonhei que a assassina estava na casa dela e que jogava um copo na pia. Martinet foi assassinada pelo visitante desconhecido."

O padre Léger coçou a testa.

"Se a gente começar a resolver os casos criminais com base nos sonhos... Se bem que é um método como outro qualquer, mas acho que seria melhor nos atermos à lógica dos fatos."

"Mas tem lógica! Martinet morreu, Rodriguez morreu, e ambos no momento oportuno. Assinado: A. J."

"Você acha?"

"Preciso encontrar a pista dessa moça. O senhor tem telefone? Meu celular está sem bateria."

"Claro, ali, na mesinha."

Dag discou o número do escritório. Zoé logo lhe respondeu:

"Investigações McGregor, bom dia..."

"Oi, chame Lester."

"Ah, é o homem mais amável do planeta! Reconheci na hora!"

"Ande logo, Zoé, estou usando o telefone de outra pessoa."

"Loura ou morena?"

"Careca. Ande!"

"Sinto muito, mas Lester não está. Está em Saint Kitts para o caso Bogaert."

"Droga! Você tem o número de onde ele está?"

"Anote aí."

Dag anotou e desligou, deixando Zoé esgoelar um "Não custa nada agradecer". Depois discou o número do celular de Lester. Ele tinha se esquecido de Bogaert, um funcionário da prefeitura cuja filha havia desaparecido. Lester conseguiu provar que ela juntara os trapos com um pequeno traficante, e fazia várias semanas que seguia sua pista. Sua voz rouca surgiu de repente, entrecortada por chiados:

"*Hello?*"

"Lester, sou eu", Dag disse em inglês. "Escute aqui, as coisas estão se mexendo. Será que você ouviu falar da moça que foi morta ontem em Grand-Bourg?"

"No rádio, ouvi, sim. Por quê? Estou trabalhando, Dag."

"Sinto muito, é urgente. Preciso saber quem era ela."

"Desculpe, Dag querido, mas como você quer que eu saiba? Está delirando?"

"A Flórida."

"Quê?"

"A Flórida. Ela tinha uma encomenda, Lester. Uma encomenda para me matar."

"O quê? Dê os detalhes."

Dag lhe contou tudo o que sabia.

"Ok, daqui a pouco eu ligo de volta."

Depois de lhe dar o número escrito no aparelho, Dag desligou. Começou a andar pela sala, de um lado para outro, diante do olhar indulgente do padre Léger. Começara a ventar e a borrasca varria as ruas. O quitandeiro desmontava depressa sua barraca e as vendedoras de frutas da feira livre corriam para suas caminhonetes, com a mercadoria amontoada em seus grandes aventais floridos. O padre Léger virou-se para ele.

"Por que diachos — desculpe-me — roubar aquela pasta?"

"Por causa da nota dirigida ao delegado Cornet. Não esqueça que ela não estava mais em seu devido lugar. Foi por puro acaso que consegui descobrir a pasta. É a única coisa que vem comprovar nossa hipótese de um assassino reincidente. Amanhã vou ligar para Darras, talvez ele tenha guardado uma cópia. Nesse caso, o roubo não teria sentido", Dag resmungou, vendo caírem os primeiros pingos de chuva.

"Mas isso significa alguma coisa", retrucou o padre Léger. "Significa que alguém percebeu que a pasta tinha desaparecido."

"Talvez seja simplesmente Francis Go. Ou ele veio pessoalmente pegá-la de volta ou avisou alguém, que se encar-

141

regou do serviço. Nos dois casos Go está comprometido até a raiz dos cabelos."

O padre Léger descruzou as pernas e inclinou-se para frente, com o queixo apoiado na ponta dos dedos.

"Mas há duas outras hipóteses."

"Quais?"

"A primeira, o jovem inspetor que lhe deu a dica do assassinato de Jennifer Johnson. Ele pode ter ido aos arquivos e percebido o roubo."

"Ele não teria vindo buscá-la dando uma paulada no senhor. Além disso, a não ser que tenha me seguido, não pode saber onde estou. Eliminada."

"Concordo, mas é melhor aventá-la. Resta Louisa."

"Louisa, como assim?", Dag perguntou, vermelho.

"Você falou da pasta a Louisa. Pensando bem, talvez Go não tenha nenhum envolvimento nesse negócio."

"Está brincando? Louisa conheceria o assassino e teria ido correndo lhe falar de mim, antes de me entregar as cartas que confirmavam sua existência? É impensável", Dag protestou batendo no velho baú, que estremeceu.

"Talvez tenha falado com alguém com absoluta inocência..."

Dag bateu na testa, teatral.

"Francisque! O querido Francisque, que casualmente me viu com Loiseau."

"Portanto, temos duas pistas diferentes: o inspetor Go ou Francisque. Difícil escolher. Sem esquecer o fato de que Francisque, assim como Louisa, podem ser agentes do inspetor Go."

"Hipóteses perturbadoras... O senhor deve apreciar os *trompe-l'oeil*."

"Por falar de artes, pode me explicar o significado desse surfista mascarado cercado de cometas e cavalgando, no seu antebraço esquerdo? Você faz parte de uma associação interplanetária?"

O telefone tocou, impedindo que Dag respondesse à divertida ironia do padre. A voz de Lester:
"É você, Dag?"
"Sou. Conseguiu se informar?"
"Um pouco. Segure-se. Segundo meus amigos de Miami, a moça que corresponde à sua descrição se chamaria Anita Juarez. Um peixe graúdo. Trabalhava como free-lancer e volta e meia fazia missões para os sul-americanos, Brasil, Venezuela... Com algumas incursões entre nós, a mando de certas pessoas... E não faz muito tempo trabalhou para um amigo seu..."
"Voort?"
"Não, alguém mais sério. Não adivinha? O namorado da sua Charlotte..."
"Paquirri?"
"Bravo, querido, el grande Vasco em pessoa. Caiu da cadeira?"
"Que merda!"
"É isso aí. Bem, tenho que desligar, a menina acaba de sair."
"Que menina?"
"A filha de Bogaert, eu não estou de férias, não! Bem, divirta-se, meu doce de côco."
"Vá se foder!"
"Que simpatia, mister Leroy."
Lester deu um beijo estalado bem pertinho do telefone, antes de desligar.
Dag largou o aparelho. Vasco Paquirri. Veado! Virou-se para o padre Léger, que o olhava, curioso.
"Os amigos de meu sócio lhe indicaram o nome de um dos recentes patrões da mulher que quis me matar."
"E daí?"
"Daí que é o namorado de Charlotte Dumas, um traficante de cocaína."
"Ora, vejam só... Você teria caído numa cilada?", sugeriu o padre, pensativo.

"Não sei, não estou entendendo nada", resmungou Dag sentando-se no sofá.

Um súbito estrondo de água fez com que levantassem os olhos. A chuva caía torrencialmente, brutal, quase escondendo a rua com uma cortina de água. Estava escuro, e o padre Léger foi acender o pequeno abajur da mesinha. O vento redobrou a violência e ouviu-se um som de vidro arrebentado, perto dali.

"Está começando", Dag murmurou. "Talvez seja melhor fechar as janelas..."

"Feche-as você, se não se importar."

Dag observou o padre Léger. Estava com uma fisionomia cansada, rugas de preocupação, e parecia estar com uma terrível dor na cabeça.

"O senhor devia se deitar um pouco."

"Tem razão. Quero bancar o jovem, mas minha carcaça me trai. *An kay fè on ti poz.*"*

O padre saiu da poltrona e foi devagar para o quarto. Dag começou a fechar as janelas. A chuva o esbofeteou com tanta violência que, quando acabou de fechá-las, estava encharcado como um pinto. Sacudiu a cabeça para secar um pouco o cabelo e sorriu ao ouvir o ronco que vinha do quarto. O velho tivera um dia puxado. Seu sorriso desapareceu tão depressa como surgiu: agora ele estava preso no presbitério, afogado num dilúvio tropical, com um monte de perguntas sem respostas, para ruminar o dia todo. Programa de índio. Ligou o rádio.

"... confirma que Charlie chegará a Guadalupe no final da manhã, pelo leste. O plano Orsec-Ciclone foi posto em ação. Segundo as últimas previsões, Charlie deve se aproximar de Sainte-Marie, onde o serviço de intervenção da Defesa Civil está em estado de alerta máximo. Se você mora numa zona de risco, ligue para 45-22-22. Repetindo..."

(*) Vou descansar um pouco.

Dag desligou o rádio. Evidentemente, não pensara nem um minuto sequer em ouvir a previsão do tempo! Sainte-Marie ficava a oeste, protegida por Guadalupe. Com um pouco de sorte, não haveria muitos estragos. Não seria como no ano em que seu pai teve o pescoço cortado igual ao de uma galinha... Ele estava completamente bêbado, quis sair para buscar o garrafão de rum que tinha esquecido no jardim. A chapa de folha-de-flandres ondulada chegou na horizontal, trazida por um vento que soprava a cento e quarenta quilômetros por hora. Sua cabeça rolou sob a bananeira diante dos olhos horrorizados dos vizinhos, enquanto a casa ia para os ares. O navio de Dag estava cruzando a Guiana. Ele soube da notícia dois dias depois, quando finalmente conseguiu se comunicar por telefone com a guarda costeira.

Deu um suspiro. Realmente, será que era o tipo de recordação para ficar remoendo num dia escuro e sombrio? Viu um jogo de resta-um em cima do aparador e resolveu se conceder um breve recreio. Percebera que, em matéria de enigmas, assim como em matéria de amor, fazer uma breve pausa às vezes ajudava a chegar a uma conclusão.

Louisa desligou o telefone, perplexa. A chuva aumentara muito e o vento vergava as árvores, deitando-as de lado. De fato, não era o tempo ideal para um passeio até o antigo bangüê, a *sucrote*, como o chamavam. No entanto, o padre parecia aflito. Ela mordeu a unha do polegar pesando os prós e os contras. Pró: o padre era velho, estava sozinho e apavorado, insistira para que ela fosse I-ME-DI-A-TA-MEN-TE buscar as cartas. Contra: um ciclone aproximava-se, e o velho engenho, lugar marcado para o encontro, não ficava do lado mais seguro da ilha. Ela chegou a pensar em avisar o irmão ou Francisque, mas seriam perguntas até dizer chega. Martial era um tapado, e Francisque, de um ciúme doentio. Se soubesse que ela tinha visto Leroy a sós...

Mas o que é que poderia acontecer com aquelas velhas cartas? O que é que poderia ter levado o padre a dizer que era uma questão de vida ou morte e que ela devia encontrá-lo no bangüê naquele instante? O melhor era ir até lá, assim tiraria tudo a limpo. Melhor aproveitar que mamãe estava descansando no quarto, exaurida de tristeza. Martial fora à casa dos primos e avisara que só voltaria de noite, depois do alerta. Bem, estava decidida. Pegou o envelope vazio da última conta de luz e rabiscou depressa: "Mamãe, estou no presbitério, voltarei mais tarde, não se preocupe". Subitamente febril, tirou o penhoar, vestiu um jeans, um suéter cor-de-rosa e umas galochas vermelhas, pegou a capa de chuva da mesma cor e cruzou o portão, sem mais pestanejar.

A chuva a fustigou com tamanha violência que Louisa deu um passo para trás. O vento mugia numa nota grave longa e ensurdecedora. Ela saiu andando, inclinada sobre o próprio corpo, tentando se expor o mínimo possível ao vento. O velho engenho, hoje em ruínas, fora construído na beira do Vieux Quartier, o bairro dos escravos. Ninguém morava mais lá, por causa dos pântanos. Só os jovens é que às vezes iam lá de noite, em busca de um abrigo escuro e deserto para proteger seus amores.

Uma rajada mais forte jogou Louisa contra um muro e ela percebeu que a tempestade estava mais violenta ainda. Charlie talvez tivesse modificado sua rota, deveria ter escutado o último boletim. Olhou ao redor: a rua estava deserta, ondas enormes estouravam na praia, afundando os velhos pontões. Os coqueiros balançavam perigosamente. Um barco levantado pela escuma foi se estraçalhar em cima do dique. Que idéia a sua de sair de casa! Era uma louca. Um galho de árvore passou rodopiando perto de seu rosto e caiu num pára-brisa, que ficou estilhaçado. De repente, ela teve medo. Mas era tarde demais para voltar atrás. O engenho já estava perto, ela poderia se abrigar ali. E se o padre estivesse mesmo correndo perigo? E se Leroy não fosse quem parecia ser? Apressou o passo, cega pela chuva que escorria por seu rosto, com o capuz da capa protegendo a cabeça, as mãos enfiadas nos bolsos, as pernas lutando contra os trinta centímetros de água que desciam pela estrada como uma torrente.

Dag empurrou o resta-um, furioso. Em geral, conseguia ganhar pelo menos uma vez! Recolocou os pinos na bandeja de madeira e estalou os dedos. Chovia a cântaros lá fora e o vento uivava como as vergas de um gigantesco navio. Levantou-se, deu uns passos na sala escura, suspirou. A imagem de Louisa cruzou-lhe o espírito. Ela devia estar curiosa sobre ele. A linda e furiosa Louisa. A única pessoa, além do padre Léger, que sabia que ele roubara a pasta de Jennifer dos arquivos da polícia. Com quem teria falado? De repente, Dag ficou inquieto. E se por causa dele Louisa estivesse em perigo? Afinal, o padre Léger teve a cabeça ferida... Talvez devesse telefonar para lhe dizer... dizer o quê? Que desconfiasse de todo mundo? Que não abrisse a porta para ninguém? Ridículo, ela riria na cara dele. Mas, e se lhe acontecesse algo? Resolveu ligar para avisá-la da agressão de que o padre Léger havia sido vítima. Ela que percebesse a seriedade do caso! Pegou o velho catálogo telefônico que estava no chão, perto da poltrona, e percorreu com o indicador as páginas amareladas: ah, sim, Rodriguez...

Tocou um tempão, ninguém atendeu. Ou não tinha ninguém em casa ou a linha estava com defeito. Dag ia desligar quando uma voz sonolenta de mulher falou:

"*Bonjou.*"

"Bom dia, senhora, posso falar com Louisa?"

"Um instante, *si ou plé*... Louisa!"

Fez-se silêncio. Dag ouviu a mulher deslocando objetos.

"Ah, desculpe. Acabo de ver um recado que ela deixou. Ela saiu, está no presbitério. Ligue de noite, no fim do alerta."

"No presbitério?"

"É, na casa do padre Léger."

Dag sentiu as batidas do coração acelerarem.
"Saiu há muito tempo?"
"Não sei, eu estava dormindo."
Dag despediu-se e desligou, perplexo. Louisa vindo até ali, apesar da ameaça de furacão. E por quê? Será que acontecera algo? Por que não telefonara? E por que não chegava? Passou a mão no cabelo, nervoso.

Havia algo esquisito. Estranho. Ninguém sairia de casa hoje sem um excelente motivo. Ela estaria se sentindo em perigo? E, nesse caso, ir até lá não era pior? Dag a imaginou debaixo da chuva, seguida por uma sombra silenciosa. Ficou gelado: o padre continuava a dormir, não se ouvia nenhum barulho atrás da porta fechada. Inconscientemente, já pegara o velho blusão de brim bege e abrira a porta. Estava decidido a ir ao encontro de Louisa.

Penou para fechá-la por causa do vento e teve tempo de ver os papéis do padre Léger voando pela sala por causa da correnteza. Paciência! O blusão oferecia uma proteção ridícula contra as trombas-d'água que caíam sobre a cidade, e logo ficou colado em seu peito como uma cataplasma encharcada. Dag fez uma viseira com as mãos para tentar distinguir alguém através da cortina de água que cobrira a rua. Ninguém à vista. Louisa deveria chegar pela direita. Deu uns passos nessa direção, lutando contra o vento. Um apito estridente o assustou.

"Ei, você aí!"
Dag virou a cabeça: um caminhão da Defesa Civil estava parado na esquina, e o motorista metido num impermeável enorme fazia-lhe sinais largos.

"*I pa bon* ficar aí! Tem que ir para a prefeitura!", berrou o homem debruçando-se na janela do carro.

"Estou esperando uma pessoa que deve vir ao clube de mergulho", Dag berrou.

"Impossível. A estrada está interditada por causa das ondas, ninguém pode passar por ali! Vá para o abrigo, vai piorar daqui a meia hora!"

O caminhão saiu com um tranco e afastou-se devagar, pela rua principal, com o alto-falante preso no teto transmitindo uma mensagem de alerta, em francês e em crioulo:

"Aviso à população! Foi instalado um abrigo na prefeitura. Repetindo: na prefeitura. Se suas casas não são seguras, dirijam-se imediatamente à prefeitura. Se não puderem se deslocar, liguem para 45-22. Repetindo: 45-22."

Com uma inquietação crescente, Dag olhou o caminhão ir embora. A estrada da casa de Louisa estava interditada. Louisa não estava em casa. Onde estaria? Por um rápido instante imaginou-a sendo levada por uma vaga sísmica, embrulhada pelas ondas violentas. Não, Louisa não era boba, não teria avançado pela pista inundada. Mas, e então? Olhou do outro lado, para a esquerda: será que ela fez um desvio? Nesse caso, podia chegar à igreja pelo Vieux Quartier. Foi andando entre os barracos vergados pela chuva que batia nos tetos de zinco com um estrondo de metralhadora. Parecia que a área tinha sido evacuada, tudo parecia deserto e ele não distinguia nenhum sinal de vida, a não ser os mugidos de um búfalo trancado em algum lugar.

Dag custava a enxergar a mais de um metro, tal a escuridão. Nuvens negras rodopiavam em espiral no céu, chocando-se umas nas outras como carrinhos bate-bate de parque de diversões. Ouviu um estalo sinistro e virou-se: era um barraco sendo arrancado do chão, primeiro o telhado, depois as paredes, seguidas da mesa e das cadeiras que por instantes planaram e foram se espatifar numa bananeira. Uma rajada ainda mais violenta o fez perder o equilíbrio e ele bateu com toda a força num poste que estranhamente ondulava no alto. Dag tomou consciência da gravidade da situação. Só um alucinado podia continuar a passear pelas ruas. Mas, e Louisa? Onde estava Louisa?

Continuou andando, ágil como um alpinista; beirava os muros, com as mãos agarrando nas pedras para evitar o desequilíbrio, atento aos objetos que voavam por todo lado. Foi dar na estrada do velho bangüê, tão exausto como se tivesse corrido uma prova de mil metros. Talvez Louisa tivesse parado no meio da estrada para se abrigar. Sim, era o mais provável. Talvez tivesse encontrado refúgio numa casa de alvenaria. Pensou instintivamente na história dos três porquinhos. Contanto que Louisa estivesse protegida do lobo! Só que nesta história não se tratava de um lobo de desenho animado, e sim de um verdadeiro predador, que alimentava sua alma com os sofrimentos que infligia às vítimas.

    Louisa avistou uma grande massa escura e suspirou. O engenho, enfim! Tentou andar mais depressa, mas era difícil, seu joelho direito doía, ela batera violentamente num hidrante ao tentar se desviar de um carro levado pela torrente que se formara na rua. Foi mancando sob a chuva diluviana até a fachada de tijolos vermelhos. Os vãos vazados das janelas contemplavam fixamente o furacão.

    As grandes portas de madeira, quase podres, balançavam em suas dobradiças, batendo contra as paredes por causa da força do vento. Ela deu mais uns passos e finalmente entrou no engenho. Estava escuro e úmido, mas quase não chovia mais. O vento uivava nas galerias superiores, evocando os uivos glaciais das assombrações. Louisa estremeceu. Percebeu que estava gelada. Em alguns pontos, através dos buracos do telhado, a chuva caía em cataratas no chão de cimento. Ela rodeou uma dessas cascatas improvisadas, atenta à escuridão. De súbito, pareceu-lhe bastante improvável que o padre Léger estivesse ali. Nunca o velho cura teria se arriscado a sair com um tempo daqueles, a não ser que tivesse enlouquecido de tanto terror.

    "Louisa!"

    Ela levou um susto violento e virou-se, procurando o interlocutor, mas não viu nada além das velhas máquinas fora de uso, tranqüilas sob suas mortalhas de poeira, qual dinossauros dormindo.

    "Louisa! Depressa!"

A voz era um lamento, um gemido de dor.

"Onde o senhor está?", ela perguntou em voz baixa, e sua pergunta ecoou nas paredes cobertas de salitre. *"Gide mwen!"**

"Aqui em cima, depressa! Estou perdendo todo meu sangue..."

Louisa olhou para cima, aflita. Onde, em cima? Só havia uma passarela de metal meio desconjuntada que levava a um corredorzinho externo rente aos muros.

"Perto da terceira janela, à esquerda", a voz murmurou. *"Pa moli, tiembè raid!"***

Ela procurou algo para subir e viu a escada de ferro que ia até a passarela. Aventurou-se, prudentemente, tateando com os pés. A escada parecia sólida. Subiu depressa e foi dar na passarela, a quinze metros do chão. Pelo visto, a passarela era estável, mas Louisa notou que havia uns buracos na treliça metálica corroída pela ferrugem. Meio arriscado, tombo à vista... Segurou-se no corrimão e foi passo a passo até a terceira janela, que dava para a tempestade lá fora. Estava mais escuro. Louisa piscou os olhos. Tremia, sob o efeito do frio e da concentração.

"Padre, o senhor está aí?"

Ouviu uma espécie de pigarro, bem diante dela.

"Não se mexa, estou chegando."

Percebeu uma forma mais escura, encostada na parede, bem à direita do vão escancarado da janela. Como iria tirá-lo dali? Não teria forças para levá-lo nas costas. Um movimento em falso e o velho padre se espatifaria lá embaixo...

"Já estou chegando. *Resté la, an ka vin...*"

Caminhou os últimos metros e passou por um momento de pânico ao sentir de repente a passarela balançar com seu peso. Agarrou-se firmemente ao corrimão, rezando para o metal enferrujado não arrebentar. Por enquanto, tudo bem.

(*) Guie-me!
(**) Não desista, agüente firme!

Chegou. Ajoelhou-se perto da forma escura, piscando os olhos. Não se via mais nada.

"O que aconteceu? Onde o senhor está ferido?"

"Chegue mais perto", murmurou o homem encostado na parede.

Louisa se debruçou, chegando mais perto, e sentiu no rosto seu hálito quente.

"Responda, onde está ferido?"

"Entre as suas coxas", respondeu a forma imóvel, com um risinho.

Enquanto Louisa ficou imaginando que não tinha entendido bem, a mão de aço a agarrou pelo meio das pernas. Foi tão inesperado que ela nem sequer teve tempo de sentir medo, só de ficar surpreendida e chocada. Mas, antes que conseguisse dizer algo, sentiu ser levantada do chão e, pelo vão da janela, balançada no ar, enquanto uma voz suave sussurrava:

"Morra, meu anjo!"

Por puro reflexo, Louisa jogou-se de pernas para o ar e seu pé direito raspou o muro, arrancando lascas de gesso. Ela bateu os braços, esperando loucamente se endireitar e se agarrar na moldura da janela, mas foi inexoravelmente jogada para trás. Viu a silhueta escura em pé, na passarela, com o capuz preto cobrindo-lhe o rosto, e viu o beijo que ele lhe mandou com a ponta dos dedos da luva antes de desaparecer na penumbra. Viu o céu rodar, as nuvens se fundirem numa espiral movediça, sentiu a chuva cobrir sua boca aberta num grito surdo e compreendeu que ia morrer.

Quis berrar, mas de repente suas costas bateram num obstáculo com tamanha violência que lhe cortou a respiração. Ficou imóvel, esquecendo tudo o que antecedera sua queda, e concentrou-se num só detalhe: não estava mais caindo. Um raio riscou o céu, rasgando-o de cima a baixo com raiva, e a trovoada ecoou, ensurdecedora. Louisa não se atrevia a se mexer. Sentia as pernas e os braços pendurados no vazio. O tronco e os quadris descansavam sobre algo sólido. Uma superfície dura, espessa, de alvenaria. Estava deitada sobre algo cimentado, da largura de suas costas. Tentou visualizar o engenho, lembrar-se de seu aspecto exterior. Sim. A velha calha de cimento, que saía do segundo andar e caía no esgoto, lá embaixo. Fazia muitos anos que a calha desabara, e só restava um pedaço de mais ou menos dois metros de comprimento, a doze metros do chão...

Louisa deu um suspiro profundo, tentando expulsar o pânico que a invadia. Estava viva, não caía mais. Muito bem. Mas não sabia como descer dali. A bem da verdade, não sabia sequer como se levantar sem se desequilibrar e, aliás, não sabia se havia quebrado a espinha. Além do mais, e sem querer passar por uma chata de galocha, convinha levar em conta que um ciclone pairava sobre sua cabeça, louco para entrar em ação e tirá-la do seu poleiro.

Não, não era hora de ficar reclamando! Raios em série produziram um estrondo incrível, iluminando o céu repentinamente imóvel. O vento diminuíra. As nuvens tinham se juntado numa camada espessa de algodão preto.

Louisa compreendeu que a fúria dos céus era iminente. Tentou se levantar, mas uma dor horrorosa cortou-lhe as costas.

"Ah, não! Não!", ela começou a gemer.

"Não se mexa!"

Alguém tinha falado? Virou a cabeça bem devagar e só viu um pedaço de muro e uma árvore arrancada.

"Não se mexa, estou chegando!"

Ela dissera essas mesmas palavras dez minutos antes. Será que estava enlouquecendo? Sentiu uma esperança fugaz de estar sonhando, mas não: não podia sonhar com a chuva batendo em seu rosto, nem com a sensação de frio que aos poucos a deixava toda entrevada...

"Louisa! Agüente firme!"

Não, não sonhara. Alguém tinha falado. Um homem. Vinham buscá-la.

Encharcado e desanimado, Dag já se conformara em dar meia-volta quando uma série de raios inflamou a paisagem, cercando o velho engenho com uma auréola elétrica e revelando-lhe a ausência de qualquer ser humano no raio de um quilômetro. Teve a impressão de ouvir um barulho de motor perto da vegetação à beira do mangue, mas o som foi abafado pelo vento. Já ia embora quando um movimento no limite de seu campo de visão chamou sua atenção. Alguma coisa descia pela fachada do velho bangüê? Não, ele estava sonhando. E com toda a certeza não era Louisa. Mais um raio iluminou o pátio, a cisterna, o esqueleto do velho trenzinho e a calha quebrada. Uma perna se mexeu em cima da calha.

Dag fechou os olhos, depois abriu. Estava tudo nebuloso. Uma perna. Ele tinha visto uma perna, suspensa no ar. Não pensou num galho porque os galhos não usam galochas vermelhas. Era uma perna e essa perna se mexia a mais ou menos doze metros do chão. Dag imaginou que alguém podia ter sido atirado por uma rajada de vento, e começou a correr para o engenho, tropeçando a cada passo. Chegando ao rústico abrigo dos velhos muros, levantou de novo a cabeça e, então, distinguiu as pernas e os braços. Alguém estava deitado de barriga para cima, lá no alto. Provavelmente com a coluna vertebral quebrada. Como ir buscá-lo? A perna balançou e Dag gritou:

"Não se mexa!"

Foi tateando pelo muro. Os tijolos estavam visíveis entre a argamassa e formavam um bom ponto de apoio. Passar pela janela e descer até o ferido talvez fosse mais perigoso. Resolveu subir. O vento amainara. Era quase noite escura. Ele se beneficiaria de quinze minutos de trégua, no máximo. Gritou de novo:

"Não se mexa, estou chegando!"

Subiu depressa, ignorando a chuva que caía grossa em suas costas e deixava suas mãos escorregadias. A subida era fácil; passou pelo primeiro andar, deu uma olhada para a calha acima dele e quase caiu: era Louisa. Louisa deitada de

barriga para cima, sobre uma calha quebrada! Acelerou o passo, berrando:
"Louisa! Agüente firme!"
Quem gritara seu nome? Ela estava delirando.
Num último esforço, Dag se jogou sobre uma saliência de pedra, ofegante. Louisa estava imóvel, seu lindo rosto contraído de dor e angústia. Lentamente, ela virou os olhos para ele e não conseguiu conter um grito de espanto:
"Leroy!"
Esse sujeito era incrível! Primeiro, surgira na vida dela cheio de segredos tenebrosos, e agora reaparecia ali, como por encanto.
"Depois eu explico", disse-lhe, tenebroso. "Primeiro a gente tem que sair daqui. Você está ferida?"
"Acho que sim."
"Muito bem", disse ele, mecanicamente.
"Pois é", Louisa concordou, com um sorriso pálido.
Dag avaliou a situação. Ela estava ferida. Teria que levá-la nas costas. Sem despencar. Fantástico.
Ela levantou a mão.
"Acima de mim. A janela acima de mim..."
Ele reparou no vão enorme, mais ou menos três metros acima.
"Tem uma passarela e uma escada para descer."
Portanto, era preciso subir. Carregá-la nas costas e subir, esperando que o furacão não atacasse.
Dag pôs as mãos na calha, deu um impulso com o corpo e ficou bem reto. Não era nada agradável manter-se equilibrado em cima de um pedaço de cimento de trinta centímetros de largura, a doze metros do chão... Escarranchado, ele se inclinou para Louisa, que viu o rosto de seu salvador aparecer sobre ela.
"Você pode mexer as pernas e os braços?"
"Acho que sim..."
"Vou levantá-la e carregá-la nas costas, está bem?"
"Genial. Você tem um pára-quedas?"

155

"Não se preocupe. Vai dar certo."

"Se você garante..."

Ela sentiu as mãos de Dag passarem sob seus ombros. Ele ia levantá-la e os dois acabariam estatelados no chão de cimento, respingando seus miolos num raio de quinhentos metros. Ela fechou os olhos.

"*Annou ay*, lá vamos nós. Um, dois, três..."

Ele a levantou bem devagar. Uma dor lancinante percorreu o ombro esquerdo de Louisa, que trincou os dentes. De repente, estava sentada, diante da imensidão negra.

"Bem. Agora, nós dois vamos recuar. Vou segurá-la, não faça nada."

"Que remédio...", ela respondeu olhando as nuvens ameaçadoras, e fechou os olhos na mesma hora.

Dag a abraçou, ela sentiu a tensão de seus músculos. Agarrou-a pela cintura e começou a recuar, sempre sentado, arrastando-a consigo, centímetro por centímetro. Seus joelhos agarravam a pedra e ele tentava não pensar em nada. Aliviado, sentiu de repente o muro em suas costas. Descansou um instante.

Louisa abriu os olhos. Tinham chegado à parede, já era uma vitória. Agora, precisavam ficar em pé, logo ela, que não conseguia nem subir numa escadinha sem sentir vertigem.

"Vou ficar em pé e depois vou levantá-la", Dag lhe disse pertinho do ouvido.

"É, eu achei que você ia me dizer isso."

"Está com medo?"

"Não, *mi plisi*, que maravilha, acho isso tudo fantástico, juro...", ela zombou, com o coração disparado.

"Eu sabia que você era uma moça corajosa."

"Pode me poupar de sua lábia, e vamos em frente, senão acho que vou vomitar", retrucou Louisa, que acabara de dar uma olhada no vazio a seus pés.

Dag a largou e ela teve vontade de gritar, agarrou-se na calha com as duas mãos. Ouvia-o se mexer atrás dela. E se ele caísse? Ficaria agarrada ali até morrer de fome ou ser fulminada.

Dag apoiou as costas no muro e começou a se levantar, com a ajuda das mãos. Levou um dos pés até o parapeito de cimento e chegou a vacilar um pouco, mas depois voltou a se equilibrar, levou o outro pé e se levantou. Agora, levantar Louisa. Inclinou-se e pegou-a pelas axilas, rezando para que ela não o desequilibrasse.

"Pronta?"

"Banzai!"

Ele deu um puxão e Louisa quase ficou de pé, molenga e grudada nele como uma boneca de pano. Tinha medo demais para se mexer, não mexia sequer o dedinho do pé.

Ela murmurou:

"Eu sofro terrivelmente de vertigens, sabe... Na verdade, não consigo nem subir numa escadinha. Sei que é uma idiotice, mas..."

"Que jeito!"

Como se virar para ficar de cara para a parede, sem despencar? E como virar Louisa? O medo de altura só piorava a situação. De repente, teve uma idéia.

"Escute, Louisa, vou me abaixar e colocá-la sobre meus ombros, e me virar."

"O quê?"

"Não há outro jeito. Vou me abaixar, colocá-la deitada sobre meus ombros e me virar. Não podemos sair daqui se ficarmos assim, de cara para o vazio."

"Você é maluco!", Louisa protestou, atônita.

"Isso é óbvio. Vou me abaixar e lhe dar um empurrão. Você vai se pendurar no meu pescoço."

"De jeito nenhum..."

Antes mesmo de terminada a frase, ela sentiu a cabeça de Dag escorregar por seu flanco, a mão pegar seu punho, e de repente se viu atirada nos ares. Fez a única coisa que estava a seu alcance: berrou terrivelmente. O chão parecia se aproximar, depois a camada de nuvens encheu todo o seu campo de visão e, finalmente, tudo se estabilizou, com sua cabeça batendo na parede. Ela estava deitada nos ombros de Dag — que se apoiava na parede, pingando de suor e de chuva — e tinha uma vista indescritível do chão, lá embaixo.

"Detesto você."

"No início é sempre assim... Você vai se acostumar", Dag falou com o fôlego curto.

A massa de nuvens produziu um estrondo e um clarão branco inflamou o mar ao longe. O silêncio era total. Não havia mais um som ao redor. A chuva também cessara. De um segundo para outro não houve mais um sopro de vento e o sol inundou a paisagem. Dag levantou os olhos. O céu estava azul num raio de uns vinte quilômetros. Mais além, comprimidos uns aos outros, os cúmulos-nimbos, órbita negra e compacta em torno do olho do ciclone. Uma calmaria assustadora, que duraria de quinze minutos a uma hora — até que a máquina começasse a andar em sentido contrário, numa visão acelerada do apocalipse. E ele, Dag, brincando de equilibrista, com uma mulher deitada em seus ombros. O tipo de dia de que nunca se esquece.

"Louisa, está me ouvindo?"

"O que acha?"

"Você vai se levantar apoiando na parede, bem devagar. Passe a perna direita pelo meu pescoço e depois a esquerda pelo outro lado, para ficar enganchada, ok?"

"Você está brincando?"

"Estamos no olho do ciclone, daqui a vinte minutos vai ser um inferno", ele disse com uma voz que se esforçava para se mostrar calma.

"O aperitivo já está tão bom..."

"Louisa!"

Ela respirou fundo. Imaginara que ele iria salvá-la; portanto, paciência! Ela devia fazer acrobacias aéreas, por que não? Ninguém era imortal, mas, santo Deus, estava morrendo de medo! De tal forma que pensou por instantes ser incapaz de se mexer. Depois, sua perna direita começou a se arrastar, lentamente, até chegar ao tronco de Dag, fazendo seu corpo se levantar. Conseguiu, assim, passar a outra perna pelo outro lado, ao mesmo tempo que se criticava pela tolice de ter mais pavor de um simples exercício de ginástica do que da iminência do furacão. Mas não havia jeito: sua fobia de altura era mais forte.

"Pronto."

"Muito bem."

Dag sentia suas coxas tremerem como um cavalo estropiado. Tinha a impressão de que seus pés haviam se fundido no cimento.

"Agora vou dar meia-volta, como na escola, quando a gente faz exercícios na barra."

"Você não se importa se eu começar a berrar?", Louisa perguntou, agarrada nos cabelos crespos de Dag, com os joelhos presos nas axilas dele.

"Você já era chata assim quando era criança?", ele retrucou contando mentalmente até dez.

Louisa fechou os olhos sem responder, repetindo: "*Pani problem*, ele vai conseguir, como nos exercícios na barra, *pani problem*... é moleza..."

Dez! Dag soltou o ar dos pulmões e começou a girar. Louisa era leve, uns quarenta e oito quilos, não atrapalhava muito. Com um pé no vazio, ele girou bem devagar sobre a própria perna, pronto, maravilha, e ouviu-se a trovoada justo quando encostava o pé no cimento e dava de cara com aquele muro desgraçado roído pelas intempéries.

Agarrou-se à parede com as duas mãos. Louisa acabou ficando com a cara esmagada na pedra úmida, mas era tão bom sentir um muro sólido que ela até o comeria, se fosse preciso... Ele havia conseguido!

"Louisa!"

Ah, não, mais alguma coisa? Um salto mortal?

"Passe as mãos pelo meu pescoço, vá escorregando pelas minhas costas e passe suas pernas na minha cintura..."

"Só isso? Você está me decepcionando!"

"Ande!"

Um chato, esse cara... Louisa o abraçou logo abaixo do queixo e percebeu que tinha se esquecido por completo da dor no ombro, que de repente reapareceu com a violência de uma punhalada. Azar, o melhor era esquecê-la mais um pouco! Foi escorregando bem devagar e passou as pernas pela cintura de Dag. Pronto, agora estava agarrada nele como uma ventosa. E vamos em frente, para a cena da escalada.

Dag levantou os olhos. Três metros, seria rápido. Uma brincadeira de criança. Levantou a perna, segurou uma pedra de alvenaria saliente e subiu uns vinte centímetros. O importante era chegar. Não valia a pena se apressar... Ouviu outra trovoada, mais perto, e o ar parecia imóvel. Mão, pé, apoio, devagar, verificar a solidez da pedra, mão, pé, não olhar para baixo, não sentir o peso que puxa para trás, mão, pé, firmar bem a mão, não deixar a ponta do pé escorregar, pronto, recomeçar, imaginar a sola do sapato grudada com cola na parede, mão, pé, se ela continuar a me estrangular assim vou cair, respirar, não é hora de ter cãimbra, mais um pouco, mão, pé, e Dag de repente agarrou o parapeito da janela.

"Louisa! Agarre-se e entre."

Ela hesitou: e se aquele cara ainda estivesse lá e os empurrasse no vazio? Se tivesse observado toda a cena, sádico, esperando que chegassem para jogá-los para a morte?

"Ande logo, pelo amor de Deus!", gritou Dag, sentindo os músculos da batata da perna se contraírem em espasmos.

Ela soltou as mãos com dificuldade e agarrou o parapeito, levantando-se, mal ou bem, e atirando-se para dentro, com o frenesi de um animal louco para fugir. Estava dentro do engenho! Não conseguia acreditar! Dentro! Naquela boa e velha passarela tão simpática! Ouviu um arfar atrás de si e virou-se: Dag Leroy! Quase se esquecera dele!

Pegou as mãos de Dag e puxou-o para si com toda a força. A dor de sua omoplata explodiu sem avisar e ela caiu de costas, Dag por cima.

"Tudo bem?", ele lhe perguntou, sem fôlego.

"Meu ombro, a omoplata... Tenho a impressão de que me deram um tiro de míssil...", Louisa respondeu tentando conter as lágrimas de dor que brotavam em seus olhos.

Dag se levantou um pouco. Estavam cara a cara, no escuro, encharcados. Percebeu que estava ajoelhado entre as coxas de Louisa.

"Desculpe..."

"Que nada, pode ficar... Depois a gente chama a ambulância."

Ele se levantou.

"Acho que a gente vai ter que se virar sozinho. Está doendo muito?"

"O suficiente para eu bater com a cabeça na parede."

Ele sorriu, apesar da situação.

"Você sempre faz essas brincadeiras?"

"Depende. Quando topo com um sujeito realmente engraçado...", ela retrucou segurando um gemido.

"Acho que a gente deveria ficar aqui até passar a tempestade."

"Basta que eu trinque os dentes, é isso?"

"Sinto muito, mas não temos opção."

Sentou-se perto dela, imaginando se o padre Léger estaria acordado, e o que devia estar pensando de seu sumiço. Louisa respirava forte e rápido. Ele viu seu rosto crispado e, esticando a mão, acariciou-lhe suavemente os cabelos. Ela esboçou um sorriso triste.

"Obrigada."

"Como foi que você veio parar aqui?"

"Um verdadeiro conto de fadas!"

E começou a lhe relatar os fatos.

9

Pensativo, o inspetor Francis Go estalou os dedos enormes, enquanto observava a mensagem à sua frente. Uma simples folha em branco dobrada em dois, com seu nome batido a máquina. Tirou um lenço todo amarrotado do bolso e enxugou o rosto encharcado de suor, fez uma bola com o lenço, pegou um pente e penteou devagar seu cabelo preto, salpicando gotinhas ao redor. Por fim, levantou a folha e, sem manifestar a menor emoção, olhou os dois pêlos pubianos colados no papel. Bateram à porta. Ele escondeu às pressas a folha numa gaveta e disse "Entre" com uma voz calma.

Era Camille, seu jovem assessor, extremamente excitado, brandindo os óculos como uma espada.

"Pronto, chefe! Temos uma pista!"

"De que você está falando?"

"Da mulher, A. J. Passei um fax com a foto dela para todos os aeroportos, de Miami a Lima. Ela comprou a passagem em Caracas. O sujeito do balcão se lembrou. Ela se registrou com o nome de Anita Juarez. E tem mais! Chegou sozinha e ficou sentada num canto, então apareceu um cara, um louro vestindo jogging, tipo germânico, com dois garotos morenos. A mulher estava lendo uma revista, um troço de mergulho submarino. Deu uma olhada para o cara e as crianças, sem dizer nada. O louro fez o check-in das crianças, olhou ao redor e de repente aproximou-se dela, e eles se cumprimentaram como velhos conhecidos. Depois ela embarcou com as crianças, que a chamavam de mamãe. O funcionário ficou pensando como era possível que ela não tivesse reconhecido os próprios filhos quando eles chegaram..."

"De fato, é curioso", Go concordou, pensando nos dois pêlos crespos na gaveta. "Crianças?"

"Duas. Registradas como Diego e Martial Juarez."

"E daí?"

"Endereço e identidade fajutos", Camille anunciou triunfante.

"Mas por que uma mulher seria morta em Grand-Bourg com dois filhos que não eram dela?"

"Talvez precisasse de uma cobertura", Camille propôs, alisando o cabelo curto.

Go o observou com um sorriso de fel.

"Você não é nada bobo, sabe, Camille? Você também sabe que um ciclone está destruindo a ilha neste exato momento? E que estamos sendo requisitados para garantir a ordem pública? Ande, ponha logo a roupa de combate!"

Camille deu um suspiro. Um ciclone, era uma idiotice total um ciclone, e meter um capacete de bombeiro na cabeça mais ainda, e impedir três ou quatro pobres coitados de quebrarem as vitrines das lojas, então, nem se fala! Mas não adiantava nada discutir. A finada Anita Juarez teria de esperar.

Go o observou sair, com os olhos semicerrados, e foi atrás. Não podia deixar de apalpar a folha e sua mensagem lacônica. Não podia se permitir o menor erro.

Louisa terminou seu relato sem uma interrupção de Dag. Calou-se, e fez-se um silêncio pesado. Pingava água no cimento. Dag coçou a bochecha.

"Que merda!"

"Comentário muito apropriado", disse Louisa tentando achar uma posição menos dolorosa.

"É uma loucura! Por que queriam matá-la?"

"Porque eu lhe entreguei as cartas? Porque você me contou toda essa história?"

"Eu é que deveria ter sido atraído para uma cilada, e não você."

"Não se preocupe, sua hora vai chegar."

Dag inclinou-se para lhe responder e, naquele exato momento, o inferno explodiu. Sem avisar, sem sinal de alerta. De repente, o céu desabou e bateu na terra com um estrondo horroroso, liberando as trombas-d'água num turbilhão nacarado. Instintivamente, Dag encolheu a cabeça entre os ombros e pegou a mão de Louisa. Não se podia mais falar de chuva ou de vento. Era um dilúvio que engolia tudo que passasse pela frente. Dag pensou na cena de *O mágico de Oz* em que a heroína, Dorothy, é levada pelo tornado. De súbito, essa cena parecia de um estranho realismo. Pelo buraco da janela ele viu uma bananeira ser arrancada da terra e, riscando o céu, vir direto para cima dele, cruzando com uma tábua de madeira que voava na horizontal, com um objeto metálico não-identificado, com uma porta de carro e um barquinho... Todo um inventário à Jacques Prévert sulcando os céus, como que tragado por um aspirador gigantesco. Uma espécie de ronco não parava de ecoar cada vez mais forte, e tinha-se a impressão de que o engenho vibrava... Sim, vibrava... Dag encostou na parede, para tirar a dúvida. Era pedra, da boa, sólida. Já resistira a outros ciclones, não ia desabar agora.

"O que é esse barulho?", perguntou Louisa.

"Não sei se você reparou, mas há uma ligeira tempestade lá fora", ele respondeu apontando o céu.

"Não, o outro barulho. O que vem do chão."

Do chão? Dag escutou mais atentamente, tentando não se deixar distrair pelo espetáculo alucinante do turbilhão fustigando o ar em espiral. O ronco — enorme — aproximava-se. Como uma cavalgada de gigantes nas entranhas da terra. Com muita precaução, aproximou o rosto da janela e arriscou uma olhada.

De início, não notou nada de especial. Depois, foi a forma ao longe, à sua direita: um muro coroado de branco. Dag levou alguns instantes para reconhecê-lo. O mar. Ou o que deveria ser o mar. Uma massa líquida de uns dez metros de altura, avançando na velocidade de um cavalo a galope, aspirada, levantada, arrastada pelo ciclone. Direto para cima deles. Uma avalanche!

"Precisamos ir embora!"

"Você está maluco? Temos que esperar o fim do ciclone", Louisa protestou.

"Louisa, tem uma montanha de água de dez metros vindo direto para cima da gente, vai tudo para os ares!"

"Lá fora vai ser pior."

"A gente pode correr. Acho que é só uma onda imensa, provocada pelo turbilhão, e que vai se desmanchar na planície."

"As suas suposições são incríveis, Leroy, mas se é uma avalanche o engenho tem mais chance de agüentar do que a gente."

"Vamos ficar esmagados debaixo de toneladas de tijolos. Temos que dar no pé."

"Voto contra."

"Sinto muito, mas a votação está encerrada."

"Safado!"

Dag levantou-a nos braços apesar da resistência, jogou-a atravessada em seus ombros e começou a correr. Pelo menos tinha de chegar ao térreo antes que o prédio desabasse.

"Seu homem das cavernas! Seu primata!", gritou Louisa, sacudida para lá e para cá.

Dag despencou pelos degraus da escada enferrujada e quase se estatelou no chão escorregadio. Atravessou o imenso galpão deserto e correu até a saída. O vento bateu em sua barriga e ele recuou um bom metro. Segurando-se na parede, recomeçou a andar e olhou para o mar. A água se aproximava, num ronco assustador, como uma língua voraz, já engolindo os campos e as ruínas do Vieux Quartier. Tarde demais para fugir. Ele colocou Louisa no chão, procurando desesperadamente um lugar para se abrigarem.

"Atrás da máquina, ali!", gritou Louisa.

Ele olhou na direção indicada: um mastodonte de ferro fundido encastrado num canto, tão pesado que o cimento arrebentara sob seu peso. Com um pouco de sorte, aquele mamute industrial não se mexeria. Agacharam-se encostados na máquina.

"Fico imaginando para que servia isso", ela murmurou.

"Ora, francamente, minha querida, pra mim tanto faz!", Dag retrucou, imitando Rhett Butler.

Começou a tirar seu cinto, e depois o de Louisa.

"Você acha mesmo que é hora? Eu não tenho camisinha."

"Só quero o seu cinto."

Ela lhe deu, com um muxoxo de irritação. Olhou-o juntar as duas faixas de couro, depois amarrar cada ponta do grande cinto no pulso de ambos.

"Não quero perdê-la", Dag cochichou em seu ouvido, abraçando-a e agarrando-se a um dos pés de ferro.

Ela não respondeu. O ronco estava tão perto e tão forte que parecia um avião prestes a aterrissar. Olharam-se em silêncio, encharcados de chuva, trêmulos de medo.

E o mar rebentou sobre o velho engenho. Os muros uivaram, o chão tremeu, a vaga gigantesca se meteu pelas janelas do segundo andar e a passarela desabou com um estrondo sinistro. Jorrava água pelas frestas, antigas e novas. Dag viu nitidamente um monte de tijolos se descolando e sendo espirrados do muro sob a pressão da onda, jatos d'água jorrando como gêiseres por todo o engenho. A escada ruiu a alguns metros dali, levada pela espuma, envolta num cheiro de sal, algas e detritos. Gaivotas trazidas pelas rajadas de vento esmagavam-se nas paredes. Louisa sentia o turbilhão da água em volta das pernas, tentando arrastá-la para sua dança salobra.

"Temos que subir em cima da máquina!", ela berrou para Dag, em meio à barulheira.

Dag levantou a cabeça: pedaços de muro e de telhado desabavam um após o outro. Se continuassem ali, acabariam afogados. Ele balançou a cabeça e, segurando-se firmemente nos pés do mastodonte de ferro, pularam até o emaranhado de pistões. Louisa tentou pôr ordem em suas lembranças: quanto tempo podia durar um ciclone? Quinze minutos? Uma hora? Era tão estranho ver a água fazendo turbilhões entre os muros do engenho, e aqueles gritos de gaivotas apavoradas, aquele cheiro fortíssimo de algas... Tinha a curiosa impressão de estar perdida no fundo do mar, no meio de destroços misteriosos.

Ouviu-se um estalo sinistro, mais forte que os outros, e Louisa, perplexa, viu o telhado levantar vôo, imensa estrutura de madeira e metal que planou por instantes até cair mais longe em milhares de estilhaços. Agora via-se o céu tomado pela noite e pela cólera, raios imensos tão brilhantes como fogos de artifício. Um gostinho de apocalipse, pensou Louisa, que já não sentia frio nem entorpecimento, nem dor no ombro, nem sequer medo. O espetáculo era irreal demais. De repente, lembrou-se do que aquilo tudo evocava: imagens de guerra com homens correndo à noite no meio dos obuses, da barulheira, da fumaça e das deflagrações... Dag a tirou de seus pensamentos:

"Parece que as ondas estão se acalmando..."

Ela deu uma olhada ao redor. A água entrava mais devagar e, pelo visto, já não estava subindo. Pensando bem, talvez conseguissem se salvar. Depois ela reparou numa coisa curiosa: parecia que o engenho estava inclinado para a direita. Uma parte do muro e do chão parecia ter afundado... Puxou Dag pelo braço para lhe mostrar o curioso fenômeno. Houve um pequeno abalo, e a máquina em que estavam empoleirados também sofrera uma nítida inclinação para a direita.

"O chão...", ela exclamou, aflita.

"O quê?"

"O chão! Estamos afundando! Os pântanos! As ondas devem ter abalado as fundações. Temos que sair."

Sair... Sim, claro. Nada mais simples do que se jogar nas ondas furiosas e cheias de detritos que pesavam várias centenas de quilos... Novo abalo, Louisa sentiu que estava escorregando e Dag a segurou pela gola do impermeável.

"Vamos mergulhar!", exclamou, como se propusesse um simples exercício na piscina.

Esse cara era doidinho!

"Nunca! Vamos nos afogar!", ela protestou.

"Se a gente não se afogar seremos engolidos, e ficaremos debaixo de centenas de metros cúbicos de lama."

"Você leva jeito para descrever a situação...", Louisa rebateu, apelando para todas as suas forças para agüentar firme.

"Vamos!", Dag gritou na mesma hora e, segurando-a nos braços, pulou na água barrenta.

Mergulharam um bom metro antes de voltarem à tona, impulsionados pela força da água.

"Passe os braços na minha cintura!", ele mandou.

Ela obedeceu. A água estava morna, a escuma fervia, eles boiavam entre as paredes desfeitas. Dag batia os braços e os pés desesperadamente tentando se dirigir para a saída, por onde a água corria torrencialmente. Várias vezes blocos de cimento e pedaços de máquinas roçaram neles e Louisa fechou os olhos. Era como um carrossel, um carrossel líquido, com um barulho ensurdecedor...

"Chegamos!"

Ela abriu os olhos, viu o céu girar sobre sua cabeça, o engenho balançar, sentiu ser levantada por uma onda impetuosa e percebeu que tinham acabado de cruzar o vão da entrada. O mar cobrira a planície, varrendo tudo.

"Cuidado com os mocassins aquáticos!", Louisa berrou, apontando uma tripa toda pintada que passava como uma flecha sobre a escuma.

"O quê?"

"As cobras! Elas são supervenenosas..."

Dag se negou terminantemente a pensar num confronto entre répteis e humanos no meio de uma inundação daquelas. Tentar, simplesmente, manter a cabeça fora d'água no meio dos turbilhões de espuma salgada.

Bateram em alguma coisa dura e Dag se meteu debaixo d'água. Ela sentiu o peso dele puxar brutalmente o cinto amarrado em seu punho; não, agora não: não era hora de Dag afogar. Ela se agarrou no cinto, ele era tão pesado, tinha que fazer um último esforço para trazê-lo à tona; Louisa nem sequer percebia que estava nadando e o segurando, que a água ia ficando mais calma, que o céu clareava. Só pensava em avançar, mantendo a cabeça de Dag fora das ondas. E, de repente, viu que estava em cima de algo sólido. O cinto que os ligava ficara enganchado em algum obstáculo imprevisto. Ergueu-se um pouco, com todo o cuidado. Era duro e cheio de nós. Folhas varreram seus braços. Uma árvore! Estavam na copa de uma árvore! Ela agarrou um galho e quase o beijou. Dag tossia e cuspia água. Abriu os olhos.

"Estamos numa árvore!"

Ele a olhou, espantado.

"Como?"

"Uma árvore! Uma árvore simpaticíssima. Uma mangueira, acho."

Dag sentou-se, escorado num galho comprido, e cuspiu mais um pouco de água.

"Olhe!"

Louisa mostrava-lhe o engenho, cem metros atrás deles. O imenso galpão de tijolos vermelhos destacava-se contra o céu negro no meio das ondas barrentas. O prédio balançou bem devagar, para um lado e outro, e depois, enquanto a chuva diminuía e a tempestade amainava, sumiu lentamente debaixo das ondas tal como um navio naufragado, e desapareceu na lama, aspirado pelo subsolo pantanoso.

Não havia mais nada, só água e céu cinzento.

"Acho que acabou", disse Louisa levantando os olhos.

Uma nesga azul foi se alargando depressa a oeste e o vento serenou. Contemplaram o espetáculo de desolação que se oferecia aos olhos deles, aquela imensa extensão de água salpicada de detritos, e depois se olharam, radiantes. Dag estendeu-lhe a mão e Louisa a apertou.

"Parabéns, senhor Leroy, sobrevivemos."

"Eu lhe disse que podia confiar em mim."

"Os tornozelos não estão muito inchados?"

Dag sorriu. Só lhes restava esperar socorro.

O hospital estava superlotado, enfermeiras atarantadas corriam pelos corredores, um jovem médico exausto entrou no quarto enxugando a testa com a manga e olhou para Louisa:

"E aí, *ka ou fé?*"*

"Bem. Só um pouco abalada..."

"Você não é a única. Está com febre?"

Sem esperar a resposta, consultou a temperatura, depois levantou as pálpebras de Louisa, apalpou o gesso.

"Fratura de omoplata, isso melhora logo. Fique tranqüila, não terá seqüelas."

Ela abriu a boca para perguntar quanto tempo teria que ficar ali, mas ele já estava lá fora dando ordens. Ela virou a cabeça para as cinco outras mulheres do quarto, uma delas escondida atrás da cortina. Pareciam estar dormindo. O melhor era fazer o mesmo. Deitou a cabeça no travesseiro, sentindo o cheiro delicioso dos lençóis limpos e secos, e mer-

(*) Como se sente?

gulhou no sono, alheia aos gemidos e à agitação febril que tomava conta dos corredores.

O padre Léger introduziu uma moeda na máquina de café, esperou o copinho se encher e o entregou a Dag.
"Tome, vai lhe fazer bem, você está com cara de cachorro espancado."
Dag sorriu, pegando o café escaldante e encostou o copinho no parapeito. A sala de espera estava lotada de famílias ansiosas que esperavam notícias dos parentes. Um homem chorava apertando contra si duas crianças pequenas. Dag apalpou a bandagem em volta de sua testa. Um talho superficial, "nada grave", dissera o médico ao lhe dar uma vacina antitetânica. Dag aproveitou para lhe mostrar o ferimento do padre Léger, que também ganhou sua injeção e um curativo. Depois, foi preciso enfrentar a mãe de Louisa, completamente atarantada. O mesmo médico ministrou-lhe um sedativo leve. Contaram à pobre mulher que Louisa devia ter se perdido na tempestade e que, ao não vê-la chegar ao presbitério, Dag saíra à sua procura. Ela aceitou a explicação, sem tentar questionar nada, e voltou para casa amparada no filho que não parava de lançar olhares furibundos para Dag. Faltava pouco para que fosse lhe quebrar a cara... Dag tomou um gole de café e queimou a língua. O padre Léger parecia preocupado.

"Quer dizer que Louisa diz que eu lhe telefonei para marcar um encontro no velho engenho? Mas é um absurdo! Você estava em casa, teria me ouvido!"
"O senhor poderia ter telefonado por intermédio de um cúmplice", Dag respondeu com malícia. "E nada prova que não saiu do quarto pela janela para ir de fato até lá e jogá-la no vazio."
"Não brinque com essas coisas! Não saí do presbitério. Se não acredita, interrogue a recepcionista do ambulatório. Ela me chamou uma meia hora depois que você saiu, pode-

rá testemunhar que eu estava em casa! E, pelo que sei, os servos do Senhor, diferente Dele, ainda não são dotados do dom da ubiqüidade."

"Eu estava brincando! O fato é que alguém usou sua identidade, alguém que sabia que Louisa me entregara as cartas, alguém que sabe tudo o que faço, segundo após segundo!"

O padre Léger balançou a cabeça.

"Pensei muito sobre isso. Pouquíssimas pessoas podiam estar a par das cartas e da pasta Johnson. Na verdade, a única pessoa que sabia disso era a própria Louisa."

"O senhor quer dizer que ela teria forjado esse encontro fajuto no bangüê sabendo que correria risco de vida? Isso não tem pé nem cabeça!", Dag protestou.

"Não, quero dizer apenas que o vazamento vem necessariamente dela. Você lhe contou tudo, e ela passou adiante. Para o irmão ou para o noivo, Francisque. A não ser que ela esteja em contato com Go por algum motivo que ignoramos."

"Todas essas suposições me dão dor de cabeça", Dag observou, tentando beber de novo o café que ainda não havia esfriado nem um pouco. "Que droga, por que essas porcarias precisam estar pelando num país onde faz trinta graus o ano todo?", ele prosseguiu, irritado.

"O calor costuma ser associado ao reconforto. Aqui não temos o da lareira, então a gente se contenta com o do café", o padre Léger propôs.

"Será que existe alguma coisa sobre a qual o senhor não tem uma teoria?", Dag perguntou, entregando-lhe o copinho.

"Existe: Deus", o padre retrucou, bebendo o café de um só gole. "Vamos? Louisa está fora de perigo, inútil ficar aqui, só estamos atrapalhando. Há muitos feridos."

"Eu sei, obrigado."

Dag estava de mau humor. Feliz de estar vivo, sem dúvida, mas furioso consigo mesmo, com essa sensação agora familiar de ser manipulado como um boneco por um psicopata que ficava zombando na sombra. De cara amarrada, foi atrás do padre Léger.

A chuva parara. Um sol radiante brilhava sobre os escombros. Equipes de limpeza recolhiam os detritos e os jogavam nas caçambas de velhos caminhões de entulho. Interpelando-se aos gritos, as pessoas remexiam na bagunça de telhas de flandres, caixotes, utensílios diversos que cobriam as ruas.

"Levamos uma boa surra", comentou o padre Léger com expressão séria, acenando com a mão para uma de suas paroquianas debruçada sobre os escombros de um barracão de zinco de cores vivas. "Acho que vou dar uma mãozinha a essa pobre gente."

"Com esse ferimento, o senhor não deve fazer esforço."

"Sabe, com a sorte que eu tenho, ainda não é hoje que Deus vai me chamar para perto Dele. Tenho cá comigo que previu para mim uma longuíssima vida de devoção..."

Dag sorriu para o padre, que se afastou. E ele, será que não ia ajudar os outros? A bem da verdade, sua vontade era, antes de mais nada, jogar-se numa cama e tirar uma soneca. Suas roupas estavam duras de lama molhada, todos os seus músculos, doloridos. Sim, ia voltar para o presbitério, tomar um banho, trocar de roupa, dormir uma ou duas horas e depois... depois sairia para prestar socorro à população desabrigada.

O presbitério não tinha sido muito atingido, a não ser uma janela arrancada e infiltrações de água pelas paredes. Dag despiu-se e entrou no minúsculo boxe do banheiro. Abriu voluptuosamente a torneira de água quente, esperando a doce carícia sobre a pele, mas ficou frustrado: nem uma gota caía do chuveiro enferrujado. Esses canos de merda deviam ter estourado, como sempre. Furioso, saiu do boxe. Impossível se deitar naquele estado. Pegou sua camiseta suja e usou-a como um pano para se limpar como podia, e depois se deitou sobre os lençóis brancos. Finalmente, um pouco de descanso!

Atrás de sua mesa, Go se esticou. Estava exausto. Todas aquelas horas percorrendo as ruas, para impedir que os pilantras saqueassem as lojas... O ciclone seguira sua rota para o alto-mar, limitando-se a roçar a ilha. Uma carícia um tanto dolorosa. Olhou o relógio. Quase onze da noite. Sua mulher devia estar preocupada. Pegou o telefone e discou o número de casa, pensando no que Camille lhe dissera sobre Anita Juarez. Ele pedira sua ficha ao Arquivo Central. O telefone tocou muitas vezes. O que é que a cretina da Marie-Thérèse estava fazendo? Já estava dormindo? No décimo toque, ele sentiu um leve frio na barriga. Já se preparava para desligar e ir correndo para casa quando ela falou:

"Alô?"

"Puta merda! Você estava com a cabeça dentro do forno?"

"Claro que não, estava lá fora com o rapaz que você me mandou..."

O friozinho se acentuou.

"Que rapaz?"

"Ele disse que se chamava Camille e que vinha me avisar que você voltaria tarde."

Camille? Por que diabos Camille...

"Está aqui a ficha", Camille anunciou entrando na sala. Camille.

"Alô? Alô?", Marie-Thérèse esgoelava-se na linha.

Go olhou Camille de cima a baixo.

"Nunca lhe ensinaram a bater na porta? Saia."

O pobre coitado saiu, sem dizer nada.

"Marie-Thérèse?"

"Hein?"

"O rapaz foi embora?"

"Agorinha mesmo."

"Como era ele?"
"Parecia um pouco com meu primo Paulin."
"Seu primo Paulin? O mulato?"
"Mas o que foi que lhe deu, Francis?"
"Nada. E o que é que esse rapaz fez?"
"Ele tocou a campainha, eu saí, ele me transmitiu o seu recado e o telefone começou a tocar."
"Bem, vou voltar tarde", Go decretou, fora de si.

Não era Camille, sua babaca!, teve vontade de gritar, mas se conteve e desligou resmungando um breve "Até já". O que significava aquilo? Outra advertência? Para lhe dizer que podiam atacar Marie-Thérèse a qualquer momento? Que saco! Quando ele pegasse esse veado, ia estrangulá-lo bem devagar, sabia estrangular muito bem, era famoso no Haiti pelo jeito como apertava seus dedos grossos no pescoço das vítimas enquanto elas mijavam de terror ao compreender que iam morrer. Volta e meia ele as sodomizava ao mesmo tempo, homens ou mulheres, era mais divertido. Saiu de suas recordações e percebeu que estava tendo uma ereção. Era mais forte que ele, a lembrança da violência sempre o deixava de pau duro. Aquela babaca da Marie-Thérèse ia se divertir!

Examinou o memorando que o Camille verdadeiro tinha posto à sua frente: *Anita Juarez: nome verdadeiro, data e local de nascimento desconhecidos. Aproximadamente quarenta anos. Presa em Caracas em 1976 por roubo à mão armada. Condenada a dez anos de prisão. Solta em 1982. É vista no Brasil em 1983, suspeita de fazer parte do Esquadrão da Morte. 1985: detida por participação nos crimes da calle Marinero em Bogotá, um acerto de contas entre narcotraficantes, com dezesseis mortos. Solta por falta de provas. Começa a trabalhar para a família Largo na Argentina. Suposta atividade: assassina de aluguel.*

Uma assassina de aluguel? Em Grand-Bourg? Que recebe um tiro no fígado em plena tarde? O que será que procurava? E o imbecil do Leroy que chegou logo depois, orgulhoso como um cão que desenterrou um esqueleto? Que probabilidade havia de esses dois terem se encontrado em Grand-Bourg por acaso? Será que aquela mulherzinha não estava de olho em Leroy? E será que ele não a despachou *ad patres* num serviço rápido e bem-feito? Mas quem teria mandado Anita Juarez para cima de Leroy? Será que ele tinha inimigos? Ou então...

Perplexo, Go levantou-se, subiu a calça, puxando-a para cima de sua imensa pança e coçando-se entre as pernas. É, o pau ainda estava duro e doido para meter em alguém. Realmente, naquela noite ele ia botar pra quebrar. Saiu com um sorriso de canto de boca, imaginando os gemidos de Marie-Thérèse, seus olhos revoltos. Fazia vinte anos que estavam casados, e ele continuava a gostar disso, daquele jeito dela de fazer amor como se estivesse morrendo... Despediu-se do policial de plantão com um gesto distraído.

O homem abriu o caderno azul que sempre carregava consigo e tirou a tampa da caneta-tinteiro. Go devia ter recebido sua mensagem. Anotou depressa:

Quinta-feira, 30 de julho de 1996. Peguei no meu "armário de lembranças" uns tufos de pêlos pubianos de Lorraine. Entreguei a mensagem a Go. Paguei um desconhecido para ir à casa dele. Quero que saiba que posso atingi-lo a qualquer momento, em qualquer lugar. Vai entender que é mais interessante calar o bico e não acumular gafes. Sinto que não tenho a menor paciência com ele.
Nem com ele, nem com ninguém. O que sinto é uma terrível vontade de destruir. Quando penso na sorte insolente daquela Louisa. E Leroy, cheio de nove-horas, indo lhe prestar socorro. É inacreditável!

Fechou o caderninho com uma pancada seca, tampou cuidadosamente a caneta, guardou os dois objetos num dos compartimentos de sua mochila. Depois inspecionou os móveis do quarto: deploráveis, é claro. A única vantagem daquele motel miserável era lhe permitir ficar incógnito na cidade e poder se comunicar facilmente com seus cúmplices. Falando nisso... verificar se o sistema do "siga-me" da linha telefônica estava ligado. Apagar a luz. Tentar dormir. Não pensar em como seria agradável acariciar uma pele arrepiada de medo, sentir em seus dedos a carne tensa. E a beleza dos olhos quando tentam pular da órbita, a beleza do olhar perdido, dos cílios piscando depressa, das lágrimas rolando em silêncio. A beleza do desespero. Não pensar nisso. Breve se apresentaria uma ocasião. Bem, era hora de dormir.

10

Dag acordou de um sono pesado, nada repousante. Onde estava seu relógio? Sete e meia... Bocejando, abriu as cortinas e piscou os olhos, surpreso. Era pleno dia. As pessoas se interpelavam carregando detritos de todo tipo, os caminhões da prefeitura circulavam sem parar e ele viu o perfil saltitante do padre atarefado no meio de seus paroquianos. Puxa vida! Não eram sete e meia da noite, mas sete e meia da manhã: ele dormira quase treze horas! Foi checar se a água tinha voltado: nada. O espelho acima da pia mostrou-lhe a imagem de um homem de traços cansados, na testa um talho de cinco pontos, sem falar do corte na face. Frankenstein em versão afro.

O padre Léger lhe deixara um recado em cima da mesa de fórmica amarela da cozinha: "Fui participar dos trabalhos de reconstrução, não me espere. Até de noite". Enquanto enfiava sua calça de linho e sua última camiseta limpa, repassou mais uma vez o filme dos acontecimentos. E, mais uma vez, esse filme era apenas uma justaposição confusa de seqüências desconexas. Saiu do cinema tão mal-humorado quanto antes.

Ir encontrar o padre Léger, ajudar toda aquela gente a fazer a triagem dos escombros, isso é o que ele deveria fazer. Mas, para falar a verdade, o que lhe interessava mesmo era prosseguir as investigações. Não se tratava de uma simples investigação sobre fatos de vinte anos antes. A urgência era palpável: fazia só vinte e quatro horas que haviam tentado matar Louisa! Resolveu ser egoísta.

Informar-se sobre os outros crimes. Ver o que podia garimpar. O mais simples seria dar um pulo ao escritório de Sint Maarten, consultar Go-2-Hell, aquele monstro ligado à Internet e à Microsoft Networks, do qual Lester tinha tanto orgulho. Contanto que os vôos estivessem restabelecidos. Dez a zero que não estavam.

Não estavam. Árvores caídas bloqueavam as pistas do aeroporto, que ainda não tinham sido evacuadas. Esperava-se pelos homens da Defesa Civil "a qualquer momento". Ele deu um vago sorriso para o bombeiro que o informara: havia um lugar onde poderia acessar a internet. Só precisava encontrar alguém que o levasse até lá.

As estradas tinham sofrido muito, mas, como Dag presumira, os motoristas de Sainte-Marie não davam a menor bola para isso. Acostumados a dirigir os refugos das montadoras, andavam por cima de galhos quebrados, aceleravam pelos campos quando a estrada desaparecia, iam aos solavancos pelas trilhas, enfiavam-se nas enormes poças d'água com a tenacidade de búfalos cruzando um rio, e passavam.

O motorista, um velho hilário que usava um boné de beisebol com a aba na nuca, deixou-o às nove horas em ponto defronte da Polícia Central de Grand-Bourg. Por cinqüenta francos caribenhos além do preço da corrida, Dag ficou com o boné e o vestiu, com a aba para a frente: melhor não chamar atenção para os pontos na testa. Chegara a hora do tudo ou nada. Cruzou a porta com passo firme e dirigiu-se para o guarda de plantão, que estava bebendo um café e parecia exausto, com a barba por fazer.

"O inspetor Go, por favor."

"Não está. Não trabalha hoje de manhã. Volte às duas."

"Que pena. Sou o inspetor Germon, da Polícia Judiciária de Fort-de-France. Cheguei ontem de manhã. Tinha que conversar com ele sobre um caso urgente, mas com essa tempestade..."

Terminou sua frase com um gesto vago. O guarda balançou a cabeça, contendo um bocejo. Pegara o serviço à meia-noite, estava esperando o final de seu turno. Realmente, não era hora de ver um funcionário francês chato dar o ar da graça.

"É possível falar com ele em casa?", Dag continuou, com fisionomia severa.

"Ah, não, é impossível!", o homem exclamou, de súbito bem desperto.

Só de imaginar a bronca que Go lhe daria se o incomodassem!

"Tem outro inspetor de plantão?"
"Estou sozinho, não temos pessoal suficiente e..."
"Bem, vou esperar. Onde fica a sala dele?"
"Por aqui."

Fez sinal para Dag segui-lo e o levou à sala de Go, abrindo a porta.

"Obrigado, fique à vontade."

O guarda fechou a porta com um aceno de cabeça. Dag, muito satisfeito consigo mesmo, instalou-se confortavelmente na poltrona de Go. Nada mal. Girou para ficar diante do computador e, com muita volúpia, apertou o botão *power*.

Entrou na internet. A rede mundial. Depois de alguns cliques, Dag conseguiu entrar na página das Investigações das Ilhas do Caribe, a IIC. Um banco de dados jurídicos e penais coletados a título de cooperação internacional. Uma hora depois, não descobrira grande coisa, apenas mais três suicídios, ainda no mesmo período, sempre mulheres em torno dos trinta anos, solteiras, duas praticantes de mergulho submarino. Dag anotou "mergulho" em seu bloquinho.

Desistiu da internet e de sua lentidão irritante, foi para os arquivos da Polícia Central. Foi para a pasta "Pessoal": os prontuários de todos os funcionários. Go assumira o cargo em 1974. Logo antes da onda de assassinatos. Dag prosseguiu as pesquisas, digitando febrilmente até que seus dedos se imobilizaram nas teclas: em 1975 e 1976 o inspetor Go viajou por todo o Caribe, a serviço. Uma das funções fora a instalação da IIC.

Dag olhou o relógio: dez e vinte. Precisava se apressar. Embrenhou-se no grande banditismo, clicou até aparecer a pasta de Vasco Paquirri. O venezuelano tinha trinta e oito anos. Portanto, estava com dezessete na época em que os crimes foram cometidos. Acabara de sair da casa de correção, onde fora internado com catorze anos por ter incendiado um bar cujo dono o chamara de veado. Balanço: três mortos. Assim que foi solto, assaltou um banco para descolar um pouco de grana, depois fugiu e foi se instalar em Trinidad, onde criou sólida reputação. Começou a impor seu domínio sobre o tráfico de coca e conquistou um território ali, no Caribe. Incriminado oito vezes por crimes, tráfico de drogas, contrabando, chantagem... Solto oito vezes por falta de provas. Todas as testemunhas tendiam a se evaporar — literalmente, no caso de um sujeito que engolira uma banana de dinamite. Vasco assassino e estuprador manejando a agulha de tricô? Segundo sua ficha, ele era melhor com o facão, a metralhadora e os explosivos.

Volta à internet. Um giro — acelere, meu chapa, por favor — pelos "grupos de notícias". O site Love Suprème (http://www.lovesup.com/html) ainda estava no ar? Estava. Um site onde todos os fanáticos por morte se encontravam. Fotos de cadáveres, vídeos de acidentes mortais, leilão de roupas e uniformes ensangüentados, visita documentada a grandes necrotérios, compilações de laudos de autópsia, tratados de medicina legal, relatórios científicos, conferências, últimas notícias vindas do além. Dez para as onze. Dag clicou nos laudos de autópsia. Os Estados Unidos eram os campeões, por causa de estrelas como Marilyn Monroe, Kennedy, o extraterrestre de Roswell ou The Visible Man, aliás, a foto de cada pedaço do corpo do criminoso texano Joseph Jernigan, que fora doado à ciência e cortado em 1870 fatias, estava disponível em 3-D... A região caribenha era mais calma. Mas nem por isso menos sinistra. Dag deu uma olhada nos períodos que lhe interessavam. Nada de especial.

Já se preparava para sair da página quando um nome atraiu seu olhar: "... em presença do professor Jones...". O que é que Jones estava fazendo em Antígua em março de 1975? E por que tinha assinado um laudo de autópsia com outro médico? Examinando a página mais atentamente, Dag descobriu com espanto o nome de Longuet um pouco mais abaixo. Longuet e Jones? NET-a-ferro!

Volta à página inicial. Convenções internacionais. Blablablá... Pequenas Antilhas. "Convenção internacional de intercâmbio e cooperação científica, 12 de dezembro de 1974." Em virtude da dita convenção, os chefes dos diferentes serviços médicos da época tinham sido convidados para viagens de intercâmbio.

Superexcitado, Dag abriu as diversas pastas citadas por Darras. Toda vez a dupla Jones-Longuet estava presente nos locais dos supostos crimes, num intervalo de cinco, seis dias antes e depois. Jones-Longuet, dupla diabólica? Amantes perversos ajudados por seu factótum, Francis Go?

Onze e meia. Cheiro de encrenca no ar. Ele conjeturou: fazia quase três horas que estava ali, era hora de se arrancar. Acabara de desligar o computador quando a porta se abriu e um agente fardado apareceu.

"Quer comer alguma coisa, inspetor? Vou ao quiosque aqui ao lado."

"Um cachorro-quente com catchup, obrigado."

"O inspetor Go telefonou. Disse-lhe que o senhor o estava esperando, ele vai chegar daqui a dez minutos."

"Ótimo. O toalete?"

Dar no pé rapidinho antes que Go entrasse como um touro picado por uma mutuca.

"No fundo do corredor."

O corredor estava deserto. Dag tentou a porta dos arquivos: fechada. O banheiro. Um cara mijava assobiando. Virou a cabeça e deu um sorriso amável para Dag, que resolveu imitá-lo enquanto inspecionava o lugar com os olhos. Havia uma janela em cima das pias. Obrigado, Grande Manitó, por sua infinita bondade! O cara levou uma eternidade para lavar as mãos e finalmente saiu. Dag puxou o zíper correndo, quase se castrou, pulou em cima de uma das pias, agarrou o trinco e girou. Nada. A pintura estava colada. Puxou violentamente, a janela abriu com uma pancada seca e ele quase perdeu o equilíbrio.

Um bisão furioso pelo corredor, uma voz trovejante: "E aí, onde é que está esse tira de Fort-de-France? Vir nos encher o saco no dia seguinte a um ciclone, que merda!". Enquanto passava as pernas pelo parapeito da janela, Dag ouviu uma voz tímida responder: "No banheiro, chefe". Baixou os olhos: três metros abaixo, um lindo contêiner abarrotado de lixo. Jogou-se, caiu em cima do tampo de plástico e se estatelou na rua. Rugido no toalete: "Mas que merda é essa?". Dag correu como uma lebre diante do olhar surpreso de um garoto pichando no muro um "Foda-se a polícia!" em rosa-shocking.

Três minutos depois, Dag enfiou-se no posto telefônico central, que estava agitado, pois várias linhas estavam enguiçadas. Entrou numa fila. Depois de uns quinze minutos mofando, achou que não corria nenhum risco, saiu e foi procurar um táxi. Estava na hora de dar uma ajuda ao padre Léger.

Go não entendia. Não havia nenhum inspetor Germon em Fort-de-France. Que significava aquela palhaçada? A descrição do impostor coincidia mais ou menos com Leroy, mas por que aquele filho da mãe teria ido até ali? Furioso, deu uma olhada em sua saleta, abriu e fechou depressa as gavetas. Tinha certeza absoluta de não ter deixado nada de comprometedor. O que é que podia interessar a Leroy, se é que fora ele que dera uma de Arsène Lupin? Essa história estava começando a cheirar mal... e seria pior ainda se não fosse Dag Leroy. Se fosse um mensageiro de... Go se proibia de pronunciar aquele nome, mesmo em pensamento. Havia mais de vinte anos que se proibia, esperando obstinadamente que a entidade sem nome acabasse evaporando. Para aturar as amolações que vinham pela frente, a força do píton não seria demasiado: pegou um punhado de cápsulas do frasco de plástico e engoliu-as de uma só vez.

O padre Léger afundou na poltrona, com as feições cansadas, lívido de exaustão. Dag sentou-se na frente dele e esticou suas pernas compridas. Tirara as botas com o maior prazer e mexia os dedos do pé que saíam pelos furos das meias.

"Dia duro", disse o padre.

"*Horresco referens!*",* Dag concordou massageando as têmporas.

Ao voltar de Grand-Bourg, ele fora se juntar às equipes que estavam limpando a região. O furacão espalhara pânico e estragos, e foi preciso fazer um trabalho de escavação.

No final da tarde, exausto, passou no hospital para saber se Louisa estava bem, mas bateu em retirada ao perceber a imponente silhueta de Martial no batente da porta. Nenhuma vontade de ter de agüentar as críticas da família. Bocejou, coçando o rosto com a barba por fazer.

"Está vendo como é cansativo fazer o bem?", zombou o padre Léger esticando o braço para pegar a garrafa de rum.

"Mas, aparentemente, isso o mantém em forma", Dag respondeu, pegando os mesmos dois copos da noite anterior. "*An nou pran on lagout*",** repetiu a expressão favorita de seu pai.

Beberam calados. O padre Léger descansou o copo com um suspiro de satisfação.

"E seu giro por Grand-Bourg? Proveitoso?"

(*) "Tremo ao contar", verso de Virgílio, em geral citado como brincadeira.
(**) Vamos beber um traguinho.

"Não sei. Na verdade, Go esteve presente nos locais dos crimes mais ou menos nas datas em que foram cometidos. E não estava só: os doutores Jones e Longuet também. Intercâmbios científicos", explicou Dag.

"Ah, falando de Jones... O pobre homem morreu ontem."

"Como assim?", espantou-se Dag.

"Rolou pela escarpa. Acham que ele estava bêbado e tentou contemplar a fúria dos céus. Encontraram o corpo hoje de manhã na praia, fraturado e nu em pêlo, despido pelas ondas, aparentemente. *Aequo pulant pede!*"

Dag serviu-se de mais um runzinho. Talvez a morte atacasse com um pé indiferente, mas Jones tinha conversado com ele e Jones estava morto. Louisa tinha conversado com ele e tentaram matá-la. Jones teria falado demais? Teria outra coisa a contar? Virou a cabeça para o padre Léger, que lhe perguntava:

"Como você soube de tudo isso, Go etecétera?"

"Ah, andei vasculhando por aí. E Longuet? Continua vivo?"

"Acho que sim. Por que teria morrido?"

"Não sei. Tenho a impressão de que se morre muito por aqui."

"Tanto quanto em outro lugar. Jones era um alcoólatra inveterado."

"De qualquer maneira, vou tentar falar com Longuet amanhã."

"Não gostaria de desanimá-lo nem de me meter na sua investigação, mas o professor Longuet..."

Calou-se, hesitante.

"Que é que tem Longuet? Fale. Sou gato escaldado."

"Bem, ele não gosta de mulheres."

"Justamente. Acho que o sujeito que as trucidou também não gostava delas."

"Quer dizer... as mulheres não o atraem."

Dag observou o padre entre suas pálpebras semicerradas.

"Ele é homossexual?"

"É. Todo mundo sabe."

"Menos eu. Dagobert, o Turista. Longuet deveria usar uma tabuleta, isso evitaria que eu ficasse dando tratos à bola a respeito dele. Não vejo por que teria estuprado aquelas pobres coitadas. Bem, acho que agora convém dormir. Vá para o seu quarto, não vou invadir sua cama de novo."

"Dormir nessa cama cheia de barro? Nem pensar, prefiro minha poltrona. Aliás, minhas costas estão acostumadas: já ficaram com a forma da poltrona. Vá se deitar, estou muito bem aqui."

"Que velho ranzinza o senhor é!", Dag exclamou, espreguiçando-se.

O padre Léger sorriu, apontando para o teto.

"Puxei ao meu Patrão. Boa noite."

De repente Dag lembrou-se de que não tinha ligado para Charlotte. Devia lhe dizer que sua mãe provavelmente tinha sido assassinada? Olhou o relógio: onze e meia da noite. Melhor tentar achá-la. Pediu licença para telefonar. Charlotte atendeu no segundo toque.

"Sou eu, Leroy."

"Boa noite, majestade. Quais são as novidades?"

"Não são das melhores. Todas as pistas estão cortadas. Quanto à sua mãe... Escute aqui, não quero alarmá-la, mas acho que ela não se suicidou. Foi suicidada."

Seguiu-se um longo silêncio. Depois Charlotte perguntou com uma vozinha:

"Foi meu pai que fez isso?"

"Não sei. Francamente, não sei de nada. Quer que eu continue minhas investigações? Hoje é sexta-feira, os quatro dias se passaram..."

Ele ouviu uma voz de homem ao fundo e reconheceu o sotaque de Paquirri. Portanto, Charlotte vivia com ele. Paquirri, um dos patrões de Anita Juarez.

"Como foi que você chegou a essa conclusão a respeito de minha mãe?", perguntou Charlotte, que voltara ao telefone.

Dag começou a contar a investigação, pulando os detalhes e deixando de dar os nomes das pessoas implicadas. Afinal de contas, o que ele sabia de fato sobre Charlotte Dumas? Estava relatando sua conversa na polícia de Grand-Bourg quando surgiu a voz de Vasco:

"Quando é que ele foi lá, esse *coño*?"

"Anteontem à tarde", Dag esclareceu, como se Vasco tivesse se dirigido a ele.

"Será que ele ouvió falar de una mujer assassinada? Pregunte a ele."

Se Vasco tinha mandado Anita ir ao seu encontro, por que fazer essa pergunta? Dag respondeu antes de Charlotte repetir.

"Ouvi. Uma mulher foi assassinada na rua. Os policiais não têm a menor pista."

"Quero encontrar esse hijo de puta que fez isso", Vasco vomitou de repente ao telefone. "Se souber alguna cosa sobre ele, dobro o salário que Charlotte paga a você."

Dag sentiu-se empalidecer.

"Era uma amiga de Vasco", Charlotte explicou.

Dag riu em silêncio. Una amiga desse puto do Vasco... Se esse bestalhão desconfiasse que estava falando com ele mesmo, *himself*, o assassino de Anita... Resmungou:

"Vou ver o que é que eu posso fazer. E quanto a seu pai?"

"Continue. Não gosto de sair do cinema antes do fim do filme."

"Não é um filme. E periga ser barra-pesada."

"Se sou a filha de um assassino, quero saber, superdetetive."

"Ok. Telefono assim que tiver novidades."

Desligou sem esperar resposta. O padre Léger franziu o cenho.

"E aí?"

"E aí, ela quer que eu continue. E Vasco Paquirri está disposto a pagar para ter informações sobre o cara que liquidou Anita Juarez."

"Ai, ai, ai!"

"É isso aí. Era uma amiga dele."

"Ai, ai, ai! Espero que mesmo assim você durma bem..."

"Estou num prego tão grande que podia dormir até no *Titanic* na noite do desastre", disse Dag enquanto ia para o quarto.

Dormiu como uma pedra e acordou lá pelas três da manhã, com uma dor de cabeça alucinante. Impossível voltar a dormir. Melhor voltar ao filme. Um filme que poderia se chamar *Os mistérios do Caribe*. Uma seqüência de sainetes anunciadas por cartazes: "O professor Longuet e seu amigo, o *tonton macoute* Francis Go, violentam e assassinam jovens indefesas" — pornô. "O Homem sem Rosto joga Louisa Rodriguez pela janela do engenho" — proibido para menores de dezesseis anos. "Vasco Paquirri manda Anita Juarez matar Dagobert Leroy" — censura livre.

O tipo de filme em que o roteiro não tem pé nem cabeça: por que Paquirri queria matar Leroy? Porque ele investiga sobre o pai de sua bem-amada? Porque sabe algo sobre o caso, algo que deve permanecer na sombra? E, quanto à ação, não é melhor: para azar de Vasco, é Dagobert que mata Anita. Nesse caso, por que Paquirri pede a Dagobert para achar o criminoso? Será que é um imbecil total? (Hipótese plausível.) Ou por trás de tudo isso há um plano incompreensível? (Hipótese determinista.)

Dag meteu o rosto no travesseiro cheirando a lodo. Precisava dormir, o dia ia ser longo. Mas não adiantava nada, o filme continuava a passar, um conjunto de cenas disparatadas sem muita ligação, nas quais as personagens trocavam textos e figurinos. Dag tentou puxar uma enorme cortina vermelha diante da tela, com a palavra "intervalo". As mãozinhas de Louisa tentaram afastar os pesados painéis de veludo, seguidas pelas manzorras de Go, mas Dag resistiu. Cinco minutos depois, finalmente dormiu.

11

Um sol brilhante entrava no quarto minúsculo para onde Louisa fora transferida. Ela puxou o lençol, cobrindo o peito, e sorriu para Francisque, encostado no pé da cama com um braço nas costas. Francisque estendeu o braço à frente, apresentando um grande ramo de alamandas de um amarelo deslumbrante.

"Ai, que lindas! Obrigada."
"Você está bem?"
"Vou indo. Quase não sinto mais dor. Você está muito elegante."

Ele estava usando um conjunto de seda, camisa e calça verde-oliva, e as trancinhas de seu cabelo formavam uma auréola para seu rosto de traços harmônicos. Franziu o cenho.

"Não entendo como você foi parar lá..."

Pronto, ela teria de mentir com extrema habilidade... disfarçar. Com o queixo, apontou as alamandas.

"Não quer pôr as flores dentro d'água?"

Francisque colocou o ramo na pequena pia e encheu-a de água.

"Tem que pedir um vaso para a enfermeira", Louisa falou, sorrindo.

"*Es où tandé sa mwen di ou?** O que é que você estava fazendo metida com esse sujeito?"

(*) Você me ouviu?

Quando ele cismava com alguma coisa... Ela suspirou em crioulo:

"Já expliquei a mamãe."

"Que se dane. Explique-me."

Mentalmente, ela passou em revista seu relato para ver se fazia sentido. Sim, devia fazer. Se bem que Francisque fosse terrivelmente ciumento. E os ciumentos têm um sexto sentido para detectar lorotas. Francisque com ciúme do rei Dagobert. Como se ela fosse trocá-lo por aquele desconhecido! Louisa percebeu que ele continuava esperando, furioso.

"Bem, é muito fácil. Eu tinha que passar pela igreja..."

"Para fazer o quê?"

Meu Deus, sim, o quê?

"Queria pedir ao padre Léger para rezar uma missa pelo papai."

"E não podia esperar?"

"Não, porque eu tinha tido um sonho, mandaram eu fazer isso."

Francisque resmungou, sem dizer nada. Ela sabia que ele praticava assiduamente o "tchala", manual de interpretação dos sonhos.

"E depois?"

"Depois eu me perdi."

"Perdeu-se? Nesse povoado onde você viveu sua vida toda? E que deve medir dois quilômetros quadrados?"

"Não sei, fiquei aflita, quis me abrigar."

"No bangüê em ruínas? Como as mulheres são idiotas!"

"Perdi a cabeça, foi isso. E a idiota agradece..."

"Não queria dizer isso", Francisque retrucou. "E aquele cara, também se perdeu?"

"Leroy? Não, estava me procurando. O padre Léger tinha lhe dito que estava inquieto e ele saiu à minha procura."

"E enfrentou a tempestade pelos seus belos olhos?"

"Ele não é daqui, não achou que ia ser tão sério."

"Ele te beijou?"

"Como?"

"Ele te beijou? Tentou te bolinar?"

"Aquele velho? Você está maluco! Para falar a verdade, fico pensando se não é meio... entende o que quero dizer?"

"O quê? Com o padre?", Francisque espantou-se, escandalizado.

Talvez ela tivesse ido um pouco longe.

"Não, com o padre, não, não seja cretino."

"Louisa, se esse cara encostar a mão em você, eu o mato."

Ela fechou os olhos. Francisque estava começando a encher sua paciência. Cada vez mais se parecia com um Otelo de opereta.

"Estou me sentindo cansada... Você não pode ir buscar um vaso?"

Ele saiu, calado. Boa escapatória! Por que Dag não tinha ido vê-la? Por outro lado, se desse de cara com Francisque... Então lembrou que, dali a alguns meses, estaria casada com Francisque, e esse pensamento lhe deu sono na mesma hora.

O inspetor Go estava mais calmo. Passara uma noite memorável com Marie-Thérèse, que ficou toda marcada no pescoço, e, afinal, até que não tinha manobrado mal. A melhor tática talvez fosse se fingir de morto. No sentido figurado, é claro. Como foi que Leroy teve conhecimento de tudo aquilo? Alguém devia ter lhe dado uma dica. Enxugou a testa, depois as mãos, com seu grande lenço azul-claro. Eles eram tão poucos a saber a verdade! E, pelo visto, o Iniciador levava aquilo muito a sério. "Alguém" enviara Anita Juarez para dar fim em Leroy. "Alguém" estava aflito. Mas "alguém" não tinha que ficar tão aflito a ponto de se tornar agressivo. Ele não queria mais receber a visita inesperada de um falso Camille. Não, precisava acalmar o "alguém". Reafirmar sua obediência e sua fidelidade. Mas como? Pensou muito tempo, enquanto mastigava um palito. Depois pegou o telefone.

Dag sentia o sol tentando furar seus ombros. No entanto, eram apenas nove e meia da manhã. Atravessou a rua para aproveitar a sombra mirrada que percorria o muro defronte. Atravessou a esplanada diante do hospital. O hall de entrada estava repleto de famílias e ele teve de abrir caminho entre a multidão para chegar à escada que levava ao andar de Louisa. Enquanto tentava se desviar de uma imponente matrona carregando duas cestas volumosas, não viu Francisque acotovelado no balcão da recepção.

Os olhos já sombrios de Francisque viraram duas fendas pretas. Ele seguiu Dag, um pouco atrás. Realmente, o despacho que pagara àquele imbecil do Mango não parecia estar fazendo efeito. Sentia que Louisa estava lhe escapando. E, pelo visto, armação contra Leroy tampouco tinha êxito. Será que os descrentes eram insensíveis à macumba? Ou será que Dag também tinha o corpo fechado, como o padre?

"Nossa, o rei, em pessoa!", Louisa debochou ao ver Dag entrar, pensando que ele tinha escapado por um triz: Francisque acabara de sair.

"E aí, *ká ou fé* nossa heroína?", Dag perguntou com um entusiasmo forçado.

"*Sa ka marché*.* E você?"

"Em plena forma."

Ele não tinha levado flores nem bombons. E estava com uma cara cansada. Aproximou-se da cama e inclinou-se. Com sua mão boa, Louisa o deteve.

"Obrigada por respeitar a distância regulamentar."

"E se eu ignorá-la?"

(*) Tudo bem.

"Intervenção imediata de uma enfermeira armada de porrete", retrucou Louisa pegando a campainha.

Ao ouvir a palavra "porrete" Dag deu um sorriso lúbrico e ia fazer um gesto obsceno quando um choque violento entre os ombros o propulsou pelo quarto até a pia, onde seu corpo bateu violentamente.

Ele se virou justo a tempo de receber bem no meio da cara um punho marrom vindo a mil por hora. Desabou, todo mole, grogue. O que era? Um clone de Anita Juarez? Intervenção da CIA? Uma reencarnação do abominável homem das neves passeando por ali?

Duas mãos o agarraram pela gola, e umas trancinhas alisadas com óleo de amêndoa dançaram diante de seus olhos embaçados.

"Mantenha distância, seu filho da puta, ou vai morrer!"

Dag tentou responder, mas Francisque começou a sacudi-lo como uma jabuticabeira, batendo sua cabeça nos ladrilhos a cada palavra.

"Louisa e eu vamos nos casar, sacou? E você vai se arrancar daqui, sacou? Aqui *i pa bon pou'toi.*"*

Louisa berrava *"Lagé-i!"*** e Dag pensou que precisava agir antes de ficar com a cabeça mole igual a uma melancia madura demais. Num impulso brusco, meteu os dois pés no baixo-ventre de Francisque. Ele soltou um gemido, largou Dag, revidou um soco, enroscou os pés no fio do telefone e se estatelou no chão ruidosamente.

"Mas que barulheira é essa?"

Uma enfermeira enérgica, carregando uma bandeja de comida, olhou-os severamente.

"Não se briga nos quartos. Respeita-se o repouso dos doentes ou então vai-se embora! Estou com um problema aqui no vinte e oito", gritou com a cabeça no corredor.

(*) Não é bom para você.
(**) Largue-o!

Dag levantara-se e tirava a poeira da roupa enquanto Francisque continuava a gemer.

"É esse cara. Ele me atacou, nem sequer o conheço. Acho que está drogado, observe os olhos dele."

"Um moleque drogado?", perguntou uma voz de trovão, enquanto um enfermeiro que parecia um armário levantava Francisque a vinte centímetros do chão e o imobilizava com uma chave de braço.

"Jogo isso aqui no lixo?"

"Ponha-o para fora, no pátio", decretou a enfermeira, com o ar magnânimo de uma rainha esclarecida.

"Seu cafajeste!", rugiu Francisque. "Seu veado, você vai ter que engolir os seus colhões!"

"Ei, seu desgraçado, quer que a gente lave a sua boca com sabão?", rosnou o enfermeiro apertando ainda mais sua presa e arrancando-lhe um grito de dor.

Ele saiu, carregando um Francisque que babava de raiva e berrava palavrões. A enfermeira pôs a bandeja na mesa-de-cabeceira.

"O que a gente vê de maluco atualmente, nem Deus acredita! Está aí o seu café da manhã. Tenha um bom dia."

"Bom dia", respondeu Dag amavelmente antes de enfrentar o olhar severo de Louisa.

"Ele ia me matar!", desculpou-se antes que ela pudesse dizer alguma coisa.

"Francisque é meu noivo, será que você não consegue meter isso na cabeça? Não quero que bata nele."

"Mas foi ele..."

"Pare, Leroy, não estou na escola primária para arbitrar essas brigas bobas de criança. Não quero mais ver você."

"Você vai se casar com ele e ficar 'aqui pondo pirralhos no mundo?"

"Exatamente. 'Pondo pirralhos', como você diz, dando aulas a esses pirralhos e tricotando para os pirralhos das minhas amigas."

"Um futuro brilhante."

"Mais brilhante do que ser jogada pela janela por um louco!"

"E não lhe interessa saber por que tentaram matá-la?"

"Tenho a sensação de que estarei mais segura quanto menos eu procurar saber", disse Louisa, pensando porém que estava com medo, que sempre teria medo.

"Louisa...", Dag começou, pondo a mão em seu braço nu.

"Não! Pare! Fora! Deixe-me sozinha, por favor, Dagobert. Vá passear no bosque e me deixe em paz. *Bonswa.*"*

Ele deu um suspiro e saiu.

Dura manhã, pensou Louisa recostando-se de novo no travesseiro. Só de pensar na reação de Francisque, já ficava com enxaqueca. Olhou a bandeja com um olhar vazio. Falta de apetite. Impossível comer. Totalmente impossível. Mas será que aquilo não seria um *chellou*? Afinal, era preciso se alimentar para poder enfrentar a adversidade. Pegou o garfo e provou. Uma delícia, pensou, enquanto limpava o prato com o pão.

"E agora, o que é que nós vamos fazer?", perguntou o padre Léger molhando os lábios na cerveja.

Dag contemplou as ondas brilhantes e o barco ao longe, singrando nas águas, indolente. Como aquelas águas tão límpidas podiam camuflar um atoleiro desses? Levantou o copo.

"Essa cerveja está quente."

"É incrível como você passa o tempo a se preocupar com a temperatura do que bebe!", observou o padre Léger com uma ponta de desespero.

Dag deu mais um gole na cerveja — quente — e largou o copo.

"Não estou tão avançado como o senhor no caminho da espiritualidade..."

(*) Boa noite.

"O que está acontecendo? Louisa o mandou pastar?"

O velho bonzo tinha faro. Dag olhou o barco mudar de direção, e respondeu:

"Ela vai se casar com o primo Francisque."

"Eu sei, sou eu que vou celebrar o casamento. Não vá me dizer que você ficou apaixonado em três dias?"

"Não sei."

"E a sua investigação? O assassino continua em ação. Direi até mais: está pertinho daqui."

"E como o senhor quer que eu o encontre? Publicando um anúncio no jornal? Se pelo menos pudesse ser aquele imbecil do Francisque..."

"Puxa, nunca vi um ardoroso detetive desanimar desse jeito. Dagobert Leroy, você é uma vergonha para a literatura policial."

Dag se permitiu dar um sorrisinho. Para ser sincero, o padre tinha razão. Que idéia essa de se enrabichar por uma professorinha complexada que nunca tinha saído daquela ilha! Ele tinha uma missão a cumprir. De qualquer maneira, não se imaginava casado com Louisa. A verdade é que tinha uma vontade louca de ir para a cama com ela. E depois? Deixá-la, assim, dizendo "a gente vai se escrever"? Abominável. Ela tinha uma vida a construir com Francisque e não cabia a ele atrapalhar os planos. Levantou os olhos e deparou com o olhar atento do padre Léger.

"E então? O exame de consciência foi proveitoso?"

"O senhor é bruxo?"

"Há muitos anos meu sacerdócio me confinou ao papel de observador."

"O senhor nunca esteve apaixonado?", perguntou Dag quebrando um palito de fósforo.

"Não. Bem, sim, uma vez. Uma jovem paroquiana que apanhava do marido e era traída por ele. Vinha se confessar, chorava, eu a consolava, fiquei perturbado. Ela gostava daquele homem grosseiro, eu estava louco de ciúme, queria que ela o deixasse. Claro, nunca lhe disse nada. Foram viver em Pointe-à-Pitre, nunca mais a vi. Foi esse o auge do romancezinho que vivi", concluiu o padre esvaziando o copo.

Dag acendeu um cigarro e deixou o fósforo se consumir até chamuscar seus dedos. Uma brisa fresca batia em seu rosto. Crianças berravam, correndo e chutando uma lata. O rádio tocava um pot-pourri de *biguines* que o padre ouvia balançando a cabeça. Ninguém diria que um furacão passara por ali quarenta e oito horas antes. A vida prosseguia. O "charme enganador das ilhas" não passava de um charme enganador.

Ele se inclinou, apoiando os cotovelos na mesa.

"Pergunta número um: como o assassino veio para a ilha?"

"De barco ou de avião."

"Eu mesmo perdi o último avião, lembre-se disso. Tive que alugar um barco para voltar."

"Ele pode ter feito o mesmo."

"Mas por que me seguir até aqui?"

"Para saber o que você ia fazer, saber o que você sabia."

"Não, não concordo. Se me seguiu, poderia muito bem ter me matado. Ou então..."

"Ou então?"

"Já estava aqui. Na ilha."

"O que você quer dizer?", perguntou o padre Léger, endireitando-se.

"Ele estava aqui quando vim para a sua casa. Ouviu nossa conversa. Soube que eu sabia. Resolveu intervir."

"Mas por que atacar Louisa?"

"Para me ferir."

A resposta brotou assim, inesperada.

"Não tem lógica. Em Grand-Bourg, tentam matar você. E aqui, tentam matar Louisa. Por que ela?"

"Pare de me fazer perguntas complicadas. Talvez seja um jogo."

"Um jogo?"

A voz do padre Léger tinha uma inflexão dubitativa.

"Um jogo. Ele arma ciladas no meu caminho, cabe a mim desfazê-las."

"Isso significa que ele quer que você vá à procura dele", murmurou o padre Léger.

"Isso significa que ele quer que eu o encontre."

Dag deu uma longa tragada.

"Mas, ao mesmo tempo, quer me destruir."

"Por quê?"

"Talvez seja realmente o pai de Charlotte. E eu represento ao mesmo tempo o homem que pode levar a filha até ele e o homem que pode desmascará-lo. Talvez ele esteja dividido entre dois desejos: proteger-se e conhecer a filha."

"Nessa hipótese, nada o impede de contatar a filha quando quiser. Esse homem tem cara de saber os mínimos atos e gestos que você faz. Acha que ele ignora quem é essa filha?"

"Sei lá. Estamos dando voltas e não saímos do lugar."

"A gente precisa é dar voltas em espiral", comentou o padre Léger com um ar pensativo.

"Como?"

"É, quem fica dando voltas no mesmo lugar abre um sulco por onde se afunda; quem fica dando voltas numa espiral, aos poucos vai se elevando, até formar um turbilhão que paira por cima das contingências... E a solução não está em baixo, está em cima, nas esferas da alma."

Dag esmagou o cigarro no cimento.

"Se o senhor resolver escrever o seu romance policial, pense em usar um dicionário."

O padre Léger levantou-se:

"Obrigado por seus conselhos. Preciso ir, tenho dois enterros hoje de manhã. Um nonagenário e um recém-nascido, os caminhos de Deus... Você vai estar aqui para almoçar?"

"Acho que vou. Senão deixo-lhe um recado."

Ele olhou a silhueta delgada do padre se afastar, mancha negra contra o céu azul vivo. Enquanto refletia, começou a andar. Ergueu os olhos e viu que seus passos o tinham levado até a velha loja de sua tia. As duas casas vizinhas haviam perdido o telhado, mas a loja estava intacta. A lembrança da velha senhora sentada atrás do caixa o envolveu de súbito, tão nítida como uma foto. Será que dentro da loja ele encontraria o cheiro das conchas secas? Será que sentiria a carícia serena daquelas mãos ásperas em suas bochechas de criança rejeitada? Pegou a maçaneta da porta, girou-a, em vão, e reparou na pequena tabuleta escrita em crioulo: "Fechado para ajuda voluntária aos bombeiros". Azar. Pegou o caminho de volta: já que estava na cidade, era melhor aproveitar para ir fazer uma visitinha ao bom e velho Mango e ao seu estúdio de fotografia.

O único inconveniente é que não havia mais estúdio. Apenas quatro paredes pintadas de amarelo e vermelho, e lama. E um sujeito cheio de *dreadlocks*, sentado na sombra, encostado numa das paredes.

"Mango?"

"*Moin kâ domi*",* disse o sujeito sem levantar a cabeça.

Dag meteu a mão na carteira e puxou uma nota de dez dólares.

"É hora de acordar."

O sujeito levantou a cabeça e Dag logo o reconheceu. Ele não tinha envelhecido e não devia ter mudado de roupa nos últimos vinte e cinco anos: mesma camisa verde, o mesmo colete preto de couro e o mesmo jeans esgarçado, coberto de manchas e agora com crostas de lama até os joelhos. Mango estendeu a mão e pegou a nota com seus dedos compridos e magros e encardidos de nicotina.

"Posso ajudar, meu chapa?"

Sua voz era clara, mas seus olhos traíam o fumante de maconha.

(*) Estou dormindo.

"Você guarda todas as fotos que tira?", Dag perguntou, enquanto lançava um olhar hostil para aquele monte de lama.

"Engraçadinho, esse cara!", Mango retrucou, repentinamente falante. *"Hey*, será que você está cego, ô meu? Desde anteontem não tem mais Estúdio Mango. O Deus Oceano comeu tudo. E um dia vai engolir a Babilônia, é isso aí, cara, um dia o Deus Oceano vai comer o planeta todinho."

"Mas você guarda as fotos?", Dag teimou, abaixando-se para ficar na altura de Mango, que piscou os olhos pensando o que é que aquele Pai Tomás queria com ele.

Não gostava muito que viessem olhá-lo assim. Encheu as bochechas e cuspiu, não muito longe dos pés de Dag.

"O que é que você acha? Um dia vou expor todas elas. Centenas de metros de rostos assinados Mango. Todos os moradores, todos os turistas que puseram o pé nesta ilha, todos os seres humanos que passaram por aqui, imortalizados por Mango. Um tremendo panorama da Babilônia em quilômetros quadrados de película."

"Estou procurando umas fotos que você tirou em 1970."

Mango piscou os olhos.

"1970? Putz! Bob, ouviu essa?", disse ele levantando os olhos para o céu, de onde, provavelmente, Bob Marley o observava. "Escute aqui, ô meu, 1970 deve estar por ali à esquerda, debaixo desse metro de lama aí, está vendo? Bem, divirta-se."

"Obrigado."

Dag começou a tirar a calça jeans.

"Putz, ele é doidão. Grande Bob, me ajude! Tem um maluco que está ficando pelado na minha frente."

"Não vou me atolar ali todo vestido", Dag explicou, de cueca amarelo-canário.

Foi andando com um passo decidido por onde tinha sido o estúdio, e sentiu a lama morna grudando em suas pernas. Mango o seguia com o olhar, perplexo.

"Você disse à esquerda?"

"Esquerda, isso aí. Ali perto da parede onde tem o pôster do Jimmy Cliff. Meus arquivos ficavam bem embaixo."

O torso de Jimmy Cliff emergia do lodo e Dag foi para lá. Sentia uns troços sendo esmagados sob seus pés. Todo o estúdio devia estar ali debaixo: os suvenires de conchas, os bonés, os óculos escuros... Deu uma pancada num volume compacto, na altura dos quadris. Apalpou: madeira. Ah, sim, o balcão. Rodeou-o, chegou a Jimmy Cliff e se debruçou, decidido a afundar a mão na massa de lama. Nada. Afundou mais e pegou algo: uma pasta de fotos, de plástico vermelho. A data estava bem visível: 1984. Colocou-a em cima do balcão e afundou de novo.

Quinze arquivos adiante, Dag se espreguiçou. Estava com dor nas costas. Mango não tinha se mexido, mergulhado em seu sonho solitário. Dag conjeturou um instante em escavar a loja inteira com uma pá. Não, demorado demais. Inclinou-se de novo. 1978. 1991.

"*Ka sa yé?*"*

Um garoto de uns dez anos, vestindo um calção azul esfiapado, olhava para Dag, pensativo. Mango cuspiu no chão, um bom escarro de saliva e fiapos de maconha.

"Procurando fotos."

"Que cara maluco!", comentou o garoto com o dedo metido no nariz.

"Se você me ajudar lhe dou uma nota de dez", disse Dag sem se levantar. "Dólares."

"*Annou ay!*",** disse o menino com um grande sorriso desdentado.

Foi andando até Dag e começou a remexer com cuidado.

"Tudo maluco!", resmungou Mango fechando os olhos. "Babilônia estava cheia de malucos. Tomara que o Deus Oceano venha logo fazer a faxina!"

(*) O que ele está fazendo?
(**) Vamos lá!

O sol estava a pino e Dag sentia o suor pingar em suas costas. Melhor desistir. Estava morto de sede.

"E isso aqui, presta?"

O garoto lhe entregou um álbum com as pontas viradas. Dag deu uma vaga olhada pensando na cerveja gelada que ia tomar, depois o arrancou das mãos do menino. "1970-1971." Mãe do céu, ele conseguira!

"Isso presta, moço?"

"Presta, ótimo", respondeu Dag, distraído, folheando o álbum avidamente.

"Então isso vale mais uns trocadinhos?"

"Espere ali, vou lhe pagar um sanduíche..."

O verão de 1970 desfilava diante de seus olhos. Um sujeito hilário com um arpão e um dourado gigantesco. Uma moça branca, de seios de fora, enormes, deitada sob um coqueiro, e o namorado dela plantando bananeira.

"Pô, sanduíche eu como todo dia."

Turistas jantando à luz de velas. Um garoto saindo da água e sacudindo seus pés-de-pato. Uma antilhana de chapéu e luvas brancas, com o missal debaixo do braço.

"Um sorvete, se preferir."

Casais rindo às gargalhadas, vários casais abraçados, passeando diante das barracas ao ar livre.

"Eu não sou criança, *ba mwen an CRS*",* o garoto insistia, enquanto Dag percorria o dedo pelas folhas plastificadas.

Ali! Seu indicador se imobilizou. Ali, a mulher loura de vestido rosa, que se virava para evitar a lente. Era ela, Lorraine! Ele tentou se relembrar da foto em preto-e-branco do jornal. Sim, era ela, com aquele aspecto vagamente familiar. Que nada, ele estava ficando louco, não era Lorraine, era... E no entanto... Sentiu-se tomado por um frio intenso enquanto foi afastando o polegar, observando bem devagar o jovem negro que estava ao lado dela, orgulhoso como um pavão, com uma guitarra a tiracolo.

(*) Pague um ponche.

O pai de Charlotte, sem a menor dúvida.

"Uma cerveja, então?", insistia a voz esganiçada do menino.

O pai de Charlotte. Ele o encontrara. Bom trabalho, pensou, levantando o plástico para pegar a foto. Um tremendo bom trabalho, cara, você pode ficar orgulhoso! Seus dedos escorregavam pelo sorriso triunfante do jovem que estufava o peito. É isso aí, ele tinha encontrado o pai de Charlotte. E o mais engraçado é que o conhecia bem. Bem até demais.

Porque era ele, Dagobert Leroy, esplendoroso.

Saiu bem devagar do que tinha sido o estúdio, escorregando na lama sem senti-la, indiferente à conversa do garoto, com os olhos fixos na foto de cores brilhantes. Será que tinha mesmo essa cara de jovem idiota satisfeito?

"Encontrou o que estava procurando, *man*?", perguntou Mango levantando uma pálpebra.

"Encontrei, obrigado."

Mango deu um suspiro. Incrível: um tarado de cueca amarelo-canário dava o maior duro para encontrar uma foto de vinte e cinco anos atrás no meio de uma tonelada de lama e, pimba, encontrava! Talvez fosse legal organizar uma gincana, "pescaria de fotos", dez francos cada rodada, todo mundo ganharia algum prêmio! Sim, com todos os doidões que povoavam o planeta, por que não?, Mango pensou, debochando, batendo as pálpebras.

Dag sentou-se num muro quase destruído, com os olhos fixos na foto. O menino foi até lá, apontou um dedo sujo para o jovem Dag.

"É seu filho, esse aí?"

"Não, sou eu."

"Você?"

O garoto o espiou de alto a baixo e recomeçou:

203

"E ela, quem é? A sua *doudou*?"*

"Pode ser."

"Ela tem um corpo legal para uma branca. E a cerveja, vai me pagar?"

"E você, não cala o bico?", Dag respondeu, furioso.

O garoto sorriu, com o dedo metido no nariz. Dag se levantou e foi pegar sua calça. Guardou a foto no bolso onde costumava esconder o revólver, limpou-se às pressas com folhas de bananeira e vestiu-se.

Mango estava entretido com suas trancinhas, pensativo. Por que é que ele queria aquela foto? Talvez ela tivesse valor, e Mango era o autor da foto. Se aquele sujeito estava achando que ia fazer dinheiro com o trabalho dele...

"Tem que pagar, a foto."

Dag lançou um olhar viperino.

"Já paguei."

"Ah, é? Essa foto é minha. Quem disse que eu quero me separar dela?"

"É minha cara que está aí, e minha cara é minha antes de ser de mais alguém, não acha?", Dag retrucou, debruçando-se com jeito de poucos amigos.

Mango ficou um tempão pensando.

"A gente só pertence a Deus."

"Estou começando a acreditar. Tome, por seu apoio moral", Dag lançou dando-lhe outra nota de dez dólares.

Mango guardou a nota debaixo da camisa antes que Dag acabasse a frase.

"Tenho um filtro para encontrar as pessoas desaparecidas", disse ele, manso. "Cem por cento eficaz, pode esquentar no microondas."

Dag deu uns tapinhas na cabeça, sorrindo.

"Não preciso. Caí dentro dele quando era criança."

Mango deu de ombros e fechou os olhos.

"Tchau, cara. Que Bob venha ajudá-lo!"

(*) Querida.

Dag se afastou, o garoto grudado em seus calcanhares. "Que Bob viesse ajudá-lo", porque ele estava na maior merda! Depois, riu sem querer: a cara de Charlotte quando soubesse a verdade... Aos poucos o riso se transformou em gargalhada e as lágrimas brotaram em seus olhos. Ele a imaginava, transtornada de horror, com a voz subindo nos agudos: "Como assim, seu detetive de bosta, você quer que eu acredite que sou filha do rei Dagobert?". Ele parou, curvo de tanto rir, diante do olhar aflito do garoto que já estava pensando se o moço não teria abusado demais do ponche.

Charlotte! Dag tentou retomar fôlego. Afinal de contas, ele era o pai de uma pérola negra visível em todas as agências de viagens da Europa. Santo Deus, como era possível? Como é que ele foi enganado assim? Que droga! Deu um chute violento no pé de manacá e teve a impressão de ter quebrado o dedão. A dor lhe fez bem. Virou-se, viu o menino que recuara uns passos, com os lábios abertos mostrando o lugar de seus incisivos ausentes.

"Pare de me seguir, preciso ficar sozinho."

"Tem que mascar erva-do-diabo."

"O quê?"

"Quando a gente bebe demais tem que mascar erva-do-diabo. Acaba com a dor de cabeça mais depressa do que aspirina forte."

E esse aí, seria filho de quem? Mais um dos seus, quem sabe? Talvez ele tivesse espalhado filhos por toda a ilha. Um monte de pretinhos atrevidos esperando a volta de papai Jimi.

Jimi. Que besteira! Por que diabos ela tinha acreditado nisso? Como se ele tivesse cara de se chamar Jimi!

Deu-lhe uma nota de vinte, o dobro do prometido.

"Escute aqui, pegue isso e me largue, tá legal?"

O garoto pegou o dinheiro com os dedos cobertos de lama e fingiu que se afastava. Dag continuou a andar, sem se preocupar com ele.

Como foi que ele não a reconheceu? Tudo bem, a foto do jornal estava fora de foco e era em preto-e-branco, mas mesmo assim... Será que ele tinha sido tão indiferente ao caso, a esse ponto? Sim, honestamente, sim, só uma aventura agradável, um parêntese em sua vida de simples soldado, uma trepada rapidinha na beira da praia, ele se lembrava mais do ronco das ondas e do alísio tão gostoso que refrescava seus ombros suados enquanto se mexia dentro da mulher, do que do rosto dela. Fechou a mão com raiva, Françoise! Por que ela lhe disse que se chamava Françoise? Se ele soubesse... Se soubesse que a mulher que apertara em seus braços na areia quente, a mulher que carregara um filho dele, que essa mulher fora assassinada...

De repente, parou, com falta de ar, e um leve enjôo. Françoise. Aquele corpo quente em suas mãos. Aquele corpo branco, macio, vivo, rodopiando numa varanda e Charlotte, sua filha — como a palavra era estranha, pronunciou-a devagar: "minha filha" — acocorada aos pés do cadáver... Imaginar que ele tinha feito amor com Lorraine Dumas, com aquele objeto de laudo de autópsia, deixava-o acabrunhado.

Tornou a caminhar, perdido em seus pensamentos, sem prestar atenção ao passo obstinado atrás dele.

O tempo continuava lindo. Ele continuava a procurar um assassino. A única diferença é que agora procurava o assassino da mãe de sua filha.

12

Francis Go enxugou a testa. O calor o incomodava, não combinava bem com a gordura. Ele precisaria de um posto com os inuítes na Groenlândia. Por um curto instante imaginou-se como um negativo de esquimó, andando pelo banco de gelo à procura de um ladrão de carpas. Parece que os esquimós emprestavam de bom grado suas mulheres. Umas gordas bem gordurosas que fediam a óleo rançoso. Essas que a gente pode espancar sem que elas se queixem, com suas gengivas desdentadas presas em volta de nossa virilidade. Devia ser divertido, uma felação feita por gengivas nuas...
"Achamos!"
Arrancado de seu doce devaneio, Go virou-se devagar para Camille.
"Que merda, Camille! Se você não aprender a bater antes de entrar, vou mandar você para o serviço de rua!"
"Desculpe, mas são as crianças. Achamos!"
As crianças? Ah, é, as crianças que tinham servido de cobertura a Anita Juarez. Camille estava feito um louco em cima desse assunto. Pudera! Esse caso era muito mais palpitante do que os costumeiros furtos de mercadorias! Go observou, achando graça, o rosto superexcitado de seu subordinado, todo ofegante, com os olhos brilhando atrás dos óculos.
"E daí?"
"Morreram!"
"Como?", Francis espantou-se de verdade.

"Afogadas, as duas!", Camille anunciou, como se acabasse de ganhar um troféu. "Acabam de pescá-las em Grand Gouffre. Dois turistas que faziam mergulho toparam com as crianças. Estavam presas numa cavidade da rocha, com os pés presos nas algas. É isso aí, o cenário clássico: uma das duas cai numa armadilha, a outra quer ajudá-la e se afogam juntas. Tem um montão de correntes e de turbilhões lá embaixo."

Go massageou as têmporas, depois enxugou as mãos em sua camiseta branca de algodão, deixando dois rastros encardidos.

"Você acha que esses pobres garotos se afogaram, Camille?", perguntou com um sorriso de deboche.

"Não, foi ela. Liquidou com os dois", Camille retrucou, tremendo igual a um cachorro que vê enfim o dono se dirigir para a porta. "Aquela filha da puta matou os dois, como quem afoga filhotes de gato. Mas por quê? Por que era tão importante vir até aqui, a Grand-Bourg, para fazer um servicinho? Não consigo entender."

E não está perto de conseguir entender, Go zombou. Quer dizer que Anita Juarez não hesitou em se livrar das crianças... Juarez ou então... Estalou os dedos.

"Foram identificadas?"

"Não. Crianças sem família, seguramente. Devem ter sido pegas na rua, lá longe, devem ter lhes prometido uma linda viagem, grana, e pronto, terminaram no Grand Gouffre."

O tipo de criança que acabava indo trabalhar em filmes pornôs ou servir de alvo de treinamento para os maníacos dos filmes *snuff*, pensou Camille, enojado. E esse porco imundo do Go que, visivelmente, estava se lixando! Ser chefiado por Go ou por uma vaca seria a mesma coisa! Só faltava a Go um pouco de palha no canto da boca para ficar ainda mais parecido com uma vaca. Quando ele, Camille Dubois, se tornasse inspetor-chefe de divisão, faria uma bela faxina na área!

Go agradeceu-lhe com um gesto e fingiu que voltava a se concentrar no computador. Camille foi para a porta, pensando por que ele ficava se matando num caso que, visivelmente, não interessava a ninguém.

"Ah, Camille, espere! Sabe-se a que horas isso aconteceu?"

"Ainda não fizeram a autópsia, os corpos acabam de chegar ao necrotério, mas a descrição corresponde à das duas crianças de Anita Juarez."

"Você fez um bom trabalho."

Pois é, obrigado, pensou Camille *in petto*, você é bom demais mas bobo demais. Acha que vou me fazer de rogado e lhe agradecer? Ah, ah, ah!

Camille saiu soltando uns grunhidos mentalmente e fechou a porta com um pouco mais de violência do que de costume. Go sorriu. Esse rapaz seria um excelente tira. Do tipo que gosta de entender. Saber. Achar. Do tipo que corre sério risco de ir parar no cemitério. Mas havia algo mais importante do que Anita Juarez. Ele discou depressa um número e escutou com certa apreensão o telefone tocar e ninguém atender. Tomara que o Biombo esteja lá... Atenderam de repente e uma voz idosa soprou:

"Alô?"

"A temporada de caça está aberta", Go murmurou.

Fez-se silêncio do outro lado da linha, depois a voz recomeçou:

"Estou velho demais. Tudo isso são águas passadas..."

"Não temos escolha."

"Mas tinham dito...", a voz reclamou.

"Tinham dito é o caralho! Leroy sabe, está entendendo? Ele sabe."

"Hoje estou fora de combate", protestou a voz, cansada.

"Puta merda, você acha que isso é brincadeira?", Go trovejou.

"Era uma brincadeira. Lembre-se, Francis, era uma brincadeira."

"Uma brincadeira que deu errado. E agora não se brinca mais. Portanto, tome cuidado."

"Estou velho, estou cansado."
"Ninguém dá a menor bola para isso, meu pobre amigo. Ninguém dá a menor bola."
Desligou, deixando o velho se esgoelar no telefone. Jamais deveriam tê-lo incluído em suas caçadas. Já naquela época ele era fraco. Criara problemas. Sua única vantagem era o aspecto inofensivo, sereno. Um biombo perfeito. Go fez uma careta ao observar o monitor desligado. Ele jogara a rede no mar, agora precisava esperar.

O velho desligou o telefone, furioso. Aquele baixote barrigudo do Francis Go! Que arrogância! Estranho como vinte e cinco anos depois ele logo reconhecera sua voz, sua voz pesada como um bafo de vinho, sua voz que sabia tão bem cochichar palavras doces nos momentos mais cruéis... Um doente, era isso que ele era. Um doente, um sádico, e se estava achando que ia intimidá-lo... Ele ainda tinha como se defender. Tinha as provas, todas as provas, ali, nas suas pastas amareladas. Quem ri por último ri melhor.

Foi andando pela esplanada à beira-mar olhando a água azul-turquesa mansa sobre os altos rochedos brancos, e reconheceu a sensação que lhe apertava o peito: medo. Sempre teve medo. Tinha fascínio, atração, mas tinha medo. Medo do que eram capazes de fazer, do prazer que sentiam em infligir o sofrimento. Quadrilha de bandidos. Quadrilha de espíritos doentios. E ele os ajudara! Como Judas, traíra a humanidade inteira por uma moeda de prata. Resultado: vivera sozinho. Sentado em cima de seu dinheiro. Convencera-se de que Deus o esquecera, e hoje Deus vinha buscá-lo, voltava para remexer nos escombros e levá-lo à tona e aplicar-lhe o castigo.

O velho deu as costas para a praia e voltou para casa com um andar pesado. Sentia-se mais só do que nunca.

Dag parou diante do presbitério, um pouco tonto, com a impressão de que a foto queimava sua nádega direita através da calça jeans. Não pôde resistir à tentação de olhá-la de novo. Que fim tinha dado àquela guitarra? Ah, sim, trocara-a nas Grenadines por um garrafão de rum. Nunca soube de fato tocar aquela bobagem. Tirar de uma guitarra feita para *Jogos proibidos* algo de Jimmy Hendrix estava acima de sua capacidade. O que ele conhecia melhor era *O meteco*, de Moustaki. Só mesmo naqueles tempos terrivelmente sérios é que ninguém ria quando um preto grandalhão e robusto entoava "com minha cara de meteco, de judeu errante, de pastor grego...". De cócoras na praia, ele deve ter tocado isso para Lorraine-Françoise, com uma pose supostamente poética mas na verdade de olho no sutiã dela.

Não, não era possível, não era possível que Charlotte tivesse nascido só porque duas ou três vezes eles rolaram na areia. Não era possível que Charlotte se formara e nascera, que fosse uma menininha de verdade, sua filha, pô!

E não era uma filha qualquer, mas uma chata de galocha.

Uma filha de carne e sangue. Uma filha de seu sangue. Olhos, cabelos, pele, a própria estrutura do corpo podiam ter algo dele. Era um tanto assustador pensar nisso. Como se lhe tivessem roubado uma parcela de carne para recriar outro ser humano.

Sentiu que a mão de alguém pousava em seu braço. Virou-se de repente.

"*Quomodo vales*,* meu amigo? Fez uma boa caçada?"

Dag olhou o padre Léger sem responder. Este esboçou um sorriso.

"Aquele garoto ali me disse que você estava com uma cara meio esquisita. Você bebeu?"

Sem uma palavra, Dag tirou a foto e entregou-lhe. O padre aproximou-a dos olhos, observando-a atentamente.

(*) Como vai?

"Vejamos... É Lorraine Dumas, não é?"
Dag concordou.
"E o homem que está ao lado dela é o pai de Charlotte?"
Novo aceno de cabeça.
"É estranho, ele me lembra alguém", o padre recomeçou.
Dag tossiu. O padre Léger levantou a cabeça, depois fixou sua atenção na foto.
"Esse olhar alegre, infantil, e esse sorriso meio pateta..."
"Como este?", Dag perguntou amável, exibindo seu sorriso de charme.
O padre Léger começou uma frase, algo como "É, esse mesmo", e se calou, de boca aberta.
"Meu Deus..."
"Reconheço que Ele tem de fato algo a ver com essa história", Dag respondeu com cinismo. "Algo do tipo brincadeira do destino..."
"Meu pobre amigo... Mas tem certeza?"
"Certeza de que sou eu? Bem que gostaria de ter certeza do contrário, mas é impossível. *Consummatum est!...*"*
"Mas como é que você não se lembrou que tinha... hã... tido relações carnais com Lorraine Dumas?"
"Porque, para mim, ela se chamava Françoise, e porque não a reconheci na foto do jornal. Ela estava com cinco anos e dez quilos a mais, toda inchada, o cabelo diferente. A minha Françoise era uma graça de moça, não era uma mãe de família alcoólatra. O que vou fazer agora?"
"Avisar a Charlotte que você cumpriu sua missão", o padre Léger sugeriu, entregando-lhe a foto.
"Para o senhor é fácil, né? Sorriso pateta..."
"Não é culpa minha se você é o pai dela."
"Será que não percebe que na segunda-feira de manhã às dez horas eu nem sequer a conhecia e que hoje, sábado,

(*) "Tudo está consumado", últimas palavras de Cristo na cruz.

ao meio-dia e meia, ela é minha filha? Virei pai em menos de uma semana. Um recorde... Posso usar seu telefone?"

Dag afastou-se com furiosos passos largos, diante do olhar pensativo do padre. Inegavelmente, aquele pobre rapaz acabara de sofrer um choque tremendo. Quanto a Charlotte...

Ela atendeu na quarta chamada, enquanto se admirava no espelho: de fato, o tailleur lhe caía às mil maravilhas. Vasco tinha sido muito generoso depois de sua pequena crise de nervos.

"Alô?"

"Charlotte?"

Bem, vamos lá, seu detetive de araque. Ela pegou um brinco que combinava com os olhos e o experimentou enquanto dizia um "Estou ouvindo" distraído.

"Encontrei-o."

Por uma fração de segundo Charlotte ficou pensando do que ele estava falando, depois largou o brinco em cima da penteadeira, com um nó repentino na garganta.

"Encontrou quem?"

"Seu pai."

"Ele está vivo?"

A pergunta brotou assim, sem que ela soubesse a razão.

"Está vivo e mora em Saint-Martin, em Philipsburg, mais exatamente."

Saint-Martin, meu Deus, tão perto! Ela respirou fundo.

"Como ele se chama?"

"Na verdade, você o conhece."

"Conheço?"

Contanto que não fosse um dos caras que iam vê-la dançar quando ela trabalhava naquele clube vagabundo... Mordeu os lábios, ansiosa, subitamente encabulada com a idéia de que seu pai poderia tê-la visto se despindo ao som daquelas músicas.

"Na verdade, ele se chama Leroy."

"Leroy? Como você? Escute aqui, não estou entendendo nada do que está me dizendo. Você bebeu?"

"Não. Estou sóbrio e sou seu pai."

"Superdetetive, sabe o que Vasco Paquirri faz com os caras que gozam da minha cara?"

"Não estou gozando da sua cara", respondeu Dag com uma voz cortante, "e isso não é modo de falar com seu pai."

Seu *pai?* Charlotte aproximou-se do espelho, observando atentamente o próprio rosto. A boca perfeita, os grandes olhos verdes, a pele cor de caramelo, o nariz etíope... o nariz... Será que aquele canalha do Leroy tinha um nariz parecido? Ah, não! Devia ser um pesadelo.

"Leroy, você pode repetir calmamente o que acaba de dizer? Hoje eu estou meio desligada."

"Encontrei seu pai", Leroy articulou ao telefone, "e sou eu. Sou seu pai, Charlotte! Sinto muito."

"Que merda! Merda, merda, merda!"

"Compreendo, em mim teve o mesmo efeito."

"Você deve estar enganado, não é possível."

"Charlotte! Trepei com sua mãe na praia, encontrei uma foto em que estamos nós dois, e sei o que estou dizendo!"

"Seu filho da puta, foi por sua causa que ela morreu!"

"Não, foi por causa do cara que a assassinou."

"E quem me garante que não foi você, seu canalha nojento?"

Ela mordeu a língua, tarde demais.

"Escute aqui", disse Dag ao telefone, "você está começando a me torrar a paciência. E fique sabendo que se eu sou um canalha nojento você tem a quem puxar. *Adios!*"

Bateu o telefone, violentamente.

Leroy. Seu pai. Pai. Essa palavra abstrata, que evocava simplesmente uma ausência, de repente se carregava de ameaça. Um pai vivo. Identificável. Real. Que ela conhecia. Não um velho alcoólatra que ela poderia riscar de sua vida.

Um homem ainda jovem, que logo de cara ela achou antipático e presunçoso. Seu pai. Cujo sangue corria em suas veias. Melhor beber alguma coisa, já. Um copo de rum bem forte.

"Quem era?", Vasco perguntou, ao sair da ducha enrolado em seu robe Hermès azul-noite, com o cabelo comprido preso num coque.

"Meu pai", disse Charlotte, sob o choque.

"*Mi corazon*, você parece cansada."

"Ele o encontrou. Encontrou meu pai", ela explicou com uma voz inerte.

"E aí? Conte!"

Sentou-se perto dela, todo carinhoso, já disposto a assinar um cheque para o pobre mendigo que ele devia ser.

"E aí, pois é..."

"Zé?"

"Não, ele, o detetive. Pô, você não está entendendo nada!"

"O detetive é seu pai?", Vasco repetiu, atônito.

"É!", berrou Charlotte, levantando-se abruptamente. "Sou filha daquele merdinha do Dagobert Leroy!"

"Mas então por que é que ele cobrou, se era para procurar ele mesmo?"

"O problema não é esse, meu amor", Charlotte assobiou. "O problema é que meu pai é aquele babaca."

"Não tão babaca assim, já que o encontrou. Você paga, ele encontra; o negócio está correto", Vasco decidiu ao se levantar.

Essa história estava começando a lhe encher o...

"Às vezes me pergunto se você não foi lobotomizado quando era criança."

"Lobo o quê? Dobre a língua, Charlotte, não é porque você encontrou um pai que vai posar de bacana para cima de mim."

Charlotte deu de ombros, pegou a escova e com ela deu uma porrada furiosa no telefone.

"Não se preocupe, ele vai ligar de novo. Pais e filhas vivem brigando", Vasco concluiu, em tom filosófico. "Ande, vá se arrumar, senão a gente chega atrasado."

Ele começou a se vestir, satisfeito ao sentir os músculos se mexendo sob a pele oleosa.

Charlotte massageou as têmporas, lentamente. Ah, sim, era sábado. Tinham aquele famoso almoço im-por-tan-te com aquele cara im-por-tan-te para aquele negócio im-por-tan-te. Será que Vasco ia apresentá-la dizendo: "Esta é a filha do rei Dagobert?". Mas que mal ela fizera para ser perseguida pelo azar? Maquiou-se com capricho, satisfeita em perceber que sua mão não estava tremendo. Nem pensar em se desestabilizar. Quase caíra em prantos, mas já passara.

Pronta, impecável como sempre, cuidadosamente despenteada, falsamente natural, cintura de pilão e seios de aço, ela leu nos olhos de Vasco que estava perfeita. Perfeita, sim, mas tendo que agüentar um pai. O pior é que não foi com a cara dele desde o primeiro instante. Aquele jeito meloso de olhá-la, aqueles olhos sonsos... e debochado, quase insolente. E, no entanto, poderia tê-lo chamado de papai. Poderia ter sido uma menininha aninhada em seus braços. Por ora, não pensar mais nisso. Concentrar-se no almoço. Sorrir e rebolar a bunda para a salvação de sua conta bancária.

Frankie Voort refestelou-se na cadeira, com a língua pontuda lambendo satisfeito os lábios grossos. Um dos bandidos inclinou-se para encher seu copo de Chardonnay gelado, enquanto outro lhe oferecia mais um pedaço de lagosta grelhada. Frankie quase caiu na tentação, depois se lembrou de que tinha engordado uns dez quilos na prisão. Recusou, dando um suspiro. O iate estava imóvel, o mar tão calmo como uma piscina, e realmente a mulher daquele veado do Paquirri era o maior tesão. Deu-lhe um olhar sacana e ela piscou os olhos depressa antes de se concentrar no conteúdo do prato. Pois é: que ela se fizesse de tímida para ele era mais excitante ainda. Fez um esforço para esquecer o simples prazer do sol, da comilança e do vinho e prestar atenção no que Vasco dizia.

"... um negócio bem simples. Só você e eu. Meio a meio. A rota do *bazzuko* precisa ser redefinida..."

Bazzuko, o *crack* colombiano. Redefinida. O que significava que don Moraes tinha que ser eliminado. E isso era mais complicado. Porque o velho não ia se retirar assim, amavelmente, para lhes deixar o caminho livre.

"Seríamos os únicos no setor... tranqüilos como reis", Vasco continuou, com os olhos brilhando.

Frankie pôs as mãos abertas sobre a toalha adamascada. E se eliminasse Paquirri? O que lucraria com isso? Precisava escolher seu lado. O velho Moraes ou o jovem e entusiasta Vasco. Sendo capanga de Moraes, nunca deveria ter aceitado aquele almoço. Oficialmente, já o havia traído. Mas Moraes estava doente, suas velhas artérias mais atulhadas de detritos do que o Bronx num dia de greve dos lixeiros. Ele flagrou os olhos claros da moça fixos no rosto dele. Promissor. Inclinou-se ainda mais na cadeira e pôs a mão na braguilha, um gesto que só ela podia ver. Pudica, ela desviou os olhos. Frankie teve a certeza de que Charlotte estava com tanto desejo quanto ele.

Charlotte reprimiu um ricto de nojo: então aquele cafajeste se julgava irresistível? Com sua cara de bunda, ele que fosse plantar batatas! Antes de conhecer Vasco, ela sempre imaginara os pistoleiros profissionais como belos nazistas de olhos glaciais. Pois, sim! Que choque! Eram uma coleção de nanicos todos tronchos, uns caras com bafo-de-onça e que coçam-o-saco-arrotando, uns complexados apertados dentro de ternos de tergal com umas fuças de velhos que sofrem de dispepsia, uns valentões com brilhantina no cabelo e cara de cantores de bolero. E agora, aquele ali, com quem Vasco queria dar uma rasteira no velho Moraes: restos de lagosta brilhavam em seu bigode louro, e seu narigão de fuinha luzia ao sol. De um erotismo tórrido...

Com um sinal discreto, ela intimou o maître a tirar os pratos. Tinha bossa para isso: cuidar dos empregados, organizar recepções... Achava uma delícia os guias de boas maneiras, cheios de ciladas perigosas do tipo: "Quando você convida um bispo e um general, qual deve se sentar à direita da dona da casa?". Uma grande fazenda, era disso que devia tomar conta. Recuar no tempo, enfiar uma crinolina e ficar de papo para o ar na suntuosa varanda de colunas da Folie-Charlotte. Enquanto o bobalhão do seu pai desse duro nas plantações de cana-de-açúcar com os outros escravos, e os espertalhões como Frankie Voort mandassem chicoteá-los ao menor pecadilho. Então, ela pegaria o velho revólver do capanga que estaria ali dando sopa na mesinha da biblioteca e estouraria aquela cara de bunda de Frankie Voort, como se fosse um melão maduro demais...

"... um café?"

Ela quase deu um pulo ao ser arrancada desse delicioso devaneio. Voort estava chupando os lábios e mexendo interminavelmente o café. Vasco o observava com frieza, com o interesse de um menino pela mosca cujas asas ele vai arrancar. Charlotte sentiu um arrepio. Vasco era perigoso. Um dia, também a esmagaria, igual a uma mosca. Ela se imaginou entre suas mãos poderosas, suas mãos que a trituravam... e sentiu de repente o desejo terrível de sua brutal sensualidade.

Voort afinal levantou a cabeça. Tomara sua decisão: Moraes era o passado, Paquirri, o presente. E ele, Frankie, o futuro.

"E aí?", Vasco perguntou, jogando a cabeleira para trás.

Será que aquele cara de bolacha ia enfim se decidir? Voort passava a língua grossa nos lábios vermelhos.

"Vou fazer o necessário."

"Quando?"

"Devo ver o Velho esta noite."

Vasco aprovou, calado. Cara de bolacha mas rápido como uma cascavel. Brindaram em silêncio, cada um pensando quando e como se livraria do outro, enquanto Charlotte sorria no vazio, como uma boneca.

À sombra da velha barraca desfiada que cobria a mesa meio bamba, Dag olhou sem entusiasmo o peixe em seu prato.
"Mas coma um pouco", o padre Léger o encorajou, amável. "Que este dourado não tenha morrido à toa."
"Não tente nunca se reconverter em conselheiro de anoréxicos", Dag retrucou, empurrando o prato. "Para falar a verdade, não sinto muita fome, e estou pouco ligando para o destino deste peixe. Para o destino de todos os peixes do mundo. Para o destino do mundo também."
"Sinto um leve cheiro de depressão no ar", observou o padre com um sorriso.
"Fico feliz em ver que, pelo menos para o senhor, isso é motivo de risada!"
"O que é motivo de 'risada', como você diz, meu caro senhor Leroy, é vê-lo castigado pelo pecado. A sua Charlotte, afinal é por causa do seu sêmen que ela existe. *Ab imo pectore*, você também não seria um pouco amargo se tivesse passado a infância num orfanato depois de ter descoberto sua mãe enforcada?"
"Do fundo do peito, como o senhor diz, será que ela precisa esfregar o peito no peito ensebado de Paquirri?"
"Ela precisa de dinheiro. Você persegue criminosos para descanso de sua alma ou para alimentar sua conta bancária?"
"O que tenta insinuar? Que ela se parece comigo?"
A campainha insistente do telefone impediu que o padre Léger respondesse. Ele foi correndo até a casa.
"É para você, Dagobert", anunciou do vestíbulo.
Para ele? Dag se levantou, pegou o telefone, apreensivo com a idéia de que podia ser Charlotte e que ele não saberia o que dizer. Era Lester.

"Dag? O que houve? Você não deu mais sinal de vida. Avançou ou está nessa maré mansa à minha custa?"

"Encontrei o pai de Charlotte Dumas."

"Muito bem! Sabia que você iria encontrar esse pilantra. E daí?"

"Depois explico", Dag resmungou.

"Ok. Você volta hoje à noite?"

"Não, estou com um outro caso."

"Já? Dag Leroy, o homem que resolve mais enigmas do que sua sombra. De que se trata?"

"Da mãe de Charlotte, Lorraine Dumas... Ela não se suicidou, foi morta."

"Espere aí, quem está lhe pagando para isso? Charlotte?"

"Não."

"Espere aí, minha cocadinha, você quer dizer que está trabalhando por prazer?"

"Ela foi assassinada, Lester, e não é a única. Há várias outras assassinadas na mesma época, e seu amigo Francis Go estava informado, sacou?"

"Saquei que tenho dezenas de casos à espera neste escritório e que você fica aí se divertindo em procurar um cara que meteu chumbo numas moçoilas vinte anos atrás!"

"Não meteu chumbo, não, Lester, estuprou-as com uma agulha de tricô."

"Merda!"

"Falando em Go, esse cara mentiu para você. Tenho certeza de que era um *tonton macoute*."

"E será que isso tem importância?"

"Não sei. Ainda vou ficar um pouco aqui. Não se preocupe, vou pagar minhas despesas."

"Você não pode fazer isso comigo, Dag. Tem que estar em Antígua depois de amanhã, uma investigação cinco estrelas..."

"Você que mande a Zoé, só assim ela vai tirar a bunda daquela cadeira."

"Seu..."

Dag desligou, sorridente. Adorava enfurecer alguém. Foi se encontrar com o padre Léger naquele lugar que ele chamava de jardim, um quintalzinho invadido pelo mato e pelas lagartixas.

"Avisei ao meu sócio que queria continuar a investigação. Ele não gostou nada. Estamos com serviço atrasado."

"Talvez você devesse voltar. Afinal, *acta est fabula.*"*

"Mas *labor improbus omnia vincit.*** Quero encontrar o puto que matou a mãe da minha filha e foder legal com a vida dele."

"Muito expressivo. Mas Charlotte não é nada para você. Você mal a conhece", o padre Léger retrucou, perfidamente, puxando para si o prato intacto de Dag.

"É uma questão de princípio", respondeu Dag pegando o prato de volta. "Desculpe, mas acabo de me dar conta de que estou morrendo de fome."

(*) "A história foi contada", palavras que anunciavam o fim das representações no teatro antigo.
(**) O labor exaustivo tudo vence.

13

Três e meia. Dag desligou, furioso: Go nunca estava lá. O padre Léger saíra para dar sua voltinha até o dispensário, carregado de balas e revistas ilustradas que ele distribuía entre os velhos. Louisa não poderia receber visitas antes de quatro e meia. Talvez ele tivesse encontrado o pai de Charlotte, mas o restante permanecia igual. E Dag não tinha a menor vontade de pensar no pai de Charlotte. Inclusive estava radiante de ter de cuidar de outra coisa. Sentia-se absolutamente incapaz de se tornar o pai de uma lambisgóia ambiciosa e sem coração. Primeiro, nunca teve vontade de ser pai: seu lado "imaturo", como Helen dizia, tão amavelmente. Que essa sirigaita fosse para o inferno, com suas lições de moral! Os conceitos "pai" e "Dagobert" eram incompatíveis. Ele estava cansado de ver esses reencontros tardios repletos de uma alegria histérica e que terminavam seis meses depois numa depressão nervosa. Não ia se deixar enganar, de jeito nenhum. E no entanto, no entanto, que droga!... Girou o botão do rádio instintivamente e um ritmo alucinante de *gwoka* invadiu a sala escura.

Será que Charlotte seria diferente se sua mãe estivesse viva? Se soubesse que Dag era seu pai? Ele teria ficado com ela quando deu baixa do Exército? Parar, parar com essas perguntas desgraçadas, o que estava feito não tinha remédio, "o rio nunca era o mesmo duas vezes". O homem que ele era hoje não tinha nada a ver com o de vinte anos antes. Não era responsável por seus atos. Tinha-os até esquecido. Veio-lhe de repente um pensamento aterrador: "esquecido". Ele esquecera o rosto de Françoise-Lorraine. Outras coisas estariam encobrindo o fundo de sua memória? Afinal, ele circulara pelas ilhas na época dos crimes. Será que estava implicado de alguma forma naquela história? Quantas pessoas faziam o mal sem saber? Quantos loucos psicopatas estavam convencidos de sua sanidade? Nada disso, ele estava ficando maluco: afinal, não teria pago a uma pistoleira para acabar com sua vida!

Era melhor ligar para o inspetor Darras do que perder tempo em elucubrações. Ligou para o serviço internacional de auxílio à lista para conseguir o número, e a telefonista riu na sua cara antes de cortar a ligação: ele achava que só havia um Darras em todo o Périgord?

Desesperado, virou-se para o rádio para baixar o som mas suspendeu o gesto: "... os corpos de duas crianças aparentemente afogadas foram resgatados de manhã. Désiré Jeanin, ao vivo de Grand-Bourg. Ah, está chegando o inspetor Camille Dubois, encarregado do inquérito. 'Inspetor? Inspetor, como é possível que até hoje ninguém tenha dado parte do desaparecimento delas? Como um turista pode ter voltado para casa esquecendo os filhos?'. Uma voz seca: 'A investigação prossegue, não tenho comentários a fazer'. 'E os resultados da autópsia?' 'Ainda não temos. Sinto muito, não posso dizer mais nada, mas saiba que tudo será feito para elucidar este drama.' Bem, caros ouvintes, como acabam de escutar, a investigação vai avançando depressa. Désiré Jeanin, ao vivo de Grand-Bourg...". Dag cortou o som. As crianças... seriam aquelas que Anita Juarez carregava consigo para lhe dar cobertura? Era muito provável. E aquele imbecil do Go que se fazia de morto. Bem, inútil tergiversar, ele tinha que partir dali, de Go.

Pelo vidro sujo do microônibus, que ia a toda buzinando alto, Dag olhava a paisagem desfilar, distraído. Se Anita Juarez estava em seu rastro antes mesmo de ele ter conhecimento do caso Jennifer Johnson e das deduções de Darras, isso significava que alguém se sentira ameaçado quando ele começou a investigar o passado de Charlotte. E se Vasco tivesse se apavorado ao saber que Charlotte mandara investigar aquela velha história? Que sua querida Anita Juarez estivesse, de uma forma ou de outra, envolvida naqueles crimes, na companhia do delicioso inspetor Go, justificaria as mortes da senhorita Martinet e de Rodriguez, e, em última instância, a do próprio Dag.

Antes de aparecer na delegacia, Dag parou no posto telefônico central para consultar o terminal eletrônico com as listas telefônicas do território francês. Selecionou os departamentos do Sudoeste da França e depois de uma breve, mas cara, meia hora de pesquisa — seis francos e meio por minuto — chegou a uns dez "Darras R.". Melhor tentar ali mesmo. No continente era verão e eram dez da noite: muito provavelmente o ex-inspetor estaria em casa e ainda acordado. Entrou numa das cabines telefônicas e começou a série de ligações. Já estava desanimando quando, no oitavo Darras, uma senhora lhe respondeu amavelmente:

"Meu marido? Claro, ele era inspetor de polícia em Grand-Bourg. Vivemos lá trinta anos e depois voltamos, para ver os netos..."

Dag deixou o ar escapar entre os dentes. Encontrara-o!

"Poderia falar com ele?"

"Um momento, ele está no jardim, regando... René!"

No jardim... Ele imaginou uma casinha de tijolos, uma grama dura salpicada de rosas e decorada com anões de gesso, um carvalho majestoso... Um misto de diversos filmes a que assistira. Nunca pusera os pés na França metropolitana. Tampouco no restante da Europa. As fotos das pessoas encasacadas em mantôs, de lareiras e de crianças atirando bolas de neve não lhe evocavam cheiros nem sensações.

"Alô?", resmungou uma voz idosa e contrariada.

"Inspetor Darras? Estou ligando da parte de Francis Go, seu antigo subordinado."

"Go? Sei, sei. O que deseja?"

A voz de Darras era inegavelmente fria. Desconfiada.

"Interesso-me por uma série de casos que o senhor investigou entre 75 e 80. Mortes de jovens que aparentemente se suicidaram."

"É antigo, tudo isso."

"Estou convencido de que a sua análise estava certa e de que havia de fato um assassino se deslocando pelas Antilhas."

"De onde está me ligando?"

"De Grand-Bourg."

"O senhor me liga de Grand-Bourg para me falar de fatos de vinte anos atrás? Está escrevendo uma tese de criminologia?"

"Não, sou detetive particular e procuro o assassino de Lorraine Dumas, uma dessas moças que a polícia encontrou enforcada em Sainte-Marie em 1976. O assistente do médico-legista da época o contatou para lhe comunicar suas dúvidas sobre o suicídio. Li o seu memorando confidencial dirigido ao seu superior. Por que não houve outras providências?"

"Escute aqui, senhor..."

"Leroy."

"Leroy. Tudo isso é passado, sou um velho aposentado, cuido de minhas roseiras, não me lembro mais dos detalhes..."

"Mas o senhor se interessava tanto por esses casos!"

"Talvez, mas acabou. Hoje o que me interessa é viver sossegado. Não quero falar dessas coisas. E lhe agradeço se não me telefonar mais."

Desligou, deixando Dag perplexo. Por que não queria falar? Havia medo em sua voz? Será que realmente sabia de algo? Não teria deixado Grand-Bourg por outra razão além dos netos? Pare de delirar, pensou Dag, saindo da cabine minúscula, o sujeito simplesmente está aposentado e pouco ligando para tudo isso..

Mas...

Entrou na Polícia Central, preocupado, e pediu para falar com Go. O plantonista berrou para um jovem inspetor de camisa branca que lhe dava as costas:

"Ei, Camille, Go está aí?"

"Saiu. Posso ajudá-lo?", respondeu o jovem policial ao se virar.

Dag reconheceu o inspetor que lhe falara de Jennifer Johnson.

"Você de novo!", o jovem exclamou, com ar preocupado.

Camille... Onde Dag ouvira esse nome? Ah, sim, no rádio. O inspetor Camille Dubois encarregado do inquérito sobre as duas crianças afogadas... Ele fizera bem em ir até lá.

"Sinto muito incomodá-lo, posso lhe falar um instante?"

Dubois olhou o relógio e deu um suspiro:

"Ok, venha por aqui."

Instalaram-se na sala dele, um local minúsculo sem janela, de paredes amarelo-claras, desagradavelmente iluminado com luz fluorescente, mobiliado com uma mesa patinada pelos anos e duas cadeiras de madeira. Em cima da mesa imperava o inevitável terminal de computador. Dag olhou seu interlocutor sentar-se e pôr os óculos. Dubois tinha rosto largo, maxilar quadrado e olhar sincero. A camisa branca impecável e os cabelos muito curtos acima das orelhas de abano lhe davam o ar de um oficial da Marinha americana. Dag resolveu confiar nele e deu início ao relato — expurgado — de suas recentes aventuras. Dubois o ouvia, paciente, tomando notas com ar compenetrado. Escrevia com a mão esquerda, debruçado sobre o papel, com os olhos fixos no texto. Dag chegou ao telefonema para o inspetor Darras e calou-se. O ventilador roncava. Dubois releu as notas devagar e levantou a cabeça.

"Resumindo: uma jovem, cuja mãe se suicidou, o encarrega de encontrar seu pai. Você percebe que a mãe, que se acreditava ter cometido suicídio, na verdade foi assassinada. Por mero acaso eu o encaminho para uma história semelhante que o inspetor Go investigara, na época, por ordem do inspetor-chefe Darras, hoje aposentado. Em Vieux-Fort, você conhece Louisa Rodriguez, cujo pai era assistente do doutor Jones, o médico que fez a autópsia do corpo de Lorraine Dumas e que concluiu pelo suicídio, tese contestada pelo dito Rodriguez. Louisa Rodriguez lhe entrega cartas escritas pelo pai, nas quais ele expressa sua convicção de que se trata de um crime. Outra morte da mesma natureza confirma essa pista e ele esclarece que falou sobre isso com nossos inspetores encarregados da investigação, a saber, Francis Go e René Darras. Pouco depois, Louisa Rodriguez é vítima de uma tentativa de assassinato que acaba com uma omoplata quebrada. Ela não viu o agressor. Depois você descobre que é o pai da sua cliente e resolve prosseguir a investigação. Correto?"

"Correto. É por isso que eu queria falar com Go."

"Ele está no necrotério."

"No necrotério?"

"Não como cliente", Camille suspirou, com jeito de quem lamentava a resposta. "Tivemos muitos transtornos ultimamente", continuou, examinando suas unhas cortadas rente.

"Ouvi no rádio, uma mulher assassinada em pleno centro da cidade e agora duas crianças resgatadas em Grand Gouffre", disse Dag, com ar distante.

"Não faça essa cara de inocente, está parecendo um cão de caça quando fareja a presa. O que quer saber?"

"O senhor identificou essa mulher?"

"E você?"

"O tira não sou eu, sou apenas um caçador de mulheres infiéis ou de meninas que fogem..."

Dubois dobrou cuidadosamente as duas folhas nas quais anotara o relato de Dag e meteu-as no bolso da camisa.

"Quer mesmo encontrar um assassino que agiu em absoluta impunidade há mais de vinte anos?"

"Quero."

"Sabe que há prescrição?"

"Não para mim. Nem para as vítimas. Quero saber quem é. E por quê."

"Tudo bem. E eu estou com duas crianças mortas nos braços. Mais a mulher assassinada no centro da cidade. Ela se chamava Anita Juarez. Era uma pistoleira."

Dubois apontou a caneta para Dag, como devia ter visto policiais fazerem em dezenas de romances

"*One*: uma pistoleira vem morrer em Grand-Bourg, cidade que está longe de ser Chicago... *Two*: aparece um detetive particular à procura de um assassino-fantasma. *Three*: uma moça por pouco não é assassinada em Vieux-Fort. *Four*: duas crianças são encontradas em Grand Gouffre, afogadas. Intencionalmente afogadas. Tudo isso em menos de uma semana. Pura coincidência?"

Dag fez cara de refletir intensamente. Impossível confessar a esse bravo Camille que fora ele que matara — involuntariamente — Anita Juarez. Resolveu contra-atacar com outra pergunta:

"Por que, a seu ver, o inspetor Darras se nega a me ajudar?"

"Ei, devagar! Você está achando que existe uma conspiração internacional, pô?"

"Anita Juarez, pistoleira. O que é que ela procurava?"

"Pelo que sei, ela também poderia ser o seu assassino-fantasma. Começou a carreira há vinte anos, talvez tenha treinado o alvo nessas suas mulheres. Com um cúmplice que as estuprava. Uma sociedade de tarados, tipo Henry Lucas e Otis Toole, ou Hitler e Heydrich. A gente vive num mundo em que tudo é possível, *man*. Olhe o roteiro: ela fica sabendo que você está à procura do cara que transou com Lorraine Dumas, tem medo de que todo o caso venha à tona, volta a Grand-Bourg para se livrar desse cúmplice e ele é mais rápido no gatilho e a mata primeiro. É isso."

Dag deu um suspiro. A tese de Dubois ia ao encontro da sua.

"E esse mesmo cúmplice teria tentado matar Louisa Rodriguez..."

"Por que não? Pode-se imaginar tudo a partir dessa sua história. O que vejo é que, abruptamente, toda a nossa região foi tomada por essa loucura. E o único denominador comum a toda essa bagunça é você."

"Eu?", Dag protestou com convicção.

"Você. Você está na pista de um suposto assassino. Você é o pai de sua cliente. Você é amigo de Louisa Rodriguez. Você chega aqui no mesmo dia que Anita Juarez. Pensando bem, talvez seja você o assassino-fantasma", Dubois conclui, impassível.

"Vou pensar no seu caso. Falando sério, topa me ajudar?"

"Se jogar limpo, sim. Senão, acho que vou realmente atrapalhar sua vida, sabe, igual a esses livros em que uns tiras bem broncos torram a paciência dos detetives particulares."

"E no final entram pelo cano, enquanto o detetive particular triunfa."

"Ah, ah, ah", retrucou Camille sem sorrir. "E se eu o pusesse em prisão preventiva pelo assassinato de Anita Juarez?"

Dag deu de ombros.

"Isso é maluquice. Em que se baseia?"

De repente, Dubois inclinou-se para a frente, mergulhando seu olhar no de Dag.

"Anita Juarez matou duas crianças, senhor Leroy, não há vinte anos, mas ontem. É isso que me interessa, e o que você sabe a respeito... Então, toma lá, dá cá."

Dag estalou os dedos, tentando sair dessa enrascada.

"Juarez conhecia Vasco Paquirri."

"Paquirri? O traficante?"

"É. Paquirri é amante de minha cliente."

"De sua filha, você quer dizer?", Dubois retificou, coçando o osso do nariz.

Paquirri, o *amante* de sua *filha*. Dito assim, era obsceno. Aquele porco imundo na cama de Charlotte! Dag continuou:

"Fiquei pensando se Paquirri não queria usá-la contra mim."

"Sem querer ofendê-lo, não creio que você seja um peixe tão graúdo assim."

"Eu lhe disse o que sabia."

"Cocô do cavalo do bandido. Você matou Anita Juarez, sim ou não?"

"Não. Por que diabos teria matado uma mulher que eu nem sequer conhecia?", Dag protestou com toda a convicção de um bom mentiroso.

Camille Dubois pareceu refletir, com os olhos no vazio. Bateram à porta e um guarda de uniforme passou a cabeça pelo batente.

"Um momento", disse Dubois. "E aí?"

"Quero quarenta e oito horas."

"Quarenta e oito horas? Está pensando que é Mike Hammer?"

"Quarenta e oito horas para chegar ao início da meada. E, de seu lado, você se informa por baixo do pano sobre as minhas mulheres assassinadas."

Dubois deu um suspiro, pegou um lápis, olhou-o com cara de estar pensando se ia quebrá-lo ao meio, largou-o com cuidado e disse pausadamente:

"Tudo bem. Quarenta e oito horas. Quero saber quem e quero saber por quê."

Dag levantou-se e estendeu-lhe a mão, que Camille apertou devagar.

"Não me enrole, Leroy. Tenho cara de jovem idiota mas sou tenaz."

"Conte comigo", disse Dag cruzando a porta.

Despediu-se de Dubois e saiu para o ar livre. E quente. Imitando esse ar, ele pensou, assobiando: Dag Leroy, homem livre e quente. Pai de uma puta livre e quente. Com quarenta e oito horas para agarrar um assassino que não era outro senão ele mesmo. Tentando não ser liquidado por Vasco Paquirri, Frankie Voort ou pelo Curinga em pessoa.

Cinco horas da tarde. Nenhuma vontade de voltar para Vieux-Fort, trancar-se no presbitério e conversar horas a fio com o padre Léger. Vontade de arejar a cabeça. Ficar de papo pro ar por duas ou três horas. Foi espiar o cartaz com os espetáculos, preso num painel de madeira. No cinema do bairro estava passando *Queima de arquivo*, com Schwarzenegger: "Ele apaga o seu passado". Perfeito. Era disso mesmo que precisava.

O avião da Air Caraïbe começou a descida para aterrissar no aeroporto de Canefield. Voort desabotoou o casaco de seda crua para verificar discretamente se sua arma, um HK P7 M13, entrava facilmente na cartucheira presa à cintura. A exemplo do GIGN, o grupo de elite francês de luta contra o terrorismo, e das "cabeças de couro" da seção antiterrorista alemã GSG-9, ele apreciava essa automática compacta e sem nenhuma aspereza, que podia ser usada com munição à temperatura ambiente sem apresentar o menor risco de tiro acidental.

"Cavalheiro, o cinto de segurança!", falou a aeromoça.

Sem dizer nada, ele a encarou com seu olhar azul-turquesa e ela foi cuidar de outro passageiro, enquanto ele reabotoava calmamente o casaco.

Sentado atrás de sua mesa em estilo Diretório, don Philip Moraes verificou pela terceira vez se o nó da gravata estava bem dado. Não gostava de desleixo. Nem de sinais de desalinho, logo percebidos como indícios de caduquice. Aos oitenta e dois anos, mantinha a postura muito ereta, impecavelmente barbeado e penteado, e desde os problemas cardíacos só tomava iogurte e suco de laranja. Consultou seu Rollex de platina: o que é que estava fazendo aquele molenga do Voort? Já estava com oito minutos de atraso. Na juventude, ele matara gente por muito menos que isso, pensou contemplando as ondas que cintilavam ao luar. Olhar o mar pelas vidraças blindadas hermeticamente fechadas, que bobagem!

"Não se irrite, Philip", murmurou sua mulher em português, "é ruim para o seu coração."

Ele sorriu, cortês. Por mais velha, feia e carola que fosse, Griselda era sua mulher e a mãe de seus filhos. Por esses títulos, sempre teria direito a sua atenção. Embora hoje mais nenhum de seus filhos estivesse vivo. Discretamente, fez o sinal-da-cruz como toda vez em que pensava neles: John, em homenagem a John Kennedy, que dera a Felipe Moraes a sacrossanta nacionalidade americana. Tudo isso para que Johnny fosse morrer no Vietnã. E James, assim chamado por causa de James Cagney, James que bateu as botas por causa de um câncer no fígado aos quarenta e seis anos... Quanto a Juan Júnior, a pérola de seus olhos, o espelho de sua alma, sucumbira a uma overdose na noite de Natal de 1991. Que o filho de um traficante fosse imbecil a ponto de cheirar a mercadoria...

Sentiu os batimentos cardíacos se acelerarem com a raiva e a tristeza, e fez um esforço para se acalmar. Agora, estavam sós, Griselda e ele. Velhos e sós. Ilhados em suas velhices, cercados de tubarões como Voort e Paquirri. Ele poderia mandar construir uma piscina de platina se quisesse, nadar em ouro líquido, mas não tinha mais filhos. Mais ninguém para defender seus velhos ossos cansados. Mais nada além de seu velho cérebro ardiloso. E sua grana. E com toda a certeza não ia se deixar despojar sem reagir. Ah, não, nunca, muito menos pelos cretinos do Voort ou do Paquirri. Aqueles merdinhas iam ter que comer o pão que o diabo amassou.

"Voort chegou, senhor", anunciou Yves, o mordomo francês, um bretão legítimo de Saint-Barth.

"Mande-o entrar", disse don Moraes ao se afundar em sua poltrona Império.

Griselda levantou-se e saiu aos passinhos como um camundongo. Toda noite ia rezar na capela ao lado.

Voort meteu-se na sala com seu andar indolente, a calça enrolada na altura do joelho, uma mancha de maionese na gravata, alisando o cabelo castanho e ralo. Até a seda crua de seu paletó parecia pano de chão em contato com seu corpo. Don Moraes olhou o relógio, ostensivamente, mas Voort se limitou a encará-lo com seus olhos turvos, sem manifestar a menor vergonha.

"Em que pé estamos com Trinidad?", perguntou abruptamente don Moraes, em inglês.

"O caso está se arrastando."

"Acho que a entrega devia ter sido feita no dia 26. Já estamos no dia 28. E temos que abastecer nossos sócios em Miami antes do dia 30." E completou em português: *"Não estou entendendo"*.

Voort abriu os braços em sinal de impotência.

"Aqueles imbecis andam desconfiados. Estão querendo levar vantagem. Querem vinte e cinco por cento a mais."

"Nem um centavo! Quem está fazendo a negociação?"

"Estevez."

Charlie Estevez. O contador da família Pereira havia vinte anos. Um sujeito sério. Não era normal, realmente não era normal. Don Moraes bateu impaciente no braço da poltrona.

"Quem é a fruta podre?"

"Paquirri. Ele quer controlar a área. Fez uma contraproposta", disse Voort com seu jeito displicente de hiena saciada.

Don Moraes sentiu uma onda de adrenalina espalhar-se por seu corpo gasto e chegar, a duras penas, às suas artérias esclerosadas cheias de colesterol. Se ao menos ele não tivesse comido tanto quando era jovem, fumado tanto e bebido tanto, não seria obrigado a recorrer a pilantras como Voort para cuidar de seus negócios. Estaria carregando um AK 47 para explodir a cabeça daquele bosta do Paquirri.

"Acho que já é tempo de nos livrarmos do senhor Paquirri", articulou com cuidado.

Voort concordou em silêncio, de olhos baixos.

"E o quanto antes", continuou don Moraes com sua voz aguda. "Devemos fechar esse negócio com Trinidad o mais depressa possível." E em português: *"Tem algum outro problema?"*

"Não, nenhum outro problema."

Voort coçou devagar a virilha, deixando don Moraes um pouco mais furioso. Assim que esse merdinha babão tivesse liquidado o problema de Paquirri, ele cuidaria pessoalmente de Voort.

"Pode sair", anunciou don Moraes, entre os dentes.

Voort deu meia-volta e dirigiu-se para a porta de couro tacheado, depois parou de repente.

"Ah, sim, quase esqueci, tem um problema", disse virando-se devagar.

"Qual?", don Moraes bufou, fora de si.

"Este", respondeu Voort apertando calmamente o gatilho de sua arma. "*Goede reis!*"*

A bala blindada de 8,10 gramas saiu do HK P7 M13 a uma velocidade de 350 metros por segundo, enfiou-se entre os olhos de don Moraes, bem rente ao chapéu panamá, e saiu pelo occipital, como um pequeno gêiser púrpura. Voort notou, achando graça, que a mão do velho não parara de bater no braço da poltrona. Não perdeu tempo chegando perto do cadáver, abriu a porta escondida atrás de uma cortina, uma porta que dava para a capela particular, e parou na soleira. Estava fresco sob a abóbada caiada de branco, fresco e escuro. Griselda, ajoelhada diante do altar ao pé de um enorme buquê de antúrios, levantou a cabeça, viu a arma apontada em sua direção, arredondou a boca sob o efeito da

(*) Boa viagem!

234

surpresa e recebeu o projétil bem no coração. Levantado pelo choque, seu corpo miúdo foi bater na estátua de gesso de santa Rita, que caiu sem barulho no meio das flores.

Os dois crimes, absolutamente mudos graças ao silenciador preso ao cano, não tomaram mais que dois minutos. Voort limpou os dedos sujos de pólvora na pia de água benta, saiu tranqüilamente e dirigiu-se para a copa, onde Yves e o restante da criadagem deviam estar trabalhando. Ainda tinha trabalho.

Tudo se passou muito depressa, sem lágrimas nem gemidos intempestivos. Não houve nem tempo. Quando terminou sua tarefa, verificou no espelho veneziano da sala de jantar se sua roupa não tinha respingos comprometedores. O cadáver da jovem empregada flagrada enquanto limpava a prataria parecia lhe sorrir: um ricto *post mortem* com os dentes à mostra. Bonitinha, a moça. Travesso, ele deu um beijinho em seus lábios ainda quentes e saiu na noite clara. A escada talhada na escarpa abrupta dava direto no pontão particular. O guarda mirou sua lanterna para o recém-chegado e, ao reconhecer Voort, levou a mão ao boné.

"*Goedenavond, mijnheer Voort, hoe maakt u het?*" *, perguntou com cortesia, acostumado com os horários pouco ortodoxos dos familiares da casa.

"*Heel goed, Andy, dank u*",** Frankie respondeu, alojando-lhe uma bala no coração.

Andy desabou como uma pedra. Pulando por cima de seu corpo maciço, Voort entrou num dos dois barcos de motor de popa, acelerou fundo e virou de bordo depressa. Estava no prazo. Impecável. Duas milhas depois, encostou num iate de cruzeiro que estava no embarcadouro e tinha bandeira holandesa, e subiu depressa a bordo. O marinheiro que o esperava franziu o cenho com um ar interrogativo

(*) Boa noite, senhor Voort, como vai?
(**) Muito bem, Andy, obrigado.

235

e ele respondeu com um aceno de cabeça. O homem ligou o motor.

"Tenho que dar uns telefonemas", disse Voort fechando a porta da cabine atrás de si. "Não me incomode."

Sorriu, pensando no Frankie Voort de antigamente, aquele pobre coitado imprestável que só se ocupava de servicinhos insignificantes. Desde que matara todos aqueles sujeitos, em Frontstreet, compreendera qual era o seu caminho. Seu carma. Ah, não, não era mais aquele pobre Frankie, agora era forte, forte e perigoso, como uma cobra voraz. Sim, o mundo se lembraria de sua passagem. E, para começar, aquele negro veado que o mandara para a cadeia. Pensar que, no mesmo dia em que se igualava a Paquirri, ele tinha sido contatado por alguém que desejava, mais que tudo, fazer mal àquele bisbilhoteiro do Leroy.

Tirou do bolso um pedaço de papel amassado e releu com satisfação as poucas linhas rabiscadas. Taí alguém que ia ter uma tremenda surpresa!

O telefone tocou duas vezes, parou, depois recomeçou, três vezes, antes de parar de vez. Vasco largou os halteres com um sorriso satisfeito. Era o sinal, Voort liquidara o velho Moraes. Muito bem. Contemplou seus peitorais fortes, orgulhoso, exibindo seus músculos saltados. Corpo de lutador, alma de conquistador, coragem de domador e milhões de dólares em perspectiva. Talvez a vida não fosse bela, mas como era excitante!

No quartinho do motel, o homem se mantinha imóvel na penumbra, perto da janela iluminada pela lua. Um cigarro se consumia no cinzeiro de plástico amarelo. Pegou-o delicadamente entre o polegar e o indicador. Quem sabe se desta vez funcionaria? Quem sabe se ele enfim entenderia o que os outros sentiam? Aplicou a ponta vermelha sobre sua pele nua, abaixo do umbigo. A carne enrugou e ele sentiu o cheiro de carne queimada. Mas não, não funcionou, nunca funcionava. Desesperado, levou o cigarro aos lábios e deu uma longa tragada contemplando o mar manso. Que horas eram? Olhou seu relógio-cronômetro de ponteiros fosforescentes: Voort devia estar a caminho. Um pensamento que o serenava. Se não conseguia fazer mal a si mesmo, pelo menos podia fazer mal aos outros, pensou com um sorriso sem alegria, enquanto os acordes infernais de uma *steel-band* ecoavam ao longe.

Francis Go freou e aumentou o volume do rádio que estava chiando. A voz de Camille lhe chegou, fraca:
"Acabamos... receber fax... don Moraes...assassinado... mulher também e todos os empregados... sua casa em Dominica..."
Go apertou suas mãos enormes no volante estofado de couro. O domingo começava bem. Com don Moraes eliminado, seguramente Paquirri assumiria seu lugar. Anita Juarez poderia ter sido enviada às Antilhas para fazer o serviço? E ter pegado um vôo para Grand-Bourg para embaralhar as pistas? Não, teria seguido num vôo para Dominica em vez de ir passear na cidade. Quem executara o serviço de matar don Moraes? Um sujeito que tinha colhões. E a possibilidade de se aproximar do velho. Um de seus capangas, decerto. Um jovem lobo de dentes compridos a quem Paquirri devia ter prometido mundos e fundos. Uma interessante guerrinha de gangues anunciava-se no horizonte.
Ao chegar a seu escritório, deparou-se com Dubois, superexcitado com a morte de Moraes e com um sujeito que tinha ido lá na tarde anterior, um tal de Leroy, contando uma história do arco-da-velha. Apesar do pouco entusiasmo manifestado por Go, Camille o seguiu até sua sala e resolveu lhe contar a história com riqueza de detalhes. Go o escutou

237

sem dizer nada, largado na cadeira, mascando um chiclete. Camille parou, sem fôlego.

"Interessante", Go aprovou, tirando o chiclete da boca para enrolá-lo entre o polegar e o indicador. "Meio sem pé nem cabeça, mas interessante. Diga, Camille, o que o impressionou nessa história?"

Dubois refletiu um instante. Seria uma cilada? Teria ele feito uma besteira? Foi em frente:

"Bem, ele parecia um cara sincero, realmente sincero. Talvez a gente devesse dar uma olhada nessas pastas velhas. Vai ver que o assassinato de Anita Juarez e das crianças tem algo a ver com tudo isso."

"Anita Juarez foi morta por um profissional, bem como as duas crianças. O médico-legista confirmou que elas receberam uma paulada antes de serem jogadas na água. Porém não há prova de que Lorraine Dumas tenha realmente sido assassinada. O que deveria tê-lo impressionado é que tudo isso é pura merda", Go concluiu com um largo sorriso, "e que temos trabalho, meu jovem Camille. Então, pare de me encher o saco com essas bobagens. Descubra de onde vieram essas crianças. Retrace o itinerário de Anita desde sua aterrissagem, quero saber quantas vezes foi mijar e onde... Só isso, obrigado."

Com as faces em fogo, Camille saiu sem uma palavra. Já devia ter esperado por essa. Mas por que confiara naquele detetive de araque? E essa história da moça agredida num engenho em ruínas, de cartas roubadas... um autêntico pastelão! Parou de repente. O que Leroy dissera a respeito daquelas cartas? Que o pai de Louisa Rodriguez comentara suas dúvidas sobre o suicídio de Lorraine Dumas e que comunicara sua opinião aos policiais encarregados da investigação, ou seja, a Francis Go e a Darras. E, salvo engano, Go nunca falara disso com ninguém.

Sentiu uma vontade repentina de dar uma voltinha no subsolo.

Assim que Dubois saiu, Go levantou-se, pesado. Com toda a certeza o chato do Camille iria se desabalar até os arquivos. Mas não acharia nada, a limpeza tinha sido feita muito tempo antes. E o último documento comprometedor fora reduzido a cinzas naquele dia.

14

Ao entrar no hospital, Dag, perdido em seus pensamentos, cumprimentou distraído a recepcionista grudada no aparelho de rádio. Dirigia-se para a escada central quando a notícia o fez parar: "Edição extra. Acabamos de ser informados de que Philip Moraes foi assassinado em sua luxuosa mansão da Dominica. Embora a polícia jamais tenha conseguido reunir provas suficientes contra ele, Philip Moraes, vulgo don Moraes, era notoriamente conhecido como um dos líderes do narcotráfico na zona das Pequenas Antilhas".

Ora, ora, o velho Moraes abotoou o paletó. Taí uma notícia que ia melhorar as finanças de seu "genro", o querido Vasco! Aquele Vasco talvez não fosse alheio à morte súbita do velho bandido. E pensar que Charlotte estava metida em tudo isso!

Ele foi até o quarto de Louisa xingando sem parar. Bateu, entrou e parou na soleira da porta: o quarto estava vazio.

Dag dirigiu-se a uma enfermeira que vinha empurrando um carrinho com material de soro.

"Onde foi parar a moça do 112?"

"Louisa Rodriguez? Assinou um termo de compromisso e saiu ontem, bem tarde da noite, com o amigo dela", informou a enfermeira com ar afetado, acentuando a palavra "amigo" com desdém.

"Amigo?", repetiu Dag imaginando Louisa aninhada nos braços de Francisque.

"É, o senhor de cabelos castanhos."

Dag arregalou os olhos.

"Um branco?"

"Um branco meio feinho, nada simpático", continuou a enfermeira dando de ombros. "O tipo de sujeito que se acha irresistível."

"Ele tem bigode?", perguntou Dag, sentindo de repente o coração disparado.

"Tem, um bigodinho horroroso, bege. Com as bochechas gordas e o nariz comprido, parecia até..."

Ela parou e tossiu.

Voort! Voort conhecia Louisa! Dag devia estar com uma cara aparvalhada, pois a enfermeira lançou um olhar aflito.

"Está se sentindo bem?"

"Estou, obrigado, desculpe. A que horas ela foi embora?"

"Quase meia-noite. Tentaram impedi-lo de entrar, mas ele veio correndo até a porta do quarto e, cinco minutos depois, ela nos disse que queria ir embora."

Ele foi para a rua, ainda estarrecido. Que relação Voort podia ter com Louisa? A não ser que não fosse Voort, mas outro branco de bigode, bochechas grandes e nariz comprido... Não, era Voort, seu instinto lhe dizia. E fora buscá-la na noite anterior. A esta hora podiam estar a mil quilômetros...

Louisa. Hipócrita Louisa. Ignóbil Louisa. Mas se Louisa estava metida em todas essas histórias de assassinatos e se Louisa conhecia Voort... Isso queria dizer que Voort era o assassino?

Outra possibilidade: Louisa desconhecia tudo das atividades verdadeiras de Voort. Mas como podia estar em contato com ele? Voort não era o tipo do cara que iria se enterrar em Sainte-Marie.

Dag massageou as têmporas enquanto prosseguia.

E se Voort tivesse manipulado Louisa com o objetivo de atingi-lo, a ele, Dag? E se Louisa andasse trepando com um Voort que nesta altura estaria gargalhando só de pensar como os dois tinham curtido com a cara deste pobre Dagobert? Mas, então, quem empurrara Louisa no engenho?

Seguramente ela não quebrara o ombro de propósito. Vejamos, vejamos, preciso refletir com calma — Dag intimou a si mesmo.

Levantou os olhos e percebeu que estava perto da igreja. Melhor avisar o padre Léger. Passou pela massa de paroquianos endomingados que saíam da missa das oito, entrou na nave escura e quase tropeçou numa velha sentada perto da entrada, que o fulminou com o olhar. Dag lhe dirigiu um vago sorriso de desculpas e perguntou se o padre Léger estava lá.

Olhando-o de cima a baixo, com cara de desdém, ela indicou um velho confessionário de madeira no qual havia uma tabuleta pendurada. Dag chegou perto: "Padre Honoré Léger — 9h-10h e 15h-16h".

Um zumbido vinha do confessionário e uma moça supermaquiada num vestido Vichy justíssimo saiu logo, suspirando. Deu uma olhada lasciva para Dag e foi rebolando em direção à porta. Estranha paroquiana, pensou Dag ao se ajoelhar no confessionário diante dos olhos escandalizados da velha que esperava sua vez.

"Pode falar, meu filho", disse o padre Léger do outro lado da grade.

"Louisa não está mais no hospital."

"Como?"

"Louisa... Ela não está mais no hospital..."

"Ah, é você, Dagobert! Sabia que agora estou trabalhando?"

"Ela foi embora com Voort, o bandido de quem lhe falei."

"Aquele miserável?"

"É. O senhor está entendendo alguma coisa? É uma loucura!"

"Talvez ele a tenha seqüestrado", disse o padre Léger num tom pensativo.

Dag enfiou os dedos na grade.

"O que foi que o senhor disse?"

"Disse que talvez ela não tenha ido com ele de espontânea vontade..."

"Meu Deus!"

O padre Léger tossiu, em tom de censura.

"Modere suas expressões e pare de sacudir esta grade que já anda bamba. Ainda fico aqui meia hora, encontro-o no presbitério."

Dag levantou-se murmurando "Santo Cristo, meu santo Cristo!" e foi andando pela nave, enquanto a velha, horrorizada, ajoelhava-se no confessionário fazendo frenéticos sinais-da-cruz.

Quando chegou ao presbitério, resolveu ligar para Charlotte. Acabara de ter uma idéia genial.

"É para você, é seu pai", disse Vasco num tom travesso ao lhe passar o celular.

Charlotte o fulminou com o olhar e arrancou-lhe o aparelho das mãos.

"Estchou tchomando meu chuco com chereal", disse ela, de boca cheia.

"Bom apetite", Dag respondeu. "Por favor, pode me dizer se conhece um tal de Voort? Frankie Voort?"

Era sua filha, mas ele não conseguia tratá-la com mais intimidade.

Ela se virou para Vasco, que estava lendo a página financeira do *Times*, e falou baixinho: "Voort, ele quer informações sobre Voort".

Vasco a observou com um olhar vazio e franziu o cenho.

"Alô? Está me ouvindo?", perguntou Dag.

"Um momento."

Ela repetiu sua mímica e, visivelmente perplexo, Vasco murmurou: "Sobre um vulto?".

Charlotte fechou os olhos e respirou fundo. Realmente, havia dias em que amar Vasco era um sacerdócio.

Ela soprou: "Sobre Voort... Frankie... A gente diz que o conhece?".

Vasco manifestou-se e apertou a tecla do volume.

"Pronto, desculpe, estava de boca cheia. O que é que você estava dizendo?"

"Será que pode me dizer se conhece um tal de Voort?"

"Conheço, um pouco."

"Escute, Charlotte, é muito importante para mim. Voort trabalha para Vasco?"

Vasco fez que não com o dedo indicador.

"Nãããо, de jeito nenhum."

"Vasco está ao seu lado?"

"Não, estou sozinha."

"É muito feio mentir para o próprio pai. Passe o Vasco."

"Nem pensar."

"Então, diga-lhe o seguinte, de minha parte: eu sei quem matou Anita Juarez. Em troca, preciso de um serviço."

A voz de Vasco logo ecoou nos ouvidos de Dag:

"*Quién?* Quem fez isso?"

"*Buenos dias*, senhor Paquirri, e bom apetite."

"Quem fez isso? Porra!"

"Eu não fui, meu nome é Dagobert."

Vasco não riu e Dag continuou depressa em inglês:

"Um cara que se arrancou hoje de manhã com minha noiva. Eu queria muito encontrar minha noiva!"

"Que se dane a sua *piba*!"

"Para mim, não. Quero-a de volta, intacta!"

Um breve silêncio. Um suspiro:

"Ok, *hombre*. Estou ouvindo."

"Voort. Frankie Voort. Foi ele que matou Anita Juarez."

Fez-se um longo silêncio ao telefone. Vasco repetiu "Voort" com um curioso toque concupiscente.

"Voort, sim", repetiu.

"Se for mentira..."

"Não estou dizendo besteira. Meu informante é cem por cento sério."

"Mas por que aquele *ojete** fez isso?"
"Pergunte a ele mesmo quando o encontrar. Ele estava em Sainte-Marie ontem à noite, em Vieux-Fort, mais exatamente. Passou no hospital lá pela meia-noite e foi embora junto com a minha noiva. Depois, perdi o rastro dele."
"Ele vai me pagar", murmurou Vasco, antes de acrescentar: "Onde é que eu posso encontrar você?".
Mas Dag já tinha desligado.

Com uma sobrancelha levantada, Charlotte viu a bandeja do café da manhã ir pelos ares: Vasco ia fazer sua cena. Pronto, começou, os lençóis ficaram manchados de café, ele se vestiu berrando palavrões em seu linguajar incompreensível, fechou a cartucheira com uma cara furiosa e saiu batendo a porta. Ela também se levantou, verificou se o penhoar de seda pura não ficara respingado e foi para o banheiro, bocejando.
Curioso que aquele fichinha tivesse apagado a sacrossanta Anita Juarez. Quando Vasco o agarrasse, aí, sim, Charlotte ia ver se Voort ainda era homem para provocá-la com seus gestos obscenos... Mas, para falar a verdade, se caísse nas garras de Vasco era líquido e certo que o pobre Voort não ia ter mais nada a mostrar dentro da calça. Ela fechou a torneira de água fria e entrou debaixo da ducha quente, sorrindo. Depois pensou no pai, e seu sorriso desapareceu enquanto a água corria por seu rosto em pequenas lágrimas geladas.

"O que foi que você fez?", perguntou o padre Léger, que já estava desatualizado.
"Disse a Paquirri que Voort matou Anita Juarez."
"Mas é mentira!"

(*) Buraco do cu.

"Finja que eu nunca lhe disse nada. Escute aqui, quero encontrar Louisa, e Paquirri tem muito mais meios que eu para isso. Vai soltar seus cachorros por todas as Antilhas. Preciso saber o que Louisa e Voort estão tramando juntos, e, se ela foi seqüestrada, preciso salvá-la das mãos daquele maluco. Concorda?"

"Não critico os fins, critico os meios", objetou o padre Léger servindo-se de um copinho de rum.

"Mas como o senhor quer que eu chegue aos fins se não tiver os meios?", Dag protestou, pegando a garrafa. "Voort talvez seja o assassino que estamos procurando."

"E quando Vasco Paquirri tiver mandado seus capangas executá-lo, isso vai adiantar alguma coisa? Não é assim que você vai descobrir mais sobre o caso."

"Vou dar um jeito de falar com ele. Se não for culpado, vou arrumar um esquema para que ele salve a pele. Assim está bom?"

"A tentação do demiurgo", o padre Léger resmungou.

"O quê?"

"A tentação do controle absoluto, do poder. Você acha que é um romancista que manipula as personagens a seu bel-prazer, mas essas pessoas são reais, Dagobert, e você não é todo-poderoso."

A campainha do telefone dispensou Dag de responder.

O padre Léger foi atender, furioso, mas sua expressão mudou enquanto respondia:

"Não, infelizmente, não a vimos. Parece que ela saiu do hospital em companhia de um branco... É, eu sei... Compreendo, sim... Tem razão, avise a polícia, é melhor. Com certeza se trata de uma simples fuga. Um namorado secreto, talvez... Com as moças, sabe... Está bem, até logo."

"A mãe de Louisa?"

"Exato. A pobre coitada está baratinada. O filho telefonou a Grand-Bourg para dizer que Louisa tinha desaparecido."

O telefone tocou de novo e Dag atendeu.

"Aqui é Dubois, você me ligou?"
"Frankie Voort, isso lhe diz alguma coisa?"
"Diz, por quê?", Dubois respondeu, prudente.
"Foi ele que cuidou de Anita Juarez", disse Dag cruzando os dedos.
"Puxa!"
"Pois é. Passou ontem à noite no hospital de Vieux-Fort e foi embora com Louisa Rodriguez."
"Justamente, o irmão dela acaba de nos telefonar, apavorado. Voort com Louisa Rodriguez... Não vejo a ligação..."
"Nem eu, mas o que eu vejo é um louco perigoso, e Louisa está nas mãos dele."
"De qualquer maneira, há uma ordem de prisão contra ele. Um dos empregados do velho Moraes escapou ao massacre escondendo-se numa geladeira. Afirmou que o último visitante que se apresentou naquele dia foi Voort. Leroy, esse sujeito liquidou a frio toda a criadagem, nove pessoas, sendo três mulheres e uma criança. Eu não estaria muito otimista quanto a Louisa Rodriguez. A não ser que ele precise dela. Mas talvez você tenha mais informações do que eu a respeito", Dubois sussurrou.
"Estou na mais completa ignorância, inspetor, acredite em mim. Volto a ligar assim que tiver alguma novidade."
"Espero."
Dubois desligou, seco. Dag deu um suspiro olhando o telefone, depois o largou. Se Voort atacasse Louisa... Diante dessa idéia, sentiu o estômago se contrair.

Camille desligou, diante do olhar interessado de Go.
"E aí?"
"Ele alega que foi Voort que matou Anita Juarez. E que fugiu com Louisa Rodriguez."
Go conteve um palavrão. A história estava esquentando. Ele tamborilou na mesa de madeira maciça e decidiu:
"Lance um mandado de busca para a moça."

Preocupado, olhou Camille sair. Que diabos o Iniciador estava fazendo? Pelo visto, ele subestimara Leroy. E agora estavam naquela enrascada.

Camille fechou a porta. Estava preocupado com o que descobrira na véspera nos arquivos: a pasta de Lorraine Dumas desaparecera. E a de Jennifer Johnson. E as palavras de Leroy martelavam em sua cabeça: em 1976, Rodriguez comentara suas suspeitas com o inspetor Go. Camille sentiu uma repentina vontade de ir bisbilhotar um pouco o passado de seu querido chefe. O computador central talvez pudesse ajudá-lo...

Foi à sala de documentação onde imperava o grande IBM num suporte especial, tal como um ídolo futurista. Mas não ficou sabendo de nada que já não soubesse: a fuga do Haiti, a naturalização, a integração num nível correspondente ao que tinha no Haiti. Um refugiado político decente e correto. Consultou a lista de seus prontuários: boas notas, apreciado por seus superiores, promoções rápidas. Dubois checou as investigações que estiveram a cargo de Go, mas ele nunca mais havia sido indicado para inquéritos sobre jovens mulheres misteriosamente mortas. Desapontado, saiu da sala.

Em seu escritório, Go sorria. Acompanhara em seu próprio monitor as pesquisas de Dubois. Dubois abordara as questões pertinentes, mas que não podiam lhe revelar nada. Ainda bem, pensou Go suspirando, pois o assassinato de um oficial de polícia nesta altura seria, quando nada, incômodo.

15

Louisa estava deitada num cubículo redondo, iluminado por uma lâmpada de segurança pendurada num prego. As paredes de pedra, absolutamente nuas exceto por uma escada enferrujada, mal deixavam espaço suficiente para o sofá arrebentado onde a amarraram com umas correias. Nenhuma janela. *E nenhuma porta*, ela pensou de repente com um imenso arrepio, *nenhuma porta*! Olhou para cima, mas a massa escura do teto circular de madeira parecia uniforme. Será que a enterraram viva? Condenada a morrer de fome naquele buraco de cimento? Tentou se levantar, mas, como as correias eram muito curtas, caiu de bruços, abafando um grito quando seu ombro machucado bateu na madeira.

Rememorou o que por acaso lera a respeito de falta de ar, quanto tempo era possível agüentar num espaço de dois por dois sem ventilação? Tinha que respirar lentamente. Economizar oxigênio. Fácil dizer quando se sentia o coração batendo a cento e vinte. Louisa lembrou-se do rosto do homem debruçado sobre ela, seu sorriso meloso, sua língua grossa forçando-lhe a boca, e sua pulsação acelerou-se mais e mais. Ainda bem que chegara o outro homem. Aquele que usava um jaleco branco de médico. Ficara na sombra, sem falar, enquanto seu seqüestrador terminava de amarrá-la, acariciando seus seios, o safado! E depois lhe deu uma injeção e...

Ela não devia nunca tê-lo acompanhado quando ele se apresentou no hospital.

"Bom dia, Louisa, sou o sócio de Dag, você tem que vir comigo agora mesmo, Dag está ferido, alguém entrou na casa do padre Léger e lhe deu um tiro. Aqui você está correndo perigo."

Perplexa, ela o viu juntar suas coisas, jogá-las na maleta, retirar a agulha do soro que estava em seu braço. Dag lhe falara daquele sócio, mas não dissera que ele era tão feio, com aquela cara de fuinha... O homem a apressara, repetindo sem parar que Dag estava gravemente ferido, que precisavam andar rápido, que talvez ele fosse morrer, e ela, pobre idiota, se vestiu à toda, assinou o termo de compromisso e entrou no carro dele. E só então se lembrou de que já tinham lhe dado esse golpe de chamá-la para socorrer alguém e de que ela quase perdera a vida. Mas então era tarde demais, as portas do carro travaram automaticamente, os vidros estavam fechados, e o cara pegara uma arma muito sofisticada, dessas que se vêem nos seriados americanos, uma arma apontada para Louisa. Ela se amaldiçoou, xingou-se, ele levantou a arma sorrindo e lhe deu duas coronhadas na cabeça.

Louisa acordara nesse túmulo, com aquele rosto repugnante sobre ela. Como pôde ser tão estúpida? Mais uma vez, puxou as correias furiosamente. Sem resultado, a não ser a dor lancinante. Além disso, estava morrendo de vontade de fazer xixi, uma vontade tão forte que não ia poder segurar. A idéia de que seria obrigada a urinar se molhando toda trouxe-lhe lágrimas aos olhos. Mas a idéia de que os dois homens voltariam, e de que aquele que se fazia passar por McGregor ia tocá-la, era pior ainda.

Mordeu os lábios. Manter a calma, não ceder ao pânico, contar, contar, não pensar em nada, só contar. Um, dois, três, quatro. Dagobert a encontraria, cinco, seis, a polícia a encontraria, estamos no século vinte, não se seqüestram pessoas assim, sete, oito, nove, mas por que tinha sido seqüestrada? Por quê? Pensou de novo nas mulheres assassinadas de que Dagobert lhe falara. Não. Contar. Só contar.

"Falaram de Louisa na televisão", disse o padre Léger sem fôlego, "foi a moça da quitanda que me disse. Mostraram a foto dela e a de Voort, vão encontrá-los logo, você vai ver."
Dag concordou, cético. Voort seguramente tinha quem o apoiava. Não seqüestrara Louisa gratuitamente. Ou era ele mesmo o assassino que Dag procurava ou estava seguindo ordens desse assassino. Mas qual era o objetivo da manobra? Se queriam eliminar Louisa, por que não a matar no hospital, com um silenciador? Ou com uma injeção que provocasse parada cardíaca? Por que seqüestrá-la? Para que Dag suasse de angústia só de imaginar o que talvez estivessem fazendo com ela? Para forçá-lo a desistir de tudo? Não, idiota: "o outro" devia desconfiar de que isso o deixaria ainda mais obstinado. Então, por quê? Ele não conseguia entender o modo de funcionamento do "outro". A seu ver, não estava lidando com alguém que tivesse um pensamento claro e ordenado. E, no entanto, era evidente que se tratava de um assassino meticuloso. E aí?

Assustou-se com o telefone. Atendeu no segundo toque.

"Leroy?"

Era uma voz melosa. Viscosa.

"Sim. Quem está falando?"

"Papai Noel", disse a voz em holandês. "Escute aqui, *mister Nice Guy*,* tenho um recado para você."

De repente um berro ecoou nos ouvidos de Dag, um berro de mulher, um grito de terror, de dor e impotência, que parou brutalmente e deu lugar a soluços abafados.

"Deus do céu, Voort, se você lhe fizer mal...", Dag protestou no seu parco holandês.

"O que é que você está pensando, *assfucked*?** Eu só estou ensinando a moça a chupar sorvete de creme, ela está muito acostumada a chupar de chocolate."

(*) Senhor Bom Menino.
(**) Escroto.

Ele parou para rir.

"E sabe do que mais, *dickhead?** Fico de pau duro quando a faço sofrer, não sei se vou poder resistir muito tempo. Quando a vejo, *I want to ram it in...***

Dag apertava o telefone a ponto de esmagá-lo, esse filho da puta queria que ele perdesse o sangue-frio, estava blefando, era blefe...

"Então, seu Leroy bestalhão, eis o que você vai fazer", Voort prosseguiu, exultando. "Vai largar toda a investigação sobre esses assassinatos e vai dizer ao inspetor Go que foi você que liquidou Anita Juarez. E então, e só então, talvez eu deixe Louisa ir embora, mas você não deve esperar muito, do contrário não sobrará muita coisa dela. Essa garota é voraz, sabe..."

Ele desligara. Dag percebeu que estava encharcado de suor. O padre Léger o observava, de cenho franzido.

"Era Voort. Quer que eu abandone tudo e que me acuse de ter assassinado Anita Juarez."

"Se você for para a cadeia, de fato não vai poder continuar a investigação."

"Ela berrava. Escutei-a berrando."

"Louisa é uma moça corajosa. Estão tentando desestabilizá-lo."

"Que merda! Ele estava fazendo uns troços com ela!", Dag berrou, batendo a mão na parede.

Sentiu suas juntas se esmagarem no gesso e a dor lhe fez bem.

O padre Léger balançou a cabeça.

"Não vejo o interesse de seqüestrar Louisa. Por que não matar pura e simplesmente você, Dagobert? Por que desejar que você vá parar na cadeia? Vejamos, vejamos... Aí tem algum plano especial... Outro dia, você falou de um jogo..."

(*) Cara de pateta
(**) Quero meter nela...

"Louisa está nas mãos deles, padre..."
"Eu sei, não se impaciente: a impaciência é a irmã da imprevidência. Todo jogo tem seu próprio ritmo que não se pode modificar, não acha?"
"Será que ainda vai demorar? Será que vamos ter de começar uma nova partida?"
Louisa berrara. Se por acaso...
"Talvez ele não tenha que matar você. Talvez tenha que jogar com a prisão. Por causa das regras."
"Mas de que diabo de regras o senhor está falando?"
"Das regras desse jogo. Não há outra explicação. O homem que você está procurando joga com você segundo um plano diabólico. E com isso eu quero dizer que existe um plano do qual o diabo participa."
"O senhor acredita mesmo em diabo?", perguntou-lhe Dag, sentindo despontar uma dor de cabeça.
"Acredito. Creio no Mal. Creio que nossa alma é um tecido em que o Bem e o Mal se entrelaçam, mas em alguns há preponderância de um dos elementos e a gente acaba meio troncho, como se estivesse usando um terno malcortado", respondeu o padre Léger com gravidade, os olhos cheios de tristeza.
"E o que o senhor propõe, além dessas reflexões teológicas?"
"Tento ajudá-lo, só isso."
"Como pode me ajudar? Ponho-lhe uma Kalachnikov nas mãos e mando-o vasculhar a ilha pendurado num helicóptero? O padre Honoré Rambo em missão secreta?"
"Não, senhor", protestou o padre Léger. "Talvez eu pudesse negociar com Voort, chamá-lo à razão."
"*Bullshit*,* com o perdão da palavra! Me passe esse telefone", disse Dag, procurando febrilmente o número do aeroporto na velha lista telefônica, sem perceber o ar contrariado do padre.

(*) Besteira.

Como ele não pensara nisso antes? Se Lester o visse, começaria a ter dúvidas sobre sua aptidão para o serviço. Só se Louisa o estivesse deixando maluco!

Fazendo-se passar pelo inspetor Go, logo conseguiu as informações pedidas.

Nenhum avião decolara na véspera depois das seis e meia da tarde.

"Vou ao porto!", disse depois de desligar. "Espere-me aqui, por favor não faça nada!"

Louisa abriu os olhos. Sentia dor na coxa, ali onde o homem a queimara com o cigarro enquanto telefonava para Dag. De tanto puxar as correias, seus pulsos estavam sangrando e o sofá estava encharcado de urina. Mordeu os lábios para não chorar. O bigodudo horroroso dissera que voltaria, num tom cheio de ameaças, acariciando-lhe os seios com seus dedos grossos. Não tinham lhe dado comida nem água, a sede era tremenda, e sua omoplata mal consolidada era uma tortura permanente. Louisa começou a ter uma convulsão nervosa. Ia morrer, com absoluta certeza. E sua agonia não seria nada agradável.

Dag ficou andando quase uma hora no porto, interrogando os pescadores, exibindo sua carteira de investigador. Não, ninguém alugara barco na noite da véspera. Quanto ao movimento dos barcos de turismo, era melhor se dirigir à capitania, mas havia tantas marinas clandestinas... Por desencargo de consciência, Dag foi à capitania, onde o funcionário de serviço lhe disse que na véspera houvera somente duas saídas: um veleiro sueco ocupado por uma família e um *cabin-cruiser* de bandeira holandesa. O *skipper* se chamava Jon De Vogt, domiciliado em Saint-Martin. Pegara o mar por volta de quinze para meia-noite. Sem tripulação. Voort também era de origem holandesa...

"Fale um pouco desse *cabin-cruiser*..."

Ele chegara por volta das onze e vinte, enchera o tanque e se abastecera na minúscula loja aberta de noite e logo depois aparelhara, explicou o funcionário. Nada de excepcional naquelas águas temperadas e raramente violentas, onde a navegação noturna era costumeira.

Dag agradeceu e foi para o cais escaldante. Louisa deixara o hospital na companhia de Voort por volta da meianoite. Portanto, não podiam ter embarcado no *cabin-cruiser*. Não, mas seguramente Voort tinha chegado naquele barco. A hora coincidia. Fora buscar Louisa no hospital e... e o quê? E o principal: onde?

De volta ao presbitério, Dag ligou para Dubois a fim de avisá-lo: havia noventa e nove por cento de chance de que Voort e Louisa ainda estivessem na ilha. Se o aeroporto e os portos ficassem sob vigilância, os dois se sentiriam encurralados. Dubois respondeu-lhe que não esperara esse telefonema para fazer seu trabalho e informou que nenhum carro fora alugado na véspera.

Dag desligou, desesperado. Quer dizer que o desgraçado tinha algum contato na ilha. Alguém que lhe fornecera um carro.

Ligou para o hospital e mandou chamar a enfermeira que estava de serviço na noite da véspera. Ela se lembrava de Dag e respondeu com extrema simpatia, mais ainda porque a mãe de Louisa, aos prantos, passara pelo hospital e fizera um escândalo. Dag indagou se Louisa e o companheiro tinham saído de carro. Bem, para isso ele teria que falar com a enfermeira da recepção, no térreo.

Cinco minutos depois, outra voz de mulher, mais velha.

"Era eu que estava na recepção. Tentei convencer a moça a ficar até de manhã, mas ela estava tão nervosa! E era impossível falar com o doutor Hendricks, o celular não respondia. Ela dizia que precisava ir embora imediatamente..."

"A senhora os viu sair?"

"... E eu não sabia o que fazer, isso quase nunca acontece, entende? É um procedimento tão raro e..."

"Eles saíram de carro?"

"E aquele homem que a arrastava, puxando-a pelo braço, assim, eu tive um mau pressentimento, e entraram num Range Rover preto igual à carruagem do barão Samedi e o homem saiu a toda velocidade e..."

"A senhora não reparou na placa do carro?"

"Como?"

"A placa! De que cor ela era?"

"Branca, como todas as placas daqui. Mas não deu tempo de ler o número e..."

"Muito obrigado, a senhora me ajudou muito."

Dag desligou, deixando-a falar no vazio, e virou-se para o padre Léger.

"Um Range Rover preto. Placa de Sainte-Marie. Ele conta com um cúmplice aqui. Portanto, certamente está num esconderijo. O senhor tem um mapa?", perguntou, febril.

"Devo ter em algum lugar..."

O padre Léger remexeu no baú, no meio de muita papelada, e exibiu triunfalmente um mapa amarelado com as dobras rasgadas.

Dag o observou muito tempo, seguindo com o dedo as estradas sinuosas. A maioria dos embarcadouros ficava a oeste, protegidos do vento, mas havia algumas enseadas na vertente oriental, às quais se podia chegar por atalhos pouquíssimos freqüentados. Aliás, quase toda a ilha era deserta, afora as duas aglomerações principais. Deu um suspiro. Depois de três horas de agitação, estava exatamente no mesmo ponto: Voort podia ter escondido Louisa em qualquer lugar, em qualquer barraco isolado.

*"Hello, slutty, how's tricks?"**

Louisa deu um pulo, apavorada. O teto de madeira acabara de abrir, inundando a cela de uma luz quente, e o ho-

(*) Oi, putinha, tudo em cima?

mem com cara de fuinha descia a escada de degraus carcomidos pela ferrugem, acompanhado do homem imponente de jaleco branco, com o rosto disfarçado por uma máscara, usando uma touca de cirurgião e, nas mãos, luvas de borracha.

Fecharam cuidadosamente o alçapão e o homem de branco acendeu uma lâmpada de segurança. Levava uma maleta preta, como os médicos, preta e brilhante. Abriu-a com um estalido metálico e tirou um objeto que Louisa não conseguiu distinguir. O homem de cara de fuinha riu. Aproximou-se de Louisa e passou as mãos úmidas em seu peito, lambendo os lábios.

"*That will be so good, you know that, so good for you*, sua putinha nojenta", ele murmurou passando do inglês para o francês.

Inclinou-se, esfregando a virilha na boca ressecada de Louisa, que teve um engulho.

O homem de branco pôs a mão com luva de borracha no ombro do bigodudo e, num gesto certeiro, jogou-o contra a parede. Por um momento Louisa teve a louca esperança de que ele tivesse vindo ajudá-la, de que os dois iriam brigar. Mas o baixinho horrendo e bigodudo continuou a gargalhar com seus lábios depravados, enquanto o homem de branco se virou para Louisa com a lentidão de um mágico que prepara seu melhor número. Inclinou-se um pouco, numa paródia de saudação, e mostrou-lhe o que segurava delicadamente com os dedos enluvados. Era uma serra. Uma serra de cirurgião, fina e brilhante. Louisa sentiu um nó nas entranhas.

"Não! Não!"

O homem de branco balançou a cabeça como se estivesse lidando com uma criança birrenta, sentou-se no colchão de palha ao lado dela e pegou sua mão direita, obrigando-a a abrir os dedos. Ela se encolheu desesperadamente

---

(*) Vai ser tão bom, sabe, tão bom para você.

entre as correias, enquanto ele mantinha o pulso dela no seu colo e, calmamente, apoiava a serra na base do dedinho. O bigodudo se aproximou, de pé atrás dela, e prendeu a cabeça dela entre as coxas, sufocando-a debaixo de seus testículos. Mas Louisa não prestou a menor atenção a isso. Porque o homem de branco começara a serrar e ela só pensava em berrar, um berro desesperado que ecoou interminável nas pedras úmidas do velho poço abandonado.

Bateram à porta. O padre Léger foi abrir, diante do olhar indiferente de Dag. Ninguém na soleira. Só um ligeiro tremor nos pés de manacá. Ia fechar quando seus olhos se fixaram num pequeno embrulho oblongo no chão. Debruçou-se, suspirando. O embrulho era leve e mole. Uma pequena etiqueta branca, com "LEROY" em letras maiúsculas, destacava-se no papel vermelho brilhante. O padre Léger voltou para a sala avaliando o objeto. Depois o entregou a Dag, sem uma palavra.

"O que é?"
"Não sei. Mas acho que é algo ruim."
"Ruim?"
"Extremamente ruim. Prepare-se para um choque."
"Mas de que o senhor está falando, pô?", Dag resmungou arrancando o papel de presente.

O pequeno objeto caiu na mesa com um barulho seco. Dag piscou os olhos e inclinou-se para ver melhor.

Pela primeira vez na vida, sentiu seus cabelos ficarem em pé. Uma estranha sensação de pele arrepiada no crânio. Será que estaria berrando? Não ouvia nada. Todos os seus sentidos pareciam estar concentrados na visão.

O dedo repousava sobre a mesa de madeira, cortado certinho na base. A unha de esmalte rosa contrastava com a pele morena.

Contração espasmódica no estômago, golfada ardente de bílis no esôfago; Dag levantou-se prendendo um arroto azedo. O padre Léger, imóvel, pôs a mão na boca como se fosse segurar o vômito. Dag percebeu que estava rangendo os dentes; forçou-se a expirar lentamente. Uma lição aprendida diante das enormes ondas de Puerto Escondido, no México: deixar o fluxo vital circular. O medo era um ácido que corroía os captadores de energia.

"Tudo bem?", perguntou o padre.

"Tudo bem", ele murmurou, jogando-se no velho sofá, esforçando-se para se recuperar.

Levantou-se de um pulo. Algo tinha lhe espetado a bunda. Pôs a mão nas nádegas e tirou um chaveiro do bolso traseiro. Uma chavinha presa numa argola enfeitada com um golfinho. A chave de Anita Juarez. *Voort não ia parar por aí.* Para que serviria essa chave? *Voort ia retalhá-la em pedaços, viva, o mais lentamente possível.*

Seu coração disparou de novo, ele apertou as mãos. O coração tinha de obedecer, o espírito tinha de obedecer, a prioridade não era o horror, nem as lamentações. A prioridade era a reflexão, porque, se não conseguisse localizar Louisa...

A chave. Anita Juarez seria do tipo de andar com a chave de casa quando viajava para fazer algum serviço por encomenda? Pouco provável. Assim como tampouco devia estar carregando seus documentos de identidade. Não, como qualquer assassino profissional, ela precisava mesmo era de um modo de recuperar o dinheiro que lhe era devido. Um cofre? Um cofre anônimo num banco? Visível demais. Dag só encontrara três objetos na bolsa dela, três objetos que certamente tinham ligação entre si. Uma chave com o golfinho, um maiô e uma revista de mergulho submarino. Dag fechou os olhos uns segundos e abruptamente surgiu-lhe uma idéia luminosa.

"Um clube de mergulho!"

"Como?"

"A chave de Anita Juarez. Com toda a certeza é a chave de um armário, num clube de mergulho."

O padre Léger o olhou com atenção.

"Mas do que você está falando?"

"Desta chave! Aqui, com o golfinho. E da revista de mergulho que encontrei na bolsa de Anita, junto com o maiô."

"Isso é uma charada?"

"*Ad usum Delphini*: para uso do Delfim! Desde o início, só me dão informações esparsas, como esses livros expurgados destinados ao Delfim, filho de Luís XIV. Mas aos poucos o verdadeiro texto vai aparecendo. Lembra-se da pasta de Jennifer Johnson? Ela também era sócia de um clube de mergulho. Não está vendo a ligação?"

"Ah... O assassino encontra suas vítimas nos clubes de mergulho?"

"É provável. Seja como for, é alguma coisa que tem ligação com a vida dele, e o assassino deve ter deixado a grana prometida a Anita Juarez num armário de um clube desses. Um armário cuja chave está aqui. E que talvez contenha outros elementos interessantes."

"E vamos localizar com uma varinha de condão qual é esse clube entre os dois ou três mil clubes de mergulho que devem existir no Caribe?"

Sem escutar o padre, Dag começou a remexer em sua sacola e pegou a revista amassada. Tudo menos ficar ali pensando no que tinham feito com Louisa, no que talvez estivessem fazendo naquele exato momento.

"Pronto. *Apnea 2000*. Em inglês. Todas as informações sobre pesca submarina etecétera e tal, material de último tipo etecétera e tal, lista de todos os clubes de mergulho livre... Apnéia... Isso exige coragem, resistência, domínio de si e vontade de derrotar um ambiente desconhecido."

"Dagobert, estamos perdendo tempo, Louisa precisa de ajuda", suspirou o padre Léger, com os olhos fixos no macabro pedaço de carne.

"Não, estamos começando a puxar um dos fios da meada. As duas crianças que Anita Juarez usou foram afogadas. Tudo se encaixa. O senhor já fez mergulho livre, padre?"

"Um pouco, quando era moço. Não como profissional, mas..."

"Dê uma olhada nesta lista e marque os clubes que conhece, aqueles que acha que são grandes o suficiente para garantir relativo anonimato."

O padre Léger levantou os olhos evocando o testemunho dos céus e pegou a revista.

Vasco tirou uma poeirinha invisível de sua camiseta Versace azul-petróleo, trocou o relógio Patek Philippe de ouro por um Breitling esportivo.

"O que está fazendo?", perguntou Charlotte.

Ela se sentia meio tonta. Bebera demais durante o almoço, enquanto Vasco, de cenho franzido, fazia perguntas ríspidas ao telefone. Continuara a beber, sozinha, com os cotovelos no parapeito da proa, olhando o céu carregar-se de nuvens. Ia chover. Ela gostava da chuva. Da chuva forte e regular dos fins de tarde. Sentia-se velha e cansada. Vinte e cinco anos. Vinte de esforços para sobreviver, para conquistar um lugar ao sol tórrido do Caribe. Sim, a chuva fazia bem à sua alma em brasa.

"Consegui as informações que queria. Mande Diaz preparar o *hovercraft*", Vasco respondeu enfiando o colete sem mangas e com muitos bolsos, que ela sabia ser reservado para as grandes ocasiões: as sangrentas.

"Aonde é que você vai?"

"Tenho algo a fazer, *querida*. Estarei de volta amanhã, não se preocupe."

"Localizou Voort? Onde ele está?"

"Segundo minhas informações, Voort foi pago para liquidar com seu pai e com a moçoila dele."

"O quê? Aquele escroto?"

"Não fale assim de seu pai."

"Mas estou falando desse monte de merda que é Voort! Quando penso que me paquerou durante todo o almoço, aquela bicha velha!"

"Paquerou? Ele vai ter que engolir os colhões, porra!"

"Meu pai sabe que Voort anda atrás dele?"

"Não. E não sei onde achá-lo. Por isso é que tenho que ir embora. Agora."

Charlotte sentiu um longo arrepio, estranha sensação nessas latitudes.

"Estou com um mau pressentimento."

"Não diga bobagem."

Abruptamente, ela sentiu um violento acesso de ternura por ele, como por um irmão mais velho, turbulento e adorado.

"Vasco, eu..."

Calou-se, incapaz de pronunciar palavras que jamais escutara.

"Eu sei. Eu também. Até amanhã."

Passou a mão calosa no rosto dela e fechou a porta da cabine.

Ela caiu em cima do garrafão de daiquiri, com o violento desejo de apertar contra a barriga o urso de pelúcia que jamais tivera.

Francis Go abriu a porta de casa, reclamando. Chovia a cântaros, ele estava molhado como um pinto e teve que procurar as chaves bem no fundo da pasta. A babaca da Marie-Thérèse ainda devia estar no cabeleireiro. Sentia-se exausto. Foi até o bar, disposto a tomar um golinho de rum. Estava esticando a mão para a garrafa quando o cheiro de queimado o imobilizou. Sentiu o estômago se contrair e as pernas bambearem. Pegou a automática e foi andando devagar para a cozinha, com o coração disparado, esperando, contra todas as expectativas, que fosse apenas um acidente doméstico. Uma panela esquecida no fogo. Mas o cheiro não era de metal queimado, e ele soube, com absoluta certeza, que não se tratava de acidente. Tratava-se da morte, que viera a seu encontro. A porta estava entreaberta. Escancarou-a com um pontapé. E registrou simultaneamente todos os detalhes.

O fogão elétrico de quatro bocas que ele dera de presente à mulher no Natal estava aceso. Marie-Thérèse, amordaçada com uma fita adesiva marrom larga, dessas de embalagem, estava deitada de costas em cima da mesa da cozinha, com os braços cruzados. Alguém puxara o móvel até a beira do fogão e suas duas mãos atadas com arame repousavam sobre as placas elétricas vermelhas de tão quentes. Era dali que vinha o cheiro de carne queimada. Seu corpo imponente mal estremecia. Uma grande poça de urina formara-se debaixo da mesa.

Go foi correndo até ela, sentindo extrema acidez na boca. Os grandes olhos castanhos de sua mulher reviravam loucamente nas órbitas, sua pele estava cinza, as narinas tapadas.

"Meu amor...", ele murmurou pegando depressa seus punhos como que algemados.

Não conseguiu terminar o gesto. Sentiu um choque brutal nas costas, um violento empurrão que o fez tropeçar no corpo martirizado, e ao mesmo tempo a sensação de que o abriam em dois... Incrédulo, baixou os olhos e enxergou a ponta do arpão que saía de seu esterno. Um arpão... a palavra levou alguns segundos para chegar à sua consciência perturbada diante do que ocorrera com sua mulher. Um arpão atravessava seu peito. Quis se virar, mas a mão de alguém lhe deu um soco entre os ombros, enfiando um pouco mais a seta, e um esguicho de sangue respingou no vestido florido de MarieThérèse.

Go caiu devagar em cima dela, arranhando-a com a ponta do arpão tão cortante como uma lâmina de barbear. Ele ouviu o riso, sobre ele. Depois sentiu que puxavam sua calça, sua cueca, que o despiam, mas não podia se mexer, a dor era forte demais, a impressão de estar com as costelas arrebentadas e os pulmões perfurados o paralisava. A mão escorregou por sua pança enorme, a mão enluvada pegou seu sexo.

"Então, Francis, não tem mais vontade de fodê-la? Lembra como era gostoso? Lembra como era gostoso fodê-las enquanto elas estavam morrendo? Ande, enfie nela!"

Go quis responder, mas uma golfada de sangue saiu de sua boca, lambuzando o rosto de sua mulher, cujas mãos terminavam de assar. Ela virou os olhos para ele, olhos de cavalo louco de dor, e ele soluçou de impotência e sofrimento, tentou dizer "meu amor", enquanto a mão enluvada cortava seu sexo com um gesto preciso e o jogava sobre a placa vermelha. A dor explodiu entre suas coxas como uma chicotada, mas ele era incapaz de gritar. A mão o agarrou pelos cabelos e levantou sua cabeça.

"Olhe, Francis, é o seu caralho que está assando. Aposto que você vai estar morto antes que ele acabe de cozinhar."

O sangue jorrava, espalhava-se pelo piso de cerâmica, banhava os pés do homem, imóvel diante do cheiro de carne queimada. Francis Go sentiu os olhos embaciados, sentiu o baixo-ventre, mutilado e agitado por sobressaltos mecânicos, bater no de sua mulher de olhos revirados, enquanto o Iniciador ria com seu riso alegre, infantil, como se Francis executasse bem o seu número. Go não pensou em suas antigas vítimas, nem sentiu nenhum arrependimento por seus atos. Pensou apenas que gostaria de poder triturar o Iniciador, amassar seus miolos nas mãos e com eles lambuzar as paredes, e morreu num último soluço, com os olhos fixos em sua virilidade cozida, ao ponto.

O Iniciador debruçou-se sobre o corpanzil, pôs a mão na ponta da seta que saía pelas omoplatas e a empurrou violentamente, com todo o seu peso. A ponta do arpão, apoiada no peito de Marie-Thérèse, cravou-se de vez em sua carne delicada, provocando um leve sobressalto. Ela estava morta. Ele recuou, colocou a arma de pesca submarina sobre a geladeira, enfiou a mão com a luva cirúrgica de borracha no bolso do jogging preto e pegou um relógio parecido com o de Dag. Uma pequena jóia caríssima, facilmente identificável. Jogou-o no chão e o esmagou violentamente com o salto do sapato antes de encharcá-lo abundantemente com o sangue espalhado no piso. Um pontapé bem dado chutou longe o relógio, que foi parar debaixo da mesa onde repousavam os dois cadáveres. Esse gesto desorientaria os investigadores.

Depois de apagar os rastros de seus passos com um pano de chão, foi até a porta da cozinha. Tirou as luvas, as botas de borracha e o avental de açougueiro, lavou tudo no banheiro, cuidadosamente; lavou o rosto respingado do sangue de Go, lambeu algumas gotas antes de cuspir com nojo: aquele cretino talvez estivesse infectado.

Estava tudo em ordem. Guardou seus pertences na mochila, esvaziou o galão de gasolina, riscou com desleixo um palito de fósforo e jogou-o na barra das cortinas, e foi tranqüilamente para a porta da rua. As pessoas apressavam o passo sob a chuva torrencial; pôs o capuz. A quaresma tinha isto de bom: a regularidade da chuva, todo dia durante duas horas, no final da tarde.

"E então?", Dag perguntou, impaciente.
"Bem, sinceramente, não vejo..."
Dag arrancou a revista das mãos do padre e começou a folheá-la, febril. A resposta estava necessariamente naquelas páginas. Já ia desistir quando um anúncio chamou sua atenção. O "Delphin Club". Leu em voz alta:
"Complexo náutico... mergulho... cilindros, apnéia... windsurfe... aluguel de barcos, pesca em alto-mar... É exatamente o tipo de lugar onde se pode circular com toda a tranqüilidade. E aqui mesmo, em Sainte-Marie. É bom demais para ser verdade!"
"Talvez você tenha vindo cutucar a fera em sua toca..."

"Vou até lá. Espere aqui, caso chegue alguma novidade."

Dag saiu em disparada e foi a passos céleres para a oficina que fazia as vezes de locadora de automóveis, enquanto o padre Léger folheava a revista, balançando a cabeça.

O velho Peugeot 106 amarelo-limão foi sacolejando pelos atalhos escorregadios, mas Dag nem ligava. Acelerava na estrada deserta e quase não viu a placa indicando o Delphin Club. Fez a curva cantando pneu, desceu por um caminho sinuoso de terra que se transformara num lamaçal e margeado de pés de louro e que ia dar numa praia de areia branca. Estacionou numa poça de lama e observou o local.

Uma construção branca comprida, com dois anexos de telhado de zinco, pranchas arrumadas numa espécie de suporte de metal, dois veleiros balançando-se na chuva. O cartaz luminoso amarelo, azul e branco, apagado, tinha um mergulhador agarrado num golfinho risonho. Dag abriu a porta do carro, saiu sob a chuva forte e andou até o edifício principal. Seus sapatos cheios de areia molhada faziam um chiado desagradável. Chegou à entrada, pingando. Uma onda de música *techno* vinha de um salão iluminado com luz fluorescente, onde um adolescente arrumava o material de mergulho.

"O clube está aberto?", Dag gritou, tentando sobrepor sua voz à música.

O rapaz levou um susto, e largou um distensor.

"*Moin pa ka ten aïen*.* Quer mergulhar? Hoje?"

"Adoro ver os pingos debaixo d'água."

O rapaz o olhou um instante, e depois disse:

"Tem cada uma... Por mim, tudo bem, não estou nem aí! Precisa se inscrever. Meio-dia custa 225 francos."

(*) Não tinha escutado.

Ele foi até um grande balcão de madeira e pegou uma ficha de registro.

Dag cumpriu as poucas formalidades e o rapaz o levou aos vestiários, um salão retangular, com ladrilhos azuis, fileiras de armários ao longo das paredes. Ele lhe deu uma chave, cuja argola era enfeitada com um golfinho. Tinha o número 55.

"Pronto. As duchas ficam ao lado."

"Tudo bem, obrigado."

O rapaz foi embora, cantarolando. Dag tirou do bolso a chave que encontrara na bolsa de Anita Juarez. Idênticas. Uma com o número 55, a outra, 23. Sentiu uma tremedeira. A pista estava certa. Aproximou-se do 23 e enfiou a chave na fechadura. A portinha de metal abriu-se com um estalo e Dag prendeu a respiração. O armário estava vazio. Mergulhou a mão lá dentro, revistando a pequena prateleira, abaixou-se para examinar bem. Nada. Pelo visto, alguém já tinha feito a limpeza. Ia fechar quando mudou de opinião, passou a mão debaixo da tábua e prendeu um sorriso: havia algo grudado com fita adesiva. Tirou a fita e conseguiu pegar uma foto. Era a reprodução de um daguerreótipo mostrando um jovem escravo negro que se balançava numa forca. O documento devia ter sido publicado num jornal da época, e a legenda dizia: "Castigo justo para os escravos fugidos".

Debaixo da reprodução, uma frase em itálico:

O rei Dagobert achou que era esperto,
foi enforcado hoje de manhã cedinho.

Dag arregalou os olhos, com uma sensação de pedra na boca do estômago. Estavam gozando dele, era óbvio. Tinham previsto a sua visita. Faziam-no correr como um burro atrás de uma cenoura. Bateu a porta do armário com raiva e resolveu ir interrogar o rapaz. Com um pouco de grana, poderia saber quem recebera o 23. Fulo de raiva, pegou o corredor com passos rápidos. Uma porta bateu. Um cliente?

Pelo visto, não: a sala continuava vazia, a música techno ao fundo, e o rapaz debruçado sobre um monte de garrafas.

"Preciso de uma informação", disse Dag tirando uma nota de dinheiro do bolso.

O rapaz não se mexeu, e Dag se aproximou. Aquela música de maluco deixava todo mundo surdo.

"Ei, queria saber para quem foi alugado o armário 23."

Que droga, aquele garoto era um imbecil completo! Dag o agarrou pelo ombro, puxando-o para si. Sentiu as pernas ficarem moles. O facão fizera uma fenda enorme no rosto do rapaz e pedaços de miolos sujavam suas faces. Dag virou-se, com o coração disparado, e largou o cadáver quente. Correu até a porta pegando seu Cougar. Afinal, não ia levar um tiro como se fosse uma caça! Ficou à espreita, com o ouvido grudado no batente. Nada a não ser o barulho da chuva no teto de zinco e a ressaca. Não escutara nenhum carro, mas era fácil descer a estrada em ponto morto. Em compensação, para ir embora qualquer carro precisaria ligar o motor. Portanto, "ele" ainda estava ali. Dag entreabriu a porta. Nada. Deu um passo, depois outro, com o fôlego curto.

A praia estava vazia e escura, submersa na chuva torrencial. Os coqueiros se vergavam ao vento. E os pneus de seu carro estavam vazios.

Dag jogou-se no chão e foi se arrastando até o Peugeot 204, esperando a qualquer momento levar um tiro na cabeça. O filho da puta tinha furado os quatro pneus! Uns lindos cortes, da largura da mão. Rolou sobre si mesmo: nenhum rastro de roda na areia. "Ele" não tinha vindo de carro. E então? Dag levantou-se de repente e começou a correr para a praia: as marcas de pés-de-pato destacavam-se, nítidas e profundas, até desaparecerem na água cinza. Pois é: fora redondamente tapeado. Só lhe restava voltar a pé para casa... A não ser que... Deu meia-volta e voltou para o clube correndo, afundando na areia encharcada. Evitando olhar o corpo sem vida do rapaz, tirou depressa as roupas pesadas de areia úmida, ficou só com a cueca preta, enfiou um colete de mergulho cinza-chumbo, escolheu uma máscara e um equipamento que completou com uma faca larga de pesca e um arpão.

A chuva crepitava na água morna e Dag via os círculos concêntricos alargarem-se acima dele enquanto batia depressa os pés, propulsando-se em direção ao alto-mar. Aquele filho da puta talvez estivesse um pouco à frente dele.

Avistou uma grande massa escura e compreendeu que devia ser o casco de um veleiro. Rodeou-o e agarrou-se na corrente da âncora. Um veleiro. Por que não? De repente, um abalo sacudiu o casco e Dag sentiu a corrente se esticar entre suas mãos. Içava-se a âncora. "Ele" estava ali! Acima dele! Agarrou-se na corrente e armou seu arpão.

O pobre Dagobert era de dar pena. Será que acreditava mesmo que não o tinham visto correr até o mar, como um espião de comédia? Enquanto desenrolava as velas, o Iniciador apertou o botão que comandava a subida da âncora. A embarcação, toda equipada de aparelhos eletrônicos, podia ser dirigida da cabine sem a menor dificuldade. Em geral, ele preferia fazer pessoalmente as manobras, mas naquele momento precisava de toda a sua concentração. Chegara ao clube poucos minutos antes de Dagobert, tempo para pegar o envelope contendo o dinheiro deixado para Anita Juarez e de colocar ali dentro o recadinho engraçado, como lhe sugerira o Ordenador.

Enfiado no macacão de mergulho, o Iniciador foi até o convés, a bombordo, sem barulho. Mergulhou para baixo do casco, levantou à frente a arma submarina engatilhada, avançando como uma enguia. Sua presa estava de costas para ele, agarrada na corrente que ia subindo devagar, com o rosto voltado para a superfície. Dagobert poderia realmente ter se tornado um bom detetive. Mas, por enquanto, ia se transformar num excelente afogado. Sem a menor dúvida, ele seria acusado dos assassinatos do casal Go e do rapaz, e de Louisa quando ele terminasse de brincar com a moça. Era divertido saber que poderia enfim realizar seu velho sonho de ver uma mulher esfolada, e sem o medo de ser descoberto, já que Leroy assumiria a paternidade da carnificina. Vamos...

O Iniciador apontou sua arma e atirou.

A seta atravessou facilmente o ombro direito de Dag e foi se aninhar, bloqueada, nos elos da corrente, provocando um rápido tranco que lhe arrancou um berro mudo. Depois, a corrente continuou a subir. Trespassado de dor, Dag baixou os olhos e só distinguiu uma silhueta escura batendo depressa os pés-de-pato. Passou a arma para a mão esquerda e atirou às cegas, errando o alvo, que desapareceu numa nuvem de areia. Um puxão brusco fez Dag bater os dentes contra o aço. A corrente continuava a ser içada, e ele de repente subiu à tona, com o braço esquerdo inexoravelmente preso à corrente pela ponta dentada da seta entre os elos. A faca! Estava presa em seu tornozelo direito. Tentou pegá-la, provocando uma onda de dor insuportável, e ficou imóvel, ofegante.

O Iniciador subiu a bordo pela escada de escotilha e apertou o botão de descida. Dag sentiu a corrente se desenrolar de novo e as ondas se fecharem sobre sua cabeça. Esse cretino estava brincando de quê? Com a máscara esmagada contra os elos grossos da corrente, e evitando gestos intempestivos, ele não via quase nada. Quanto ar havia no cilindro? Suficiente para agüentar uma meia hora? Um solavanco, e novamente uma dor atroz, dando-lhe a impressão de que lhe arrancavam o braço. A âncora estava parada a meio caminho. Veio um ronco do casco e a hélice começou a girar, desagradavelmente perto. Depois, o barco virou e começou a singrar lentamente, enquanto Dag era arrastado na popa qual uma grande boneca de borracha. O filho da mãe ia deixá-lo se afogar, depois o soltaria e largaria seu corpo no fundo do mar. Afogamento acidental ocorrido depois de o inexperiente mergulhador ferir-se com a arma.

No escritório da Island Car Rental, Francisque deu uma olhada no registro e levou um susto: Leroy tinha alugado um carro. Virou-se para Mô, o outro empregado.
"Você alugou o velho Peugeot 106?"
"Aluguei, para um cara morrendo de pressa."
"Ele tinha autorização? Você não anotou o número?"
Para dirigir na ilha, era preciso comprar uma carteira de motorista local (sete dólares e meio). Mô encolheu seus ombros largos.
"Não chateie, cara. Ele tinha grana viva e estava apressado, tá legal? Não chega a ser uma tragédia, pois não jogou nenhuma bomba num palácio, tá legal?"
"Imbecil", resmungou Francisque.
Mô era conhecido por ter diante de seus detratores as mesmas reações de um tanque de combate chinês diante de um estudante.
Por que Leroy precisava de um carro? Será que queria percorrer a ilha? Sabia algo a respeito de Louisa? Francisque enxugou o rosto encharcado de suor. Só de se lembrar de Leroy ele sentia o estômago revirado.

Dag tentou mexer a mão direita: nenhuma sensação. Estava completamente anquilosado, e um largo rastro de sangue espalhava-se na água clara. Firmou-se com os pés: nem pensar em escorregar. Tinham desligado o motor, e o veleiro agora andava em boa velocidade, caracolando acima das ondas. Dag se forçou a respirar com calma e devagar. Inútil desperdiçar oxigênio.

Quando chegassem ao alto-mar, com toda a certeza haveria tubarões, atraídos inevitavelmente pelo sangue que o envolvia qual uma nuvem. Uma verdadeira publicidade para tubarões e barracudas. Ele estava perdido. Conduzira todo aquele caso como um débil mental e ia terminar sua vida da mesma forma. Que coisa mais besta, tão perto do fim!

O cabo da seta era concebido para resistir a uma tração de várias centenas de quilos. Inútil pensar em quebrá-lo. A única solução teria sido conseguir enfiá-lo ainda mais profundamente, até que saísse todo pelo outro lado, dando acesso ao fio de náilon. Depois, pegar o punhal e cortar o fio. Uma brincadeira de criança.

O veleiro singrava depressa, estava mais frio e mais profundo. Dag avistou os arrecifes de corais. Dali a poucos minutos estariam em pleno alto-mar. Inspirou profundamente. Todo seu corpo tremia e ele estava com frio, conseqüência do choque e da perda de sangue. Ia consumir o ar comprimido duas vezes mais depressa. Uma morte rápida. Melhor que o maxilar dos tubarões. Que nada, nem pensar em morrer!

Calçou os pés apoiando-os nos elos da corrente, pôs a mão esquerda no cabo da seta e inspirou profundamente. Lester tinha ido a Mauí, enfrentado Jaws, a onda mítica, a que fazia de você um herói. Quando Dag lhe perguntara o que sentira na hora de cavalgar no monstro, ele respondera: "Não pensei. Diante de Jaws, ninguém pensa. Vai-se em frente". Não pensar. Puxar. Quase desmaiou de dor e por instantes ficou tudo negro. Depois viu sua mão vermelha de sangue e o fio de náilon que aparecia em seu ombro. A muito custo, subiu a perna direita, até que o joelho tocasse em seu peito e, tateando com a mão esquerda, agarrou o punhal.

Dag concedeu-se uns segundos de descanso. Seu coração batia rápido demais e umas borboletas pretas dançavam diante de suas pálpebras pesadas. Não era hora de desmaiar. Crispou os dedos no cabo de borracha, encostou o fio da lâmina no náilon e deu um golpe seco. Nada. Recomeçar.

Esticá-lo bem. Seus dedos tremiam e ele custou a ajeitar a lâmina. O fio arrebentou de repente, provocando um novo esguicho de sangue. Dag se deixou deslizar para trás.

A corrente da âncora boiava quase na horizontal, e foi logo se afastando. Ele tocou na ferida aberta. Sentia-se fraco e estava com um sono terrível. Veio-lhe uma violenta vontade de afundar na areia, ali, no fundo do mar, aninhar-se todo enroscado num rochedo, e dormir. A areia parecia suave. As algas dançavam devagar, serenas. Um cardume de peixes amarelos passou por ele, acariciando seus flancos. Peixes. Tubarão. Perigo. Livrou-se do peso do cilindro de ar comprimido, deu um violento impulso nas pernas e começou a subir à tona.

O ar estava quente, sufocante se comparado com o relativo frescor submarino. Dag respirou com avidez. Não estava muito longe da praia. Viu o veleiro desaparecer atrás da ponta da baía, com todas as velas desfraldadas. Uma chalupa de oito metros, de bandeira holandesa. Embarcação de aluguel. Dag deitou-se de costas, enfiou o punhal no estojo do tornozelo e começou a bater os pés, ajudando com o braço esquerdo, e com o direito grudado no corpo. Pensou em quanto sangue teria perdido.

O Iniciador saiu da cabine de cenho franzido. De uns minutos para cá o barco andava mais depressa, como que mais leve... Debruçou-se no parapeito de popa e viu a corrente livre, pulando na espuma. Um rastro de sangue acabava de se diluir na água clara. Deu um soco violento na borda de madeira. Leroy conseguira se soltar! Nunca devia ter perdido seu tempo brincando com ele. Voltou depressa para o posto de pilotagem, pegou o rádio.

"Pronto?", lançou uma voz agressiva.

"Sou a pessoa que alugou o quatro por quatro."

O homem ao telefone logo amansou o tom.

"Ah, sei, sei. Tem algo errado?"

"Com o carro, não, mas com o nosso amigo Leroy. Ele teima em contrariar meus planos. Como lhe expliquei, remunero com extrema generosidade os que me são úteis. E tem mais uma coisa, sabe... uma coisa muito especial, que você adora..."

"O que é que eu devo fazer?"

"Só um servicinho. É o seguinte..."

Dag tinha a impressão de estar nadando havia horas, cada gesto custava-lhe muito, e seus olhos fechavam cada vez mais. O céu parecia listrado de branco e preto. Uma tempestade? Mas não se ouvia nenhum ruído. Nenhum som, a não ser o das ondas e do vento salgado. Suas pernas pesavam como chumbo. Para que continuar? Descansar um pouquinho, só um instante. Dormir.

Sentiu que estava caindo na inconsciência, aliviado, depois sua cabeça bateu violentamente em algo duro e pontudo, e a fisgada de dor o acordou. Acabara de bater num arrecife. Esticou o braço, agarrou-se na pedra quebradiça e, quando suas pernas voltaram à vertical, percebeu que ali dava pé. A praia ficava a dez metros.

Saiu da água tropeçando. Parara de chover, mas grandes nuvens negras ainda se acumulavam no horizonte. Seu carro estava lá, e os acordes da música continuavam a sair do clube de mergulho. Uma gaivota passou raspando por cima dele, depois se lançou rumo às ondas, grasnando. Dag se jogou na praia, o ombro bateu sem querer na areia, que ficou manchada de vermelho. Arrastou-se até o clube.

Moscas zumbiam em volta do cadáver do rapaz, rondando seu rosto sujo. O zunido das moscas. Melopéia e lamento se justapondo às pulsações histéricas do baixo no miniaparelho de som.

Dag tremia tanto que custou a pegar o telefone e discar o número da emergência. "Centro de Socorro, boa noite", disse uma voz com forte sotaque crioulo. Dag quis falar mas só soltou um vago resmungo: o telefone escorregou de suas mãos e ele desmaiou, deixando a voz esgoelar-se do outro lado da linha.

Com o dorso da mão, Dubois varreu furiosamente tudo o que estava em cima da mesa. Go e a esposa assassinados! A casa incendiada! O relógio de Leroy nos escombros... E agora, aquele telefonema a respeito do Delphin Club. O desgraçado do Leroy gozou da cara dele do início ao fim! E ele, Dubois, ia levar uma bronca colossal. Um assassino em liberdade em Sainte-Marie! Pegou a garrafa de rum guardada numa das gavetas de sua mesa e deu um gole pelo gargalo. Sem a menor dúvida Leroy era também o assassino daquelas mulheres, Lorraine Dumas e as outras. E, como vários assassinos, não conseguiu resistir ao prazer de duelar com a polícia. Go tinha razão: ele era ingênuo demais. Fez o sinal-da-cruz pensando em Go e na esposa, e em como Leroy os fizera sofrer. Como alguém podia agir assim? Verificou, nervoso, se sua arma estava bem carregada e saiu a passos rápidos.

Dag virou a cabeça e percebeu mocassins pretos bem engraxados numa poça de sangue. O que estava fazendo ali, deitado no chão? De repente, tudo lhe veio à memória e ele quis se levantar, mas o seguraram firmemente e uma voz lhe disse: "Calma, estamos lhe fazendo um curativo. Não fique se mexendo assim!". Uma agulha furou sua carne enquanto a maca entrava em seu campo de visão, depois ele sentiu ser levantado e transportado. Os mocassins pretos o acompanharam e Dag ergueu os olhos. Camille Dubois o olhava sem a menor ternura.
"Por pouco não o peguei!", Dag articulou a muito custo.
"Chega de fazer besteira, Leroy. Você matou Francis Go. E matou esse rapaz. Você é um doente perigoso."
"Go? Go morreu?", Dag balbuciou tentando se levantar.

"Você o matou e matou a mulher dele, porque ele sabia que você era culpado pelo assassinato de Anita Juarez. Porque ele sabia que você também era culpado pela morte de Lorraine Dumas. E estou convencido de que foi você que mandou seqüestrar Louisa Rodriguez. Você é um doido furioso."

Dag se agitou na maca enquanto um enfermeiro prendia a agulha do soro.

"Mas é mentira! E o jovem empregado do clube? Por que o teria matado?"

"Para dar cobertura à sua fuga. Mas ele teve tempo de espetá-lo com o arpão que estava limpando."

"Escute aqui, Dubois, você não pode acreditar nesse monte de mentiras!"

"Temos uma testemunha, Leroy. Alguém viu você matar o rapaz. Por que acha que estamos aqui?"

Uma testemunha? Impossível. Um golpe armado, ele estava sendo vítima de uma armação.

"A sua testemunha está mentindo. Exijo uma acareação."

"Veremos isso mais tarde."

Dubois fez um sinal ao motorista e as portas da ambulância se fecharam, mas Dag teve tempo de perceber uma silhueta ao fundo, uma silhueta com uma cabeleira com um monte de tranças. Francisque! Foi Francisque que alertou os policiais e que alegou tê-lo visto matar o rapaz. Francisque estava na jogada! A ambulância começava a andar, em primeira. Ele arrancou o soro com um gesto rápido.

"Ei, que história é essa?", gritou o enfermeiro debruçando-se sobre ele.

Recebeu os dois joelhos de Dag bem no meio da cara e foi jogado contra a carroceria de metal, grogue. Dag se debruçou e pegou uma embalagem de analgésicos que estava em seu bolso. Nesse momento, o motorista virou a cabeça e esmagou o pedal do freio, mas Dag já estava abrindo as duas portas e rolando pela terra arenosa. A viatura dos guardas acabara de sair, e ainda dava para vê-la atrás do morro.

"Não se mexa!", gritou o motorista da ambulância, pulando para o chão, "pare!"

Dag correu para cima dele e o sujeito saiu em disparada, indo se esconder do outro lado do veículo. Não era pago para lutar de mãos nuas com loucos homicidas. A viatura policial estava chegando, derrapando perto do acostamento. Dag mergulhou no matagal sem se preocupar com a dor lancinante em seu braço e despencou pela ladeira que ia dar no mar. Freadas, exclamações furiosas. A voz de Dubois: "Ele é perigoso. Não corram riscos inúteis!". Chiados de rádio. Certamente estava pedindo reforço. Dag foi escorregando pela escarpa, agarrando-se no mato com seu braço bom. Estalos, passos, interjeições. Dubois e seus homens começavam a perseguição. Ele se meteu numa cavidade do rochedo, arrastando-se pela areia úmida. O vento estava engrossando, as ondas batiam na pedra. Enroscou-se todo num buraco escuro, aspergido pelas gotinhas d'água, em meio ao fedor das carapaças dos caranguejos. A noite não ia demorar a cair. Eles seriam obrigados a suspender as buscas. Sobretudo com a tempestade que se anunciava. Dag tratou de ficar invisível, calado, inerte, mais mineral do que a rocha branca acima de sua cabeça.

16

O temporal durou bem umas duas horas e os últimos roncos dos trovões ainda ecoavam ao longe. Invisível dentro de seu colete emborrachado escuro, Dag andava devagar, à beira da vegetação, atento ao menor movimento na noite. Os efeitos do analgésico que tinham lhe injetado começavam a passar e, de pernas bambas, ele parou à sombra de uma imensa bananeira para tomar dois comprimidos. Era acusado de homicídio! E que homicídio! O de um policial! Os tiras deviam sonhar em liquidá-lo igual a um bicho.

Avistou a igreja, a cem metros dali. Havia luz no presbitério. Dubois devia ter interrogado o padre Léger e talvez deixado um guarda no local, como sentinela. Piscou os olhos à espreita de alguma silhueta emboscada na sombra. Mas tudo parecia calmo como numa noite de domingo qualquer. Graças a Deus, as forças policiais de Sainte-Marie não brilhavam pela competência de seus efetivos. Assustou-se com um movimento na vegetação, mas em seguida o grunhido característico de um porco o tranqüilizou. O bicho saiu da sombra, puxando a corda que o prendia a uma estaca, com seu focinho preto e peludo farejando aquela curiosa aparição. Dag coçou a cabeça do bicho, depois se abaixou, avançando aos pulinhos, como no Exército, o punhal bem agarrado, a lâmina para cima.

Uma viatura policial passou ao longe, com a luz da sirene acesa. Deviam estar percorrendo a ilha, inutilmente: a noite estava escura e havia muitos lugares onde se esconder.

Um estalo à sua direita. Um ruído de tecido. Uma presença humana. Dag ficou imóvel. Um homem acabara de mudar de posição. O eco tênue de uma respiração rápida. O homem estava assustado, de pé atrás dele. Dag deixou seus olhos vagarem na noite, evitando fixar qualquer coisa. Aos poucos o perfil de um tira fardado foi ficando visível contra o tronco da parreira onde ele estava encostado. Dag recuou, e de pés descalços andava no mato sem barulho. O porco grunhiu, simpático. Dag chegou perto dele, pegou-o pelo pescoço e, com um gesto decidido, cortou a corda que o prendia à estaca. O porco bufou, surpreso. Dag se colou no seu flanco, com os lábios encostados na orelha do bicho.

"Ande, avance, ande..."

Dócil, o porco saiu andando, farejando alegremente tudo o que aparecia pela frente. O tira debaixo da árvore virou-se de repente, com a mão na cintura, e depois, vendo o porco ao longe, deu de ombros e voltou a se encostar na árvore.

Dag empurrou o bicho por uns vinte metros, até começar a rolar pelo mato alto. O porco parou, seus olhinhos espantados encarando o homem. Deu-lhe uma focinhada zombeteira. Um porco gozador. Dag começou a rastejar, seguido pelo bicho que ia fuçando indolente, contornou o presbitério e chegou debaixo da janela da cozinha. O porco acelerou o ritmo para alcançá-lo.

"Ok, não se mexa!", Dag mandou, levantando-se e batendo devagarinho na vidraça.

A respiração do bicho abafava o pouco ruído que ele fazia.

A porta da cozinha estava aberta, deixando Dag entrever um canto da sala, e ele notou o padre Léger sentado com a cabeça entre as mãos. Bateu de novo na vidraça, ansioso. O padre Léger parecia profundamente absorvido em seus pensamentos sinistros, com a bola de papel de presente a seus pés.

Numa das mansões no alto do morro, de frente para o mar, um velho massageava as têmporas, cansado. Francis Go estava morto, o rádio acabara de anunciar. "Um inspetor de polícia de Sainte-Marie e sua mulher barbaramente assassinados. O suspeito número um, um ex-marine conhecido por sua violência, conseguiu fugir." Leroy seria liquidado. E depois seria sua vez. Nunca devia ter se metido em tudo isso, nunca devia ter aceitado o dinheiro sujo deles, nunca. Sem a menor dúvida, o Iniciador não deixaria testemunhas. Ele estava a caminho, encarnação viva da Morte, com sua máscara zombeteira. Estava a caminho desde o dia em que Dagobert Leroy chegara, vetor inocente de um mal terrível. Assim como os ratos tinham transportado a peste sem querer, Leroy transportara um demônio em seu ombro.

Com a mão trêmula, o velho serviu-se de um rum translúcido num copo grande, derramando parte da bebida em cima de sua elegante calça quadriculada, depois o bebeu devagar, sem sentir o gosto, com os olhos fixos no horizonte. Sabia que ia morrer. Sempre soube que isso ia acabar mal. Como pôde ter sido arrastado para aquele quarteto maléfico? Como pôde acreditar que o dinheiro era mais importante que tudo? Mais importante que aquelas mulheres entregues para ser devoradas por aqueles monstros? O Biombo. Ele fora o Biombo. Protegera as ações deles, abusando de suas funções. Recusava-se a saber mais do que o indispensável. Mas sabia. Pensou um instante que poderia denunciá-los, avisar a polícia. Mas nenhuma prisão, nenhum abrigo o poria fora do alcance da voracidade cruel do Iniciador.

Serviu-se de um segundo copo, que bebeu de um só gole, e depois de um terceiro, agarrando-se à ardência tão familiar como a uma bóia de salvação. A idéia de que o Iniciador viria e o pegaria devagarinho, tão devagarinho, remexendo seu corpo descarnado, enfiando sua agulha de aço comprida em sua intimidade, perfurando seu cólon, dilacerando suas entranhas... o copo lhe escapou das mãos e quebrou-se. Ele começou a chorar em silêncio, com as mãos nos joelhos, o rosto virado para o chão. De repente, apanhou um dos cacos de vidro cortante. Jamais suportaria o sofrimento, gritaria, suplicaria, se humilharia borrando as calças. Não. Não lhe daria esse prazer. Levantou o caco de vidro, beijou-o com seus lábios secos, depois, com um gesto decidido e seguro, passou-o pela garganta. O caco cortou fundo a carne, secionando a artéria. Jorrou um esguicho de sangue que regou as mãos do velho encurvado na poltrona. Virou a cabeça para trás, apertando o ferimento, e viu uma luz atravessar o céu estrelado. "Oh, um avião...", pensou instintivamente. Um segundo depois, deixara de viver.

Dag ia bater mais forte quando ouviu uma campainha na porta de entrada do presbitério. Ficou imóvel, com a mão na coluna vertebral do porco que mastigava uns fiapos de mato. Lá dentro, o padre se levantou e Dag descobriu suas feições exaustas.

Torcendo o pescoço, conseguiu ver que ele deixava alguém entrar. Um tira? O padre Léger deu um passo atrás e Dag se abaixou depressa, temendo ser visto. Esperou uns segundos, depois deu uma olhada furtiva.

O visitante era ninguém menos do que Francisque, com uma faca na mão. O padre Léger estava em perigo! Um barulho de motor ecoou de repente na noite, estrondo ensurdecedor de uma motoneta. Sem titubear, Dag se lançou pela vidraça.

Francisque levou um susto, deu meia-volta e foi para a cozinha. Quem é que... Leroy! Leroy coberto de estilhaços de vidro, vestindo uma cueca e um colete de mergulho, com o ombro coberto por um curativo imundo, e um punhal de caça submarina na mão. Agarrando o padre, Francisque encostou a faca em sua garganta.

"Se você se mexer eu o degolo."
"Largue-o, seu merda. Largue-o já."
"Sinto muito, Leroy, mas essa réplica está errada."

"Como é que você pode..."

"Tudo isso é por sua causa", o outro respondeu com ódio, "mas ela nunca vai ser sua, nunca!"

"Você prefere saber que ela está morta do que saber que está comigo, é isso? Você realmente não vale nada."

"Ela vai ser minha, ele me prometeu."

"Ele? Ele, quem?"

"Cale a boca!", ele berrou de repente. "Ou você cala a boca ou eu mato o velho."

Surgiu um pouco de sangue na garganta do padre Léger, que deglutiu sem dizer nada. Francisque enxugou com a mão livre as gotinhas de suor que brotavam na raiz de seu cabelo.

"Você vai me acompanhar sem criar caso, está entendendo, Leroy? Virá comigo, bem comportadinho."

"Está nervoso, hein? Você me dá pena."

"Cale o bico! Cale o bico, está me ouvindo?"

De repente, três batidas na porta deixaram os dois paralisados.

"Polícia!", disse uma voz surda. "Abram!"

Aflito, Francisque recuou na sombra da cozinha, puxando o padre Léger consigo. Dag leu em seus olhos que ele ia matar o padre e deixar os guardas descobrirem o cadáver em companhia do sanguinário Leroy. Ele viu a mão de Francisque se crispar sobre o cabo do facão e se preparava para pular em cima dele, quaisquer que fossem as conseqüências, quando Francisque levantou o braço acima da cabeça, largando a arma. Havia um homem atrás dele, um homem que, como Dag, devia ter passado pela janela quebrada. Segurava na mão direita um Jericho 941 F, cujo cano estava encostado na orelha direita de Francisque, enquanto a mão esquerda, pegando-o pelas tranças, encaminhava-o para a luz. Dag logo reconheceu o recém-chegado, que lhe sorria.

"*Señor* Leroy, não é? *Encantado*. Muito chique o seu traje", declarou Vasco Paquirri, com a cabeleira comprida batendo-lhe nos quadris. "Mas abra a porta para meus amigos que estão esperando lá fora!", acrescentou em inglês.

"E o guarda de plantão?", perguntou Dag na mesma língua.

"Ele vai ficar dormindo um bom tempo."

Dois homens de uns trinta anos e de tipo latino estavam na soleira da porta, de jeans e camisetas brancas imaculadas. Cabelos curtos, da mesma altura, com o mesmo porte de lutador, usavam longos estojos de couro a tiracolo. Mas com toda a certeza não tocavam flauta transversa. Entraram devagar e postaram-se um de cada lado do sofá, esperando ordens, sem parecer notar que Dag estava só de cueca e de colete de mergulho e que o chefe deles enfiava um revólver no ouvido de um cara.

"Dagobert, esse senhor é aquele que estou pensando?", perguntou em francês o padre, aproximando-se de Vasco.

"O que ele está dizendo?"

"Está me perguntando se você é mesmo Vasco Paquirri."

"Eu mesmo, *padre*, para servi-lo."

O padre Léger deu um suspiro.

"Como chegou aqui?", Dag perguntou a Vasco.

"Soltei meus cachorros em cima de Voort. Meus informantes foram categóricos: Voort está no seu encalço. Portanto, é praticamente certo que ficar perto de você significa que mais hora menos hora ele vai aparecer. Ele ou um de seus emissários", Vasco concluiu, jovial, puxando vigorosamente a cabeleira de Francisque. "Esse pequeno *tonto* trabalha para ele?"

"Afirmativo."

Vasco sorriu com uma expressão voraz, depois parou de repente ao ver o macabro embrulhinho aberto em cima da mesa.

"O que é isso?"

"O dedo mindinho de Louisa. Voort me mandou de presente."

"Ora, ora. Que falta de educação! Diaz, Luiz, podem segurar este saco de merda, por favor?", Vasco pediu, bem-educado, batendo de leve com a arma na cabeça de Francisque.

Diaz e Luiz aproximaram-se, gingando os ombros, num jeito *blasé*.

"*Boca arriba!*",* disse Vasco apontando a mesa da cozinha.

Diaz e Luiz levantaram Francisque como uma trouxa de roupa e o deitaram em cima do tampo de fórmica amarela sem parecer notar seus gestos desordenados e seus protestos.

"Larguem-me, seus veados!"

"O que é que você vai fazer?", perguntou o padre Léger com ar severo.

"Seus putos! Cretinos! Larguem-me, não sei de nada!"

"Por favor, *padre*, saia daqui", Vasco respondeu.

"De jeito nenhum!"

Vasco pegou o padre Léger pelo braço e, apesar de sua resistência, arrastou-o sem esforço até o quarto e trancou a porta. O padre começou a bater na porta. Dag não se mexera, horrorizado. Aqueles sujeitos não eram amadores. Alguma coisa terrível ia acontecer. Sem se preocupar com ele, Vasco se debruçou sobre Francisque, com sua cabeleira comprida varrendo o rosto encharcado de suor do homem apavorado.

"Eu não sei de nada, me deixe ir embora!"

"Você esqueceu de dizer 'veado'. 'Veado, me deixe ir embora!' Repita."

"Nãããoǃ Não sei de nada, estou dizendo, não tenho nada a ver com isso."

"Onde está Voort?"

"Não sei!", Francisque balbuciou.

Vasco deu um suspiro, deixando seu olhar vagar ao redor. Depois se inclinou para o velho guarda-comida, enquanto falava sozinho em espanhol.

(*) De barriga para cima!

"Isso aqui não é uma caixa de ferramentas? Claro que é! E o que é que existe dentro dessa caixa de ferramentas? Um martelo... um alicate... pregos... luvas de jardineiro... uma tesoura de podar... Ah, uma tesoura de podar!"

Voltou para a mesa cantarolando "olho por olho, dedo por dedo", agarrou de passagem uma almofada do sofá e a jogou para Diaz ou Luiz. Dag estava encharcado de suor.

"Onde está Voort?", perguntou de novo batendo a tesoura de podar com displicência.

"Sei lá!", berrou Francisque, debatendo-se furiosamente. "Juro!"

Dag baixou os olhos. Vasco ia em frente, ele sabia. Vasco era sádico, como a maioria de seus pares. Ia em frente e ia se divertir. Ele se crispou, preparou-se para ouvir berros. Não podia tolerar isso. Mas Voort estava com Louisa. Voort talvez a estivesse matando, devagarinho. Dag fez sua escolha: azar o de Francisque. A voz calma de Vasco continuava em espanhol:

"Segundo meu manual de jardinagem, em julho temos que podar. Ou seja, cortar os galhos ruins. Vamos começar por aí..."

O berro ecoou, mais abominável ainda do que Dag imaginara, logo sufocado pela almofada. Com a cabeça curvada sobre o peito, incapaz de abrir os olhos, ele sentiu a sala se encher do cheiro ácido de urina.

"E um...", cantarolou Vasco. "Onde está Voort?"

"*Si ou plé... si ou plé...*"*

Francisque soluçava. Dag imaginou o dedo, no chão, com suas terminações nervosas e os pedaços de pele. Era o que eles tinham feito com Louisa. Sentiu uma tonteira, agarrou-se ao encosto do sofá. Meu Deus, perdoai-me. Fazei com que tudo isso termine!

"Depois que eu tiver cortado os seus dez dedos, vou cortar os colhões, *mi cariño*", Vasco explicou.

(*) Por favor... por favor...

Novo berro, terrível, abafado como o primeiro. Relinchos desordenados sacudindo a mesa, pés batendo no piso de cerâmica. A voz fria de Diaz ou Luiz:

"Ele cortou a língua, esse cretino."

As pernas de Dag bambearam e ele teve que fazer um esforço sobre-humano para não começar a uivar também. Teve a visão fugaz de Helen, a perfeita, olhando-o assistir a uma cena de tortura sem intervir. Sim, era covarde, sim, estava disposto a deixar que Francisque morresse para salvar Louisa. Entreabriu os olhos. O corpo trôpego de Francisque estremecendo em cima da mesa, a almofada cheia de respingos vermelhos e de muco, o sangue pingando da mão mutilada, correndo para o chão onde se espalhava em poças brilhantes ao pés de Vasco. Dag notou estupidamente que este usava mocassins azul-marinho e brancos costurados à mão.

"Voort?", repetiu Vasco com sua voz paciente e suave.

"O p...oço... o poço..."

"Poço? Que poço?"

Francisque estava se sufocando, a boca cheia de baba e sangue, a língua estraçalhada caindo pelos lábios, os olhos revirando nas órbitas. Aquilo era real? Ele estava realmente assistindo a uma sessão de tortura sem intervir? Dag baixou os olhos e entreviu a mão, os cotós sanguinolentos e, no chão, os dois dedos, o indicador e o médio, com suas unhas amarelas. Começou a tremer tão violentamente como se estivesse segurando uma britadeira.

Vasco colocara delicadamente o anular entre as duas lâminas da tesoura de podar.

"Que poço?"

"A estrada... de Grand Gouffre... na velha casa... o poço abandonado... por favor, por favor..."

Francisque começou a gemer e um cheiro de excrementos foi se somar ao de urina.

"Eu sei onde é", Dag interveio, com uma voz hesitante. "A casa De Luynes. Uma velha fazenda de café abandonada. *Let's go!*"

"Vamos pegar o meu jipe", Vasco propôs, amável.

Ele se levantou, jogou os cabelos para trás e, com um gesto displicente, fincou a tesoura de podar na garganta de Francisque, cujo corpo corcoveou num derradeiro sobressalto diante do olhar horrorizado de Dag, enquanto um gêiser de sangue vermelho vivo jorrava de sua jugular secionada.

"Mas... mas por quê?", Dag protestou.

"*Calm down!* Minha mão escorregou. *Vamonos.*"

Diaz e Luiz largaram Francisque, agora inerte. Vasco já estava abrindo a porta do quarto e puxando sem maiores atenções o padre Léger, empurrando-o para fora da casa, enquanto Luiz e Diaz o impediam de ver o corpo na cozinha.

"Como vai explicar esse crime?", Dag perguntou subindo na traseira do jipe, com o estômago revirado.

"Vamos jogar a culpa em Voort. Não esquente a cabeça, sogrinho, tenho total controle da situação."

Sogrinho! Aquele tarado o chamava de sogrinho! Charlotte devia estar pirada para viver com ele. Sua única filha era pirada.

"Que crime?", grunhiu o padre Léger. "Você matou o pobre Francisque, não foi? Você o matou!"

"Com todo o respeito, *padre*, vou lhe pedir que cale o bico", Vasco respondeu, sem sequer virar a cabeça.

O padre Léger apertou os lábios e cruzou os braços, calado. Dag se aboletou no assento, atônito. Seu braço ferido doía violentamente, e os sacolejos só faziam piorar.

Deve ter perdido a consciência por um instante, pois de repente sentiu que batiam em seu ombro e cochichavam em seu ouvido:

"Dagobert! Acorde! Chegamos."

"Como foi que vocês encontraram?"

"Todo mundo conhece a casa De Luynes", o padre Léger respondeu, ajudando-o a descer.

Vasco parara o jipe em um caminho todo esburacado, protegido por um pequeno bosque. Dag balançou a cabeça.

"Devem ter nos escutado chegar..."

"Desliguei o motor no alto da colina. Além do mais, estamos de cara para o vento."

A cem metros dali, Dag distinguiu as ruínas do que tinha sido uma fazenda imponente. Nem uma só luz. Nem um só barulho.

"O poço fica a nordeste da fazenda... a cinqüenta passos da entrada principal", Dag explicou, lembrando-se das horas que passou brincando na propriedade em ruínas. "E é fechado por uma tábua chumbada na borda."

"Tudo bem. Tome, pegue isso."

Vasco entregou-lhe uma pistola-metralhadora de cano curto, parecida com a que ele usava a tiracolo, assim como seus acólitos.

"Vamos", continuou, com o olho brilhando. "Diaz, Luiz, um de cada lado."

Começaram a correr em silêncio na noite estrelada, curvados, com o padre trotando atrás. Dag tinha a impressão de participar de manobras militares surreais. Vasco levantou a mão e pararam a alguns metros do poço, cujo perfil se recortava no horizonte, cena de extremo romantismo. Diaz ou Luiz apontou o dedo para o que devia ter sido uma granja, e Dag, uns segundos depois, avistou o quatro por quatro preto disfarçado atrás de uns galhos. Eles estavam mesmo ali!

Sempre no maior silêncio, foram se aproximando da beirada da pedra branca, coberta por uma pesada tampa circular de madeira. Vasco percorreu os dedos sobre a barra de metal que a prendia e bateu na dobradiça. Dag se abaixou: ela fora cortada na base. Vasco sorriu, súbito raio de dentes brancos. Os dois guarda-costas apontaram as armas para o poço, com a costumeira expressão de indiferença. Vasco retesou seus músculos impressionantes e levantou a prancha uns dez centímetros. Diaz ou Luiz inseriu o cano da arma na fenda, com o dedo no gatilho, Vasco acabou de levantar o tampo que caiu com estrondo na beirada de pedra, enquanto Luiz ou Diaz acendia uma poderosa lanterna, daquelas que ofuscam, e a apontava para o fundo. Uma verdadeira operação de comando, Dag pensou.

"Ninguém se mexa!", Vasco disse em inglês, "ou vou explodir uma granada aí dentro!"

Nenhuma resposta. Dag inclinou-se devagar. A lanterna iluminava um colchão sórdido e sujo de sangue no qual Louisa repousava, de olhos fechados. Agarrou as barras enferrujadas da escada e desceu correndo, arriscando-se a quebrar o pescoço.

Ela respirava. A pele amarela, os lábios arroxeados, a mão ferida encostada no flanco, enrolada num pedaço do vestido rasgado. Ela respirava! Dag a apertou contra o peito, com lágrimas nos olhos.

"E aí?", perguntou Vasco, e sua voz ecoou nas pedras úmidas.

"Não tem ninguém. Vou subir com ela", Dag respondeu, levantando Louisa ainda inconsciente.

Como era leve! Emagrecera terrivelmente. Carregou-a nos ombros, foi subindo a muito custo pelas paredes musguentas e saiu ao ar livre.

Para dar de cara com Frankie Voort.

17

"Oi, paspalho!", disse-lhe Frankie Voort em francês, muito à vontade.

Dag piscou os olhos. Não era um pesadelo. Podia sentir o bafo azedo de Voort. Baixou o olhar: Vasco, Diaz e Luiz jaziam na grama, imóveis. Primeiro, Dag pensou que os três tinham levado umas pauladas enquanto ele subia pelo poço, mas depois viu os olhos arregalados e os filetes escuros que escorriam pelas roupas. Virou-se para Voort, que balançava displicente seu P7 M13, equipado com um silenciador último tipo. Mas Voort não podia ter matado três homens sozinho. Sem contar o padre, que desaparecera. Portanto, ele não estava só.

"Onde está o padre Léger?"

"Não é da sua conta, cara", devolveu-lhe Voort em inglês. "É melhor ver o que você fez! Um verdadeiro massacre! Você vai ser um dos maiores *serial killers* da história do Caribe, meu chapa! Liquidou até o namorado da sua filha! Seu genro, Leroy, seu genro! Você realmente é um canalha!"

A longa cabeleira de Vasco balançava ao vento, seus dentes brancos, visíveis com o ricto da morte, brilhavam ao luar, e sua mão mantinha-se crispada em cima da pistola-metralhadora que fora inútil. Dag via sua garganta estraçalhada, aberta, onde as formigas já zanzavam. Ficou cara a cara com Frankie Voort.

"E por que eu teria feito tudo isso? Que troço sem pé nem cabeça!"

"Claro que não, seu idiota! Escute só: há vinte anos, você apagou um monte de mulher. Depois tomou juízo. Mas o veado do Go descobre o seu passado: você liquida com ele, junto com a patroa, para não pegar mal. Liquida também com o garoto do Delphin Club que conhecia as suas relações com Anita Juarez, a sua cúmplice. Cúmplice que fez você voltar às Antilhas para lhe passar bala. Está seguindo o meu roteiro? Você seqüestra Louisa para torturá-la à vontade. Depois volta para a casa do padreco e lá acaba com a vida de Francisque, que passava ali por acaso, e seqüestra o padre. Volta aqui, mata Vasco e os cupinchas dele, que estavam atrás de você, mata Louisa e o padre, e se suicida. Todos ficam felizes. E eu embolso cem mil dólares."

"Você vai embolsar é um paletó de pinho!", Dag respondeu, apertando Louisa contra si. "Você acha mesmo que o cara que montou toda essa confusão vai deixá-lo vivo? Meu pobre Frankie, você é mesmo uma gracinha."

"Não enche o saco, ô escurinho! Ainda não contei como é que você vai se suicidar. Pois é, vai se molhar de gasolina e riscar um palito de fósforo. E vai levar sua cara-metade para a morte. Bonito, hein?", gargalhou pegando o garrafão que estava a seus pés.

Voort sacudiu-o e Dag ouviu o barulho da gasolina. Voort apertou os lábios úmidos.

"Parece que vocês, pretos, têm sempre fogo no rabo... Vamos checar!"

Levantou o garrafão e, com a mão livre, começou a desenroscar cuidadosamente a tampa, sem que o cano da arma que segurava se desviasse nem um centímetro. Quando tirou a tampa, recolocou o garrafão aos pés de Dag e pegou um isqueiro no bolso. Dag tentava refletir. Aquele filho da puta ia queimá-los vivos. Com uns movimentos exagerados, Voort girou o polegar no isqueiro. Formou-se uma chama clara. Dag dispunha de, no máximo, um segundo. O sorriso imbecil de Voort, seus dentes amarelados...

Dag retesou os músculos e jogou Louisa com toda a força para cima de Voort. Lançada como uma boneca de trapo, ela lhe deu uma pancada violenta no peito. Ele titubeou, o isqueiro apagou, o cano de sua arma virou-se para Dag, que não estava mais ali. Rolando sobre si mesmo, ele deu uma rasteira em Voort, agarrando-o pelos tornozelos, e o homem caiu, com o dedo apertando o gatilho por reflexo, mas sem que se ouvisse o menor ruído. Uma bala passou raspando pela orelha de Dag, a segunda se alojou no abdômen de Vasco, fazendo-o pular como se estivesse com soluço.

De rabo de olho Dag viu Louisa acocorada no chão, com a cabeça entre as mãos. Voort de quatro. O isqueiro que ele largara. O garrafão virado. Voort respingado de gasolina. Dag pulou. Bloqueando a mão direita do holandês, tascou-lhe uma joelhada na garganta, depois várias outras em seu plexo solar. Escarlate, Voort soltou uns borborigmos, tentando retomar fôlego. Ainda de quatro, balbuciava "*I'm gagging*",* com a boca cheia de baba.

Tomado por um furor incontrolável, Dag deu um chute na pistola-metralhadora, levantou o bandido, arrastou-o até a beirada do poço e o jogou lá embaixo. Uma pancada surda de corpo esmagado. Ignorando seu braço ferido que recomeçara a sangrar, Dag apanhou o garrafão. Agora, o isqueiro. Girar o rodinha. Vigiar a chama. Deixar o isqueiro cair no garrafão e largar tudo na mesma hora. Dag recuou depressa enquanto um barulho seco enchia a noite e o poço cuspia um jato de chamas. Louisa estava sentada e contemplava a cena, atônita. Levantá-la, rápido, puxá-la para longe do poço e das fagulhas, pegar ao mesmo tempo as armas que havia aqui e acolá. Suas pernas estavam bambas e os dois desabaram, um em cima do outro, no meio do cheiro repugnante de gasolina e carne queimada. Louisa agarrou-se no pescoço de Dag, que sentiu suas lágrimas quentes contra a pele, misturando-se ao seu suor.

"Ah, Dag, Dag! Senti tanto medo!"

(*) Estou sufocando.

"Acabou-se, ele está morto. Agora se acabou", Dag repetiu acariciando seu cabelo e pensando onde estariam os outros e de onde surgiria o perigo.

Armado, ele podia agüentar por algum tempo. Uma fagulha caiu no mato, que se inflamou como estopa. As chamas iluminaram a noite. O fogo ia se alastrar. Alguém talvez chamasse os bombeiros. Ele recuou mais ainda, arrastando Louisa exausta até as ruínas da fazenda, tirou o vestido dela, que fedia a querosene, e jogou-o longe. Lá embaixo, o estrondo das ondas o fez lembrar que podiam entrar no mar se o incêndio fosse uma ameaça. Se sua memória era boa, estavam a cem metros de Folle Anse. Um canto famoso por suas ondas, onde antigamente ele pegava tubo, quando o mundo era normal.

Viu as chamas cercarem os corpos de Luiz, Diaz e Vasco como um bando de hienas famintas, lambê-los, sacudi-los como se fossem marionetes, seus membros se mexerem aos solavancos, enegrecendo, estalando, fumegando, crepitando com um barulho de castanhas que estouram no forno. Vasco... Quando Charlotte soubesse... E pensar que ele se metera nesta fria para encontrar o pai de Charlotte! Que ironia! Virou-se para Louisa.

"Está sentindo dor?"

"Um pouco. Menos do que há pouco. Você disse que ele morreu? Quem?"

"Frankie Voort morreu, o baixinho de bigode."

"Ah, ele. Não é o pior. Eram dois. Foi o outro que me... que..."

Ela sacudiu a mão sem poder terminar a frase, as palavras ficavam bloqueadas em sua garganta.

"Acalme-se, sossegue. O outro, o segundo homem, você o viu?"

"Não pude ver as feições porque ele usava um barrete branco, uma máscara de cirurgião e luvas, mas era branco."

"Um branco?"

A visão de Jones eructando seu ódio do mundo cruzou o espírito de Dag. Mas claro que não, o velho médico não tinha de jeito nenhum a competência necessária para ter bolado tudo isso. Então, quem?

Enquanto contemplava o incêndio violento, Dag tentou reunir os elementos de que dispunha. O homem que ele procurava devia ter mais ou menos a sua idade. Era branco. Sabia navegar. Estava a par do menor deslocamento seu, quis acabar com a vida dele no exato momento em que começara a investigação... e julgou necessário matar o inspetor Go. Dag fixou-se nesta idéia: Go conhecia a identidade do assassino das mulheres. E, se jamais interveio para neutralizar o criminoso, é porque era amigo dele. Go talvez tivesse uma dívida com ele. Uma dívida com um homem branco que o teria ajudado a sair do Haiti e entrar para a polícia de Sainte-Marie...

Dag se arrepiou apesar do calor do incêndio que se aproximava. O cheiro de porco queimado ficou mais forte, mas ele nem notou, horrorizado com as implicações de seu raciocínio. Percebeu que Louisa estava falando com ele:

"Dag, o incêndio vai vir até aqui, o vento virou, a gente tem que fugir."

Dag avaliou os riscos. Com toda a certeza havia um ou vários caras emboscados por ali, prontos para caçá-los, caso se mexessem. Mas crivá-los de balas tornava pouco plausível a tese do suicídio. Talvez valesse a pena se arriscar. Ele ainda estava com o colete de mergulho, poderiam tentar fugir pelo mar. Tendo em vista o tamanho dos tubos que se formavam na Folle Anse, quem os estivesse perseguindo pensaria duas vezes antes de se jogar na água, e nenhuma embarcação conseguiria enfrentar a arrebentação. Ele deu um delicado beijo na boca de Louisa.

"Tem razão, vamos nos arrancar daqui. Pegue isso."

Entregou-lhe a Uzi que tomara de Vasco. Ela reclamou:

"Mas não sei usar esse troço!"

"Você calça a arma no quadril, aponta reto para a frente e aperta o gatilho, sem largar. É muito mais simples do que dar aulas para as turbulentas turmas do primário."

Louisa deu um sorrisinho.

"Fico pensando se você é mesmo o tipo de sujeito que dá sorte. Toda vez que estou perto de você tentam me matar."

"É a monotonia que mata os casais. Bem, vamos!"

Ele se levantou, o incêndio estava bem perto, umas bolinhas carbonizadas escaldantes voavam em torno da cabeça deles, o calor estava ficando insuportável. Cercados por uma fumaça espessa, correram até os fundos da fazenda, de armas na mão. O incêndio, no rastro deles, já lambia as paredes com vontade. Bastava cruzar o canavial para chegar à praia. Ele pegou Louisa pelo pulso, evitando tocar em sua mão mutilada.

"Vou contar até três e a gente começa a correr, em ziguezague, até o mar."

"Você deveria ser monitor de colônia de férias, tem sempre tantas idéias!"

"Um, dois..."

Lançaram-se pelo matagal alto, tropeçando a toda hora, o coração disparado. Depois apareceu a praia, imensa, mexida regularmente pelas ondas enormes que quebravam na areia, cristas de espuma fosforescente da altura de dois andares.

Louisa estava ofegante, e sem o amparo de Dag teria desabado. A falta de alimentação e de água, somada à perda de sangue, deixara-a esgotada. Sentia-se tão cansada... Deitar-se na areia, dormir. Dormir, um tempão... Praticamente carregando-a, Dag continuava a andar. À direita, as cabanas formavam uma massa compacta. Praia Grand Morne. Fechada àquela hora, é claro. Mas o galpão antigamente guardava um monte de pranchas.

Dag encostou Louisa numa mureta que conservara o calor do sol. A moça fechou os olhos, com a respiração ofegante. Ele enfiou em sua boca um dos comprimidos que lhe restavam, e que ela engoliu com dificuldade.

Um simples cadeado impedia o acesso ao galpão: eram raros os roubos na ilha. Dag o atacou a coronhadas e logo o arrebentou. As pranchas estavam lá, como em sua lembrança, porém mais numerosas e modernas. Escolheu uma *short-board* verde-esmeralda e saiu.

"O que é isso? Um escudo *new wave?*", Louisa balbuciou, saindo de seu torpor.

"Isso vai servir para cruzarmos a barra. Lá longe ninguém poderá nos atingir. Bastará esperar pela manhã."

Ela franziu as sobrancelhas finas.

"Ajoelhados numa prancha de surfe? Você e eu, feridos, perdendo sangue?"

"Oficialmente, não há tubarões por aqui. Nunca divulgaram nenhum acidente."

"Obrigada, senhor secretário de Turismo. Por que não esperamos amanhecer? Parece que está tudo calmo. Talvez o outro cara tenha fugido", Louisa sugeriu, agora totalmente desperta.

"Não creio. Deve estar escondido em algum lugar e nos espiando."

"Mas, por quê?"

"Sem a menor dúvida o padre Léger está com ele. Portanto, material para negociar."

"Negociar o quê?"

"Minha morte. E a sua também. Se ficarmos aqui, ele aparecerá. E seremos obrigados a aceitar as condições dele."

Como a confirmar suas palavras, uma luz piscou na beira do canavial. Louisa apontou para o pistola-metralhadora, depois para o clarão que ia avançando pela praia.

"É o alvo ideal. Por que esperar que venha até aqui? Esse cara me serrou um dedo! Se você não atirar, eu mesma vou matá-lo."

Tinha razão. O halo luminoso era um alvo perfeito. Mas matá-lo, assim, sem sequer ver seu rosto... Com um muxoxo de desprezo, Louisa levantou sua arma e a apontou na direção da luz. No mesmo momento, ecoou uma voz fraca, tentando abafar o estrondo da ressaca:

"Dagobert! Sou eu, o padre Léger, não atire!"
Dag pôs um dedo nos lábios ressecados da moça.
"Ele está atrás de mim e sou seu alvo, sinto muito!", continuou o padre, avançando.
Depois o feixe de um holofote portátil de halógeno começou a varrer a areia. Eles se abaixaram atrás da mureta, deixando a luz passar por cima de suas cabeças. Dag fez sinal a Louisa para segui-lo e começaram a rastejar, puxando a prancha junto com eles. O holofote iluminava regularmente a praia, descrevendo um semicírculo. Dez segundos entre cada varredura da área onde estavam.

Aos pulinhos, chegaram à praia quente e cheia de musgos. Louisa teve de se controlar para não gritar quando a água salgada bateu na sua ferida em carne viva, despertando a dor atroz. Dag tirou o colete de mergulho e o enfiou na moça, puxando bem as correias. Já não sentia dor, nem cansaço. Passara ao estado em que o organismo está unicamente concentrado no objetivo, decompondo o futuro numa série de ações curtas a serem realizadas sucessivamente. Cruzar a barra. Procurar a melhor onda. Aproveitar um tubo para deslizar invisível ao longo da praia, na própria crista da onda, e ficar atrás do holofote. Poder visar o assassino. Mandá-lo se virar e descobrir seu rosto repugnante. Ter a prova. E depois matá-lo, como se mata um cão raivoso.

Pôs Louisa na prancha e deitou-se sobre ela, com a pistola-metralhadora a tiracolo, e, dentro de um dos bolsos impermeáveis do colete, o carregador protegido da água.

"Vamos remar até o alto-mar. Quando a onda vier para cima de nós, vou mergulhar com a prancha. Passaremos por baixo. Isso se chama fazer um pato. Quando eu bater no seu ombro, você prende a respiração."

"Um pato... *Mi plisi!** Sinto que vou adorar. Melhor ainda que o ciclone."

(*) Que delícia!

Dag começou a dar braçadas vigorosas, ignorando a sensação de que seu braço parecia estar sendo arrancado. Louisa o ajudava como podia. Observava a noite, mas não via nada, a não ser o marulho das ondas. E aquele barulho monstruoso, bem diante deles. De repente, fechou-se o céu. Sua impressão foi de que havia apenas uma massa preta coroada de branco, da altura de uma falésia. Dag bateu em seu ombro e ela sentiu a prancha mergulhar, o nariz para frente, e as pernas de Dag decolando a fim de acentuar o movimento de mergulho. Estavam debaixo d'água, na noite absoluta. Ela teve a impressão fugaz de ver uma massa enorme se mexendo em cima deles, imaginou se conseguiria prender a respiração mais um segundo, e depois Dag deu uma pancada seca na traseira da prancha, que começava a subir. Saíram atrás da onda, retomando fôlego. Dag contara os intervalos entre as séries de ondas, e ainda dispunham de uns segundos. Grudou os lábios na orelha de Louisa para que ela o ouvisse:

"Lembra-se, no engenho? Quando eu lhe disse que podia confiar em mim?"

"Perfeitamente! Foi o início de uma série de catástrofes", Louisa retrucou, com a impressão de vagar por um longo pesadelo, curiosamente indiferente a tudo o que poderia acontecer...

"Lá, nós nos amarramos. Vamos fazer igual."

"É mania sua?"

"Louisa... pare... Você não é obrigada a se fazer de durona."

"Se eu parar, vou começar a soluçar. Ande logo, para acabarmos de uma vez!"

Dag acariciou seu rosto, mas ela virou a cabeça. Ele afrouxou as correias abdominais do colete para poder se enfiar dentro dele, pondo suas costas sobre o ventre escaldante de Louisa, e depois apertou-os firmemente. Verificou se o *leash* que o ligava à prancha estava bem amarrado em seu tornozelo. Era hora de ir. Levantaram-se, Louisa atrás dele, seu braço bom em volta da cintura de Dag. Jato de adrenalina nas tripas, tensão máxima dos músculos. O ronco devorador. O lábio branco da boca que ia engoli-los. Dag afastou a ansiedade, expirando: como ele, a onda era composta de água e sal. Ambos participavam do mesmo universo, nascidos da mesma fonte de vida, eram apenas duas formas diferentes do mesmo impulso.

Sentiu a onda avolumar-se sob seus pés, levantá-lo como um fiapinho de palha, levá-lo para o céu. Respirar fundo, lançar-se. *Bottom turn frontside*, colocar-se sob o lábio gigantesco, frear com o pé de trás, encaixar-se na face da onda, inclinar-se para a frente para pegar velocidade, segurando a beira da prancha com a mão, e rezar para não acabar engolido sob várias toneladas de água furiosa.

Louisa achou que seu coração ia sair pela boca quando mergulharam brutalmente para a frente, depois pensou que estavam num túnel. Um túnel opaco e líquido, que os aspirava inexoravelmente. O estrondo da onda quebrando na areia, a escuma fervilhando... Ela encolheu a cabeça entre os ombros, enfiou as unhas no peito de Dag e mordeu os lábios para não berrar. Berrar, berrar, durante aqueles segundos intermináveis andando dentro do próprio monstro espumante. De repente, perderam velocidade e ela sentiu os músculos tensos de Dag se afrouxarem. Abriu os olhos. A prancha deslizava indolente em águas calmas, uns trinta metros atrás do ponto luminoso que continuava a varrer a praia. Ouviu o apito distante de uma sirene de bombeiro. Bombeiros. Incêndio. Pessoas. A cidadezinha. Uma vida normal. Sua mãe. Sua mãe que devia estar arrancando os cabelos, alucinada e aflita.

Dag deitou-se e ela teve que acompanhar seu movimento. Ele foi remando devagar com os braços até uma das bóias que delimitavam o canal reservado aos banhistas, livrou-se do colete, pegou o carregador seco no bolso impermeável, soltou o tornozelo e prendeu a prancha na bóia.

"Espere aqui. Não se mexa em nenhuma hipótese. Os tiras virão pegá-la."

"Depois que você morrer, é isso?"

"Eu, morrer? Nem pensar! Já reparou que nem fizemos amor? E você acha que vou deixar alguém me matar antes de provar os seus encantos?"

Ela passou a mão boa em torno da nuca de Dag e o beijou violentamente, suas bocas úmidas e salgadas se chocaram.

Dag soltou-se e pulou na água rasa. Chegou à margem, recarregou a arma. Eles estavam ali, de costas para Dag. Dois homens. Um alto e um baixo. O baixo era o padre Léger, segurando o holofote. O alto... Ele apontou o cano para suas costas largas e murmurou:

"*Hello*, Lester."

O homem ficou imóvel, com a mão coberta de pêlos ruivos apertando a coronha da Beretta 92 FS que ele usava presa à perna. Na frente dele, o padre Léger, que levara um susto.

O homem virou a cabeça de lado e Dag pôde ver que ele sorria.

"*Hello*, Dag. Feliz em vê-lo chegar a bom porto."

"Fico muito comovido com o seu interesse. Espero que Go, Paquirri e os outros também o apreciem."

"Peões inúteis. Nenhum valor humano. Não vamos chorar o destino deles."

"E Louisa? E as outras mulheres? E Lorraine Dumas? Peões? Em que tabuleiro de xadrez, Lester? Explique-se!"

"Você não entenderia. Você faz parte dos fanáticos do maniqueísmo: o bem, o mal... A moral não passa de um entrave, Dag, de um jugo pesado para arregimentar os imbecis. O mundo é evolutivo. Você é um dinossauro. E, como os dinossauros, tem de desaparecer."

"Sei, sei... o super-homem, tudo isso... Você é que é antigo, Lester! Os últimos super-homens se cagam nas calças diante dos tribunais, jurando ter obedecido às ordens."

"Não estou falando disso. Estou falando de graus de consciência. Explorar a mudança dos estados de consciência sob o efeito da dor, é isso que me interessava. Consciência e percepção. O que é o êxtase, senão a superação de toda e qualquer dor, a perda do ego? Onde está o limite, o delicioso limite? Viajar *off the lip*... Surfar na crista da onda, disso você deveria entender, não?"

"Dagobert", cortou-lhe o padre Léger sem ousar se mexer, "será que a gente não poderia..."

"Cale o bico!", gritou Lester passando os dedos na vasta cabeleira ruiva. "Deixe-nos."

Dag observou as costas largas do homem que havia sido seu amigo; suas mãos, que haviam proporcionado a morte com tanto prazer. Sacudiu a cabeça.

"Lester, o marquês de Sade fez as mesmas perguntas sem por isso testá-las em seres vivos. O que foi que lhe deu, diachos?"

"Sempre emotivo! Por que você acha que Go e eu simpatizamos um com o outro? Sabe o que ele fazia no Haiti? Era um dos executores do Papa Doc. No sentido literal do termo. Foi assim que a gente se conheceu. Na época eu trabalhava para a CIA, antes que eles me demitissem por causa de, deixe eu me lembrar... ah, sim, de 'perversidade patológica', os cretinos! Eu tinha subornado um carcereiro para poder assistir às execuções. Gostava disso, de ver as pessoas morrendo. É uma coisa muito excitante, você realmente se sente vivo. Depois, me deu vontade de testar a coisa pessoalmente. Aprender a proporcionar a morte, o mais devagar possível. Transformar um ser humano em objeto, em naco de carne maleável que nos obedece é... é impossível descrever..."

Dag o olhou, incrédulo.

"Você realmente não sente nenhuma compaixão pelos outros? Nenhum sentimento?"

"Se por sentimento você entende 'amor', então não, nunca senti amor. Eu gostaria, Dag, se soubesse como eu gostaria... Toda vez acho que vou me condoer, que vou ficar emocionado. E, em vez disso, sinto alegria. Mas não sou insensível", Lester continuou, veemente. "Gosto de você, por exemplo. Quero dizer que você não me inspira sentimentos negativos. Mas matar... Preciso disso. É uma experiência única, transcendental. O poder total. Nenhum gozo é comparável."

"Nesse caso, por que ficou parado todos esses anos?"

"Beiramos a catástrofe com o laudo de Rodriguez e o faro de Darras. Achamos preferível dar fim à nossa associação."

"Associação?"

"Dagobert! Tem que avisar a polícia! Você não está vendo que ele procura ganhar tempo?"

Ignorando a interrupção do padre Léger, Lester continuou com sua voz calma:

"Longuet, Go e eu. O Biombo, o Caçador e o Iniciador."

"Longuet? O médico?"

"Ele mesmo. Morreu. Suicidou-se ontem à noite, ouvi no rádio. Não teve coragem de esperar minha visita. Mais um cadáver para o jovem Dubois. Onde é que eu estava? Ah, sim, portanto, desfizemos nossa associação, como o Ordenador desejava..."

"O Ordenador?"

"Não me diga que você não entendeu nada! Mas Dag, você tem todos os elementos na mão!"

Dag ia abrir a boca para responder quando o padre Léger gritou de repente:

"Cuidado!"

Por reflexo, Dag fez o gesto de virar a cabeça, mas a visão periférica registrou o movimento de Lester e, antes mesmo de ter tomado uma decisão, seu dedo apertou o gatilho. Lester, que tinha se virado e estava de frente para ele estampando um grande sorriso, com a Beretta apontada para a frente, deu um pulo quando, numa rajada, as balas entraram em seu corpo. Largou a arma, dobrou os joelhos como um lutador de sumô tentando manter o equilíbrio, depois caiu para trás, de braços abertos, e Dag teve a certeza de que ele ria enquanto sua cabeça batia violentamente na areia, de que ria ao ver o sangue esguichar de suas veias, de que ainda ria enquanto sua visão sumia e a última estrela do céu da última noite diminuía até desaparecer.

"Morreu", disse o padre Léger quando Lester parou de se mexer.

"Ele queria me matar, ele..."

"Não se defenda. Ele queria morrer, você o ajudou. A culpa é minha, achei que tinha alguma coisa se mexendo atrás de você."

Com os olhos, Dag procurava Louisa: a prancha balançava devagar dentro d'água. Largou a pistola-metralhadora e começou a correr.

Louisa estava desmaiada, deitada de barriga para cima, com os braços balançando, de boca aberta. Dag rebocou a prancha até a praia, levantou Louisa com delicadeza. Os clarões do incêndio tinham se apagado, vinha do campo um zunzum confuso de motor de caminhão, de mangueira de bombeiro, de exclamações diversas. O *staccato* da pistola-metralhadora fora abafado pelos estrondos das ondas e toda aquela agitação. Dag virou os olhos: o padre Léger estava na frente dele e o holofote o cegava completamente.

"Apague esse troço!"

Dag ouviu um grito abafado à esquerda, depois uma cavalgada. Vinham para cima deles. Guardas fardados e alguns à paisana.

"Socorro!", gritou o padre Léger. "Estamos aqui!"

Mal terminou a frase e uma rajada de metralhadora rasgou a noite. Dag jogou-se no chão. Os cretinos nem sequer tinham lançado uma intimação. O corpo de Louisa rolou na areia úmida e Dag se afastou o mais rápido possível. Era ele o alvo. Bateu em algo duro. Uma perna. Dentro de uma calça cinza-chumbo. O padre Léger. Levantou os olhos para o padre cujo rosto estava mergulhado na sombra.

"Deus do céu! Diga a eles que não tenho nada a ver com isso, do contrário vão me matar como a um bicho!"

"Duvido muito que o Deus do céu escute a sua prece, Dagobert!", retrucou o padre com uma voz grave que Dag não conhecia.

"O que o senhor está di..."

O cano frio da Beretta encostado em sua testa interrompeu a frase. Durante um segundo que durou mil anos, Dag sentiu cair num abismo sem fim. Depois aterrissou abruptamente e piscou os olhos.

"O senhor!"

"O Ordenador, para servi-lo, caríssimo. O seu passaporte direto para o Paraíso, onde poderá se fartar da bondade divina em companhia de todas as boas almas parecidas com você."

"Mas..."

"Quer uma explicação? Vou lhe dar uma. Todas as mulheres que Lester matou eram vagabundas. Foram punidas por onde pecaram. Isso deveria satisfazer a um moralista como você."

"Que bobagem. Conte a verdade."

"Você seria incapaz de compreender."

Dag sentia o suor pingar entre os olhos. Os policiais aproximavam-se. Quando estivessem bem perto, o padre atiraria. Legítima defesa. Fim da história. Agarrar-se às palavras. Fazê-lo falar.

"O senhor mentiu desde o início."

"O que queria que lhe dissesse? Que tinha caído num ninho de psicopatas? Que eu era um ser libidinoso, dublê de sádico e assassino? Francamente! Tentei ajudá-lo o quanto pude, reconheça, e apreciei sinceramente os seus esforços. Você é um adversário e tanto! Mas, agora, tem que acabar."

"Foi o senhor que roubou a pasta de Jennifer Johnson?"

"Claro que sim. Aquele memorando não devia ficar com você. Exagerei um pouco na dose, reconheço."

"E foi o senhor que foi ao engenho para matar Louisa?"

"Não, Lester é que devia cuidar disso e, diga-se de passagem, fez um trabalho porco."

"E Francisque?"
"Um pobre imbecil. Um figurante no nosso pequeno roteiro. O factótum de plantão. Lester o encarregara de me seqüestrar para que você interviesse, e eu avisei Paquirri que fosse ao presbitério. Tudo ocorreu como previsto. Francisque falou, você veio até aqui, eliminou Voort... Um plano perfeito."

"Não totalmente...", interveio uma voz tensa.

"Louisa! Minha querida!", gritou o padre Léger, todo melífluo.

Ajoelhada na areia molhada, com a Uzi de Vasco apoiada no quadril e uma expressão de nojo no rosto, ela observava o padre.

"Ora essa, você não vai atirar num velho que, ao morrer, vai apertar o gatilho desta automática, despachando o rei Dagobert *ad patres*! Pense bem!"

Nenhuma resposta. Apitos estridentes. Interjeições. O dedo de Louisa se crispou no gatilho. Ela sentiu a Uzi tremer em sua mão. Gostaria de ter tempo de pensar. Mas não tinha. Era aqui e agora. O padre ia matá-los, aos dois, com a mesma expressão indiferente e elegante que mostrava ao rezar a missa. Respiração de policiais, corrida desabalada. A voz de Dubois:

"Vai tudo bem, padre?"

"Às mil maravilhas", Louisa murmurou com voz cansada.

O padre Léger franziu o cenho. Foi só uma breve rajada. Dag se jogara de lado no exato momento em que Louisa falara. Viu de rabo de olho a calota craniana do padre se levantar e se separar do rosto, num amontoado de lascas, sangue e miolos. Dor lancinante na perna: a bala do tiro disparado pela Beretta errou o alvo de sua cabeça e foi se alojar em sua coxa.

O padre Léger tentou apertar o gatilho mais uma vez, sem resultado, e caiu de joelhos, com seus grandes olhos castanhos encarando Dag. Ali onde devia estar sua testa pululavam fragmentos de cérebro. Começou a escorrer sangue de suas narinas, depois das orelhas e da boca. Ele levantou a mão e esboçou um gesto: um sinal-da-cruz. Depois desabou, de boca para cima, e seus miolos se espalharam pela areia como um polvo viscoso, enquanto alguém levantava Dag, sacudia-o, dava-lhe uns tapas, enquanto Dubois gritava "Espere!", enquanto Louisa berrava "Parem, parem, ele não fez nada!" e enquanto o mar roncava, indiferente à tragédia.

18

Dag olhava as pás do ventilador girarem no teto. Passos no corredor do hospital. Louisa acabara de deixá-lo para ir para o próprio quarto. Será que era a enfermeira que vinha trocar os curativos? Charlotte, que teria se dignado a tomar o avião para visitá-lo? Segundo Dubois, que lhe comunicara por telefone que Vasco morrera e que Dag estava ferido, ela não pareceu ter ficado muito comovida, contentando-se com um seco: "Obrigada por ter ligado". Devia se informar no Centro de Pesquisas Genéticas se os bebês de sexo feminino das novas gerações nascem com uma geladeira no lugar do coração. Os passos pararam diante de sua porta. Ele se recostou.

Não era a enfermeira nem Charlotte, era Camille Dubois, visivelmente apressado, com um envelope pardo na mão.

"Para você."

O envelope estava aberto e Dag jogou o conteúdo sobre o lençol branco. Folhas de papel higiênico azul-claro, cobertas por uma letra fina e apertada. Tocou-as, perplexo.

"Encontramos durante a autópsia do padre Léger", Camille explicou pulando de um pé para outro. "Estavam enroladas num estojo de plástico enfiado no... ahnn... no reto dele."

"Como?"

"Um estojo de plástico. No reto. Ânus, se preferir. Aparentemente, destinado a você. Tenho que ir. Estamos numa roda-viva tremenda lá na delegacia", ele se desculpou com um sorrisinho.

Já tinha ido embora. Com certo nojo, Dag contemplou o montinho de folhas. Papel higiênico. Reto. Cadáver. Mesmo se as folhas estavam protegidas pelo plástico, Dag pegou-as com a apreensão irracional de que ainda estariam com o calor do homem que as guardara em suas entranhas. Não estavam, claro.

Não havia título, nem divisões. Linhas rabiscadas às pressas, inclinando ora para a direita, ora para a esquerda, como se mãos invisíveis tivessem puxado o padre em todas as direções.

> Querido Dagobert,
> Tendo vivido uma vida de merda, acho natural expor suas grandes linhas neste papel de limpar bunda. Não veja nisso nenhum ataque pessoal.
> Fico feliz por tê-lo conhecido. Sua chegada apimentou um pouco uma existência que se tornara monótona, e apreciei muito fazer essa investigação sobre mim mesmo em sua companhia. *Vobis Tibi gratias.**
> Sabendo como você gosta de esmiuçar tudo, imagino que esteja se fazendo algumas perguntas, e vou tentar respondê-las.
> Lao-Tsé disse que o cheio contém o vazio e que o vazio contém o cheio. O amor contém o ódio e o ódio contém o amor. Que contém meu coração? Nada. O vazio gelado do amor. O amor me dá frio. O amor me queima. O amor é um sentimento indecente que me é inacessível. Quero transformar o amor em ódio, quero sentir a raiva de quem se sente um infame.
> Sou um infame. Lester acha que sou um perverso como Go. Acha que gosto de impor o sofrimento. Mas é mentira. Ao contrário deles, não tenho propriamente o gosto de matar e, se acabei envolvido com todos aqueles

(*) Demos graças a vós.

crimes passados e presentes, foi porque de atos contingentes eles se transformaram a certa altura em atos necessários.

Sempre quis me livrar dos obstáculos corporais, distanciar-me deste corpo obsceno que é sempre um estorvo. Mortificação. Hoje essa palavra não tem mais muito sentido, nestes tempos em que se glorifica a matéria. Mas quando eu era criança significava sacrifícios, castidade, humildade, obediência... Devorei com paixão a obra de santa Teresa de Lisieux e, a exemplo dela, aspirei ao êxtase espiritual pela degradação da carne.

Quando tinha dezoito anos, no seminário, resolvi suprimir essa parte de meu corpo que me ligava inexoravelmente ao mundo das sensações. Castrei-me, de uma forma muito limpa, com uma navalha bem afiada e esterilizada. Vejo os seus olhos se arregalarem de horror e sua mão se dirigir instintivamente para o baixo-ventre.

Dag suspendeu o gesto: como o desgraçado adivinhara?

Eu estava acostumado com a dor. Se você ler estas linhas, será porque finalmente rendi minha alma a Deus. Quando eu estiver nu na mesa de autópsia você verá todas essas cicatrizes em meu corpo. Fará uma careta de nojo, você é tão certinho!

Em criança, quando não me comportava bem eu me punia com uma lâmina. Ia para a frente do espelho e fazia talhos profundos. Puxava pedaços grandes de pele e os colocava numa tigela reservada para isso. Minha mãe gostava que eu me punisse. Esperava que minha pele nascesse branca, como a dos santos nas imagens piedosas. Dava-me os parabéns por minha boa vontade. Às vezes, ajudava-me com soda cáustica ou banhos escaldantes. Ela e eu queríamos, com toda a sinceridade, que eu um dia fosse beatificado. Era uma mulher muito piedosa. Acho que hoje se diria maníaco-obsessiva e sádica. Mas hoje é tarde demais para que lhe reti-

rem minha guarda. Morreu quando eu tinha dezesseis anos. Dormi com seu cadáver vários dias. Não queria que a levassem. Levaram-na e mandaram-me para os padres cuidarem de meus estudos antes de eu ir para o seminário.
Minha mãe, essa mulher de boa família, tão piedosa e tão dura, era na verdade uma puta abominável. Uma ninfomaníaca com ares de abadessa, como em todo bom romance pornográfico. Meu pai era um anônimo na lista de seus amantes de passagem. Só soube disso mais tarde, por um seminarista, feliz de me contar. Então compreendi por que ela gostava tanto de me lavar. Não era para me purificar.
Estou lhe dando nojo? Acha que estou inventando? Acha que procuro me justificar? Sou sincero, Dagobert, e conto-lhe a verdade. Minha mãe não passava de uma vaca imunda que amei loucamente. Tentei substituí-la por Deus, mas Deus nunca veio me lavar. Deus nunca me apertou contra o peito. Deus me mandou sofrimento em cima de sofrimento para me provar que eu não passava de um merda.
Quando cortei meu sexo com a navalha, soube que estava livre. Fui ordenado padre pouco tempo depois e, por uns vinte anos, exerci meu sacerdócio conscienciosamente. Aos poucos, por meio das confissões de minhas ovelhas, percebi que os relatos (freqüentes) de brutalidade e de violências sexuais não me deixavam insensível. Escutando aquelas terríveis confissões, de repente me sentia terrivelmente vivo. Foi nessa época que me interessei por aquela paroquiana de quem lhe falei.

Ah, sim, a mulher espancada... Ela não sabia do que escapara!

Um dia, Longuet falou na minha frente de um certo clube de Port of Spain, aonde ele ia para encontrar parceiros digamos... especiais. Um clube sadomasoquista, como era moda nos anos setenta e oitenta. Aquilo não caiu em ouvidos moucos. Aproveitando um período em que eu sabia que ele estava na Europa, pretextei uma viagem e fui lá, incógnito. Fui várias noites seguidas, como simples espectador, bebendo uma ou duas doses de rum e me convencendo de que não tinha nada a fazer ali. Havia no clube mulheres e homens, e aos poucos percebi que as mulheres não me interessavam nem um pouco. Na verdade, o único desejo que sentia por elas era o de possuir um sexo cortante como uma navalha e penetrá-las até que morressem.

Essa fantasia e outras do mesmo tipo, mas nas quais eu fazia o papel de vítima, ocupavam minhas noites solitárias. Lembro-me muito bem de uma noite. Havia cheiro de jasmim no ar, uma noite Lester apareceu no clube. Estava voltando do Haiti. Era bonito. Imenso e bonito. Um bárbaro celta dos tempos obscuros. Forte. Totalmente amoral. Representava tudo o que eu queria ser. Fiquei quieto no meu canto, mas ele se dirigiu a mim e disse: "Levante-se". Só isso. Nenhuma palavra a mais. "Levante-se", como a Lázaro. Levantei-me, segui-o e ressuscitei.

Que maluquice! "Levante-se", essa não! Todo esse lero-lero, quando mulheres tinham morrido de verdade! Acalmar-se. Beber um pouco de água morna. Continuar a leitura. Ele desejara saber; agora, que agüentasse.

Ele me levou ao fundo da noite, àquela *no man's land* em que a humanidade é auto-abolida para ser apenas um grito, uma prece. Encontrei o carrasco capaz de me transportar ao céu, mas, assim como um vampiro não consegue sangrar até a morte seu amante, Lester, sob pena de me ver morrer, não podia comigo dar asas a todas as suas fantasias.

Imagino que seu coração delicado esteja sangrando só de pensar que seu grande amigo Lester se revele o que, de fato, só se pode chamar de monstro. Mas, veja você, devido a certa malformação na espinha dorsal, Lester sofre de siringomielia, uma doença muito rara que o impede de sentir fisicamente calor, frio e dor. Não faça cara de cético, tente compreender. Sempre achamos que, por serem raríssimas, certas coisas não podem existir entre nossos amigos e conhecidos. No entanto, o monstro tricéfalo ou a criança-bolha têm um pai, primos, vizinhos.

Instantâneos tremidos de Lester. Ele entra na pequena cozinha ao lado da sala. Empurra a chaleira cheia que cai em seus pés descalços e continua a falar como se nada tivesse acontecido. Dag: "Lester! Seus pés!". "Droga, é mesmo, puxa, como dói!" Lester, ferido numa briga, de barriga aberta, conversando tranqüilamente enquanto espera a ambulância, com a mão na ferida. Dag: que coragem, esse cara! Um durão, um machão, um Homem com "h" maiúsculo. O Grande Lester. Lester, o Ladrão. Lester, o Mentiroso. O Amigo. O Traidor. Lester, Jano do Caribe, rindo para sempre de Dagobert, o Ingênuo.

Eu não podia sentir amor, Lester não podia conhecer o sofrimento. Nós nos completávamos maravilhosamente bem. De bom grado eu teria me contentado com a amizade dele, mas Lester tinha necessidades muito particulares que ainda não satisfizera plenamente. Além disso, não sei por quê, teimava em se interessar pelas mulheres.
Foi então que resolvi lhe oferecer algumas para seus estudos sobre a dor.
Graças a Lester e a seus amigos do Serviço Secreto, Francis Go conseguira mudar de nacionalidade e encontrar um posto em Sainte-Marie. Quando soubemos

que ele ia fazer um giro pelo Caribe, aproveitamos a ocasião.

Naquela época, eu praticava assiduamente mergulho submarino. Sim, menti um pouco sobre isso... Na verdade, tenho um nível mais que razoável. É um universo em que me sinto em segurança, protegido pela massa líquida. Placenta talvez, pouco importa. Gostava de me mexer nesse universo flexível, em que meu revestimento de borracha me dava a consistência elástica de um tubarão. Para voltar às fêmeas necessárias ao sacrifício, eu as escolhia, portanto, entre as que encontrava nos clubes de mergulho, e as selecionava em função da aparência (bonita), do desespero mental e do grau de libertinagem. Mulheres abandonadas, infelizes, entre trinta e quarenta anos, de aspecto inocente, mas escondendo uma vaca nas entranhas... (Sim, sei o que isso me faz lembrar. E sei também que não me enganava, pois eram de fato da mesma espécie de minha mãe.)

Você há de reparar meu ecletismo quanto à cor da pele. Achava interessante comparar o comportamento dos diversos tipos raciais diante dos "sofrimentos" elaborados por Lester, e ele também tinha essa curiosidade em observar as distintas reações. Pois bem, para falar a verdade, não havia diferença. Fosse qual fosse a cor dessas mulheres, elas berravam, suplicavam e morriam da mesma maneira.

Eu as indicava para Go, que se informava sobre seu estado civil, endereço, como ter acesso às casas, em suma, a intendência. Depois chamávamos Lester. Go estuprava as mulheres e Lester as iniciava nas esferas etéreas das sensações últimas. Quando esses divertimentos terminavam, bastava dar às vítimas a aparência de suicídio. Abro um parêntese, pois acabo de notar uma inexatidão em meu relato. Lorraine não praticava mergulho submarino. Encontrei-a quando fazia minhas visitas às famílias necessitadas. Ela bebia, era infeliz, tinha um corpo

pegajoso que atraía irresistivelmente as pancadas. (Não é fascinante que Loiseau, aquela esponja mística, tenha sido capaz de ler minha alma? Pois estou convencido de que era de mim que falava na carta escrita à senhorita Martinet; Lester nunca tinha visto Lorraine antes da noite de sua morte. Loiseau adivinhou que era eu o instrumento de sua morte. Mas, como? Haveria de fato uma inocência amada por Deus?)
Por um desses acasos que costumam sorrir para os projetos diabólicos — e aqui entendo "diabólico" no sentido literal da palavra —, Longuet e Jones participavam do programa de intercâmbio científico. Por tê-lo ouvido em confissão, eu sabia que Longuet era um homem disposto a todas as corrupções. Oferecemo-lhe dinheiro para dar seu aval aos casos duvidosos. Ele aceitou. Nosso time estava formado. Um bom time.

"Um time. Um bom time." Sainte-Marie contra Jack, o Estripador, jogo de primeira divisão. Uma partida que se joga com cabeças cortadas, e o troféu é uma copa de sangue coagulado. Dag tinha a impressão de que aquelas folhas exalavam um cheiro de lixo. Inclinou-se para o buquê de imensas margaridas amarelas que Louisa trouxera, respirou fundo, preocupado em purificar as narinas, e jogou-se para trás, enojado. Eram as flores que fediam. A água que esqueceram de trocar apodrecera, soltando eflúvios de pântano pútrido. O famoso faro de Dag Leroy... Recomeçou a leitura, irritado.

> Durante uns dois anos, como você observou acertadamente, fizemos umas dez intervenções, discretas e rápidas. Depois Lester esqueceu a mancha de sangue na roupa de Jennifer, e Andrevon descobriu a história. Um excelente médico, Andrevon, muito competente. Nessa altura, Darras começou a fazer algumas aproximações e achei melhor encerrar nossas atividades.
>
> Mas, assim como um cientista é incapaz de renunciar às suas experiências, Lester é incapaz de acabar com as

suas pulsões. Portanto, procurou outros meios de satisfazê-las, nas redes de pedófilos, cuja existência — ó, triunfo da hipocrisia demagógica! — hoje parece estar sendo descoberta. Tudo indica que Go sossegou. Talvez uns estupros aqui e acolá, cujo culpado jamais foi descoberto... Longuet se enterrou em suas funções oficiais, dedicando-se a esquecer aquilo tudo. E eu retomei meu trabalho. Sentia-me cansado, desanimado, farto. Por longos anos contentei-me com esses filmes de imagens desfocadas, dos quais algumas cópias que circulavam por baixo do pano nos garantiam uma renda substancial. Na verdade, esqueci de dizer que Go filmava as performances de Lester, tanto para meu uso posterior como para fins comerciais. Logo compreendemos que se abria diante de nós um importante mercado para esse tipo de produto.
Está chocado? Não vejo por que a satisfação das pulsões agressivas seria um fim único em si. Não o tranqüiliza saber que isso pode ter também uma motivação mercantil? *Beatis possidentes*,*como disse o príncipe de Bismarck. Com o dinheiro desse tráfico, Go fazia economias, Lester se dava ao luxo de cometer novos crimes no estrangeiro, e eu entregava a minha parte a obras de caridade. Pois é, centenas de pequenos órfãos tiveram casa, comida e roupa graças ao dinheiro gerado pela morte de algumas pobres coitadas.

Ignóbil e cínico. Vontade de empalar o velho sacana e vê-lo morrer segundo suas próprias teorias. Dag notou que estava de punhos cerrados e forçou-se a relaxar. Como pôde sentir simpatia por esse homem? Uma simpatia imediata, uma afeição espontânea, como se acabasse de encontrar um velho amigo. Como não sentiu a perversidade da criatura que estava diante de si? Como não percebeu a dualidade de Lester? Por que os dois homens pelos quais sentira amizade

(*) Felizes dos que possuem.

eram psicopatas? Haveria nele mesmo um eco da loucura dos dois?

Você não acha, meu caro Dagobert, que cada um de nós tem de viver um ciclo que termina obrigatoriamente de um jeito ou de outro quando a ampulheta se esvazia? Neste exato instante de nossa história, os principais protagonistas ainda estão vivos. E, no entanto, a sorte está lançada. Em algumas horas saberemos se Horácio tinha razão ao alegar que *"pede poena claudo..."*: o castigo segue o crime com um pé claudicante e, mesmo se tarda a chegar, sempre chega. Mas estou me perdendo, estou me perdendo e o tempo está passando.
Portanto, foram-se vinte anos. É muito tempo, vinte anos, quando se tem uma vida tão monótona. E aí, um dia, Lester me liga: você acabava de ser encarregado de fazer uma investigação que o levava indiretamente a buscar os rastros de Lorraine Dumas. Lester sabe que você é brilhante, prefere me manter informado. E, de fato, você avança depressa. Anita Juarez mal teve tempo de precedê-lo na casa de Eloïse Martinet e de cuidar desse bravo Rodriguez, e você já tinha chegado, irritante com seu entusiasmo e sua vitalidade transbordante. A esse respeito, felicito-o por sua intuição onírica. O que prova que às vezes uma certa forma de ingenuidade é superior a um pensamento organizado.

Mas será que o padre Léger achava mesmo que ele era um debilóide total?

No que lhe diz respeito, Anita só deveria intervir em caso de urgência. A sua idéia de ir visitar Go a levou a agir. Não vou me demorar nesse episódio ridículo. Que descanse em paz a alma daquela inábil criatura! Depois... bem, depois devo confessar que tudo o que fizemos foi tapar os buracos. Ao longo dos anos Lester ficou preguiçoso. Tem exagerada confiança em si mesmo. E, secretamente, estava radiante em se divertir com você. Por isso é que o deixou avançar demais. Gosta de brincar com o fogo. Eu também sou culpado de ter cometido algumas imprudências. Lembro-me de nossa conversa sobre a possibilidade de Lorraine e seu misterioso amante terem sido fotografados. Eu tinha a vaga esperança de que encontrar o pai de Charlotte talvez satisfizesse a sua bulimia de investigações. Se eu pudesse imaginar que esse pai era ninguém menos do que você! Lester achou uma graça irresistível nessa história. Tive a sensação incômoda de que um círculo se fechava.

Depois de muitas idas e vindas e conciliábulos sobre a atitude a tomar, Lester contatou Voort, esse verme, a fim de dar o golpe final em você. Honestamente, tenho a impressão de que nos embananamos bastante.

Não há muito mais a contar. É tarde. Os tiras vieram me interrogar sobre você e eu lhes disse que sempre o achei esquisito...

Hoje é domingo. Dia do Senhor.

Esta noite, Lester cortou um dedo de Louisa. Alega que é a melhor maneira de levá-lo a se entregar à polícia. De meu lado, acho que no correr dos anos ele passou a detestá-lo, a detestar seu amor pela vida e sua alegre simplicidade; não, não o estou insultando, também o invejo.

Esta noite, estou sentado na sala miserável onde vivo há tanto tempo, e olho este dedo. São bem visíveis as marcas da serra nessa carne supurando, esmigalhada na base. Houve um temporal. Você está desaparecido. Será que vai voltar? Será que poderemos atraí-lo para a fazenda abandonada, matá-lo, matar Louisa também, e torná-lo responsável por todas essas mortes?

Que estrago! Realmente não sei se tenho vontade de matá-lo.

Mas farei o que for preciso, como sempre, porque isso tem de ser feito.

É estranho pensar que ignoro o resultado desta noite, mas que, se você ler isto, é porque necessariamente terei morrido. Parabéns, caro rei Dagobert, você conseguiu vestir sua calça pelo direito.
Estranho também não saber qual vai ser a sina de Lester. Será que também morreu? Será que conseguiu fugir? Será que vai terminar seus dias numa das celas reservadas aos perigosos doentes mentais que nunca serão soltos? Meu pobre Lester. Meu belo e imundo Lester. Se pelo menos o inferno pudesse se parecer com ele...
Você está terminando de ler estas linhas. Olhe ao redor. Não vejo mais nada. É provável que eu esteja repousando no subsolo gélido de um necrotério. Não me arrependo de nada. *Peccavi, peccavi*: sim, pequei.
Dagobert, você, que é um homem bom, reze por mim.

Não havia assinatura. Dag dobrou as folhas. Colocou-as sobre a mesa-de-cabeceira. E ligou a televisão.

No dia seguinte, Dag mandou avisar Dubois que desejava ir ao necrotério de Grand-Bourg, onde estavam os corpos dos protagonistas da "noite do massacre", como dizia a imprensa.

"Se isso o diverte", respondeu Camille, limpando energicamente os óculos.

Um táxi o deixou na porta de um prédio branco, sem enfeites, a não ser uma placa de cobre indicando "Instituto Médico-Legal".

Mancando em suas muletas, ele foi atrás de um rapaz de jaleco verde, percorreu apreensivo uma série de corredores iluminados com luz fluorescente até a porta blindada.

"Até que alguém venha buscá-los, eles estão na 'geleira'", explicou o rapaz; "é que de repente veio muito cadáver para cá... Além da mulher branca, das duas crianças, do cara do clube e de tudo o que nos aparece pela frente..."

Abriu a porta e Dag entrou atrás dele numa sala ladrilhada de branco do chão ao teto e sem janelas. Fora o ronco de um gerador, o silêncio era total. A sala tinha apenas uma grande pia e uma fileira de mesas de operação onde repousavam corpos rígidos. Dag sentiu um arrepio. Avançou, com suas muletas batendo no piso ladrilhado.

Fazia frio, muito frio, mas nenhum vapor saía dos lábios dos homens deitados.

Estavam todos lá: Francis Go, Luiz, Diaz, Vasco, Frankie Voort, Francisque, Lester e o padre Léger.

"Achamos um lugar para a mulher de Go numa das gavetas", explicou o rapaz, "era mais decente."

Dag piscou os olhos. Mais decente. Não deixar o cadáver nu de uma mulher com os cadáveres nus de oito homens. Andou mais um pouco, clac, clac, impressão de ser um urubu atrás de carniça.

Uma parte dos corpos estava irreconhecível, por causa dos estragos do incêndio. E, apesar do forte cheiro de desinfetante, relento de churrasco pairava no ar gelado.

Dag passou-os em revista, um por um: Go, semicarbonizado, mastodonte de carvão. Clac, clac, Luiz e Diaz, irreconhecíveis para sempre, olhos brancos pulando das órbitas como peixes cozidos ao forno. Clac, clac, Vasco. A cabeleira preta da qual tanto se orgulhava desaparecera, deixando seu crânio vermelho e pelado, em carne viva. O homem que o chamara de "sogrinho" era apenas uma máscara negra e brilhante, e em sua boca sem lábios os dentes se sobressaíam, imensos e amarelos. O rapaz de jaleco bateu com intimidade no braço enegrecido do cadáver.

"Devemos repatriá-lo para Barbuda amanhã. Caixão de carvalho estofado e tudo. A viúva nos encomendou o modelo mais caro. Vamos lacrá-lo para que ela não tenha a tentação de abri-lo."

A viúva. Charlotte. Sua filha viúva. Um lindo caixão para Vasco. Será que, do seu jeito, ela o amara?

Clac, clac. Francisque. A ferida de sua garganta recosturada a pontarecos. A pele que ficara cinza. Clac, clac. Lester, que não tinha mais nada de maravilhoso. A morte chupara suas carnes, e ele parecia muito mais magro. Seu bigode lembrava estopa. Seu cabelo ruivo, uma peruca de palhaço. Sua pele branca ficara de um amarelo cor de cera. Até os buracos deixados pelas balas em seu peito e sua garganta pareciam saídos das mãos de um maquiador de filme *gore*. "Lester, Lester, por que me abandonaste?..." Dag sentia-se triste. Clac, clac, até o padre Léger.

Teve a sensação fugaz de que o padre ia se levantar e cumprimentá-lo com sua voz arrastada e zombeteira. Mas ficou imóvel, boneca de trapo marrom de lábios apertados como uma solteirona. *Caput mortuum*, como diziam os alquimistas comparando os resíduos sólidos de suas experiências com uma cabeça morta cujo espírito teria voado. Dag puxou o lençol com um gesto brusco. O rapaz estava ao lado dele.

"É horroroso, não é? A gente vê cada maluco!"

O peito do padre era um emaranhado só de cicatrizes. Outras marcas, profundas, inchadas, salpicavam suas coxas nervosas.

"As costas estão no mesmo estado. Um verdadeiro massacre. E no outro, aí ao lado", ele continuou, apontando para Lester, "há centenas de queimaduras de cigarros na virilha. Uns pirados."

O padre se mutilando para virar santo. Lester tentando desesperadamente despertar seus nervos inertes com o beijo vermelho de um cigarro. Dag puxou devagarinho o lençol. Morto. Todos mortos. *Patere quam ipae fecisti legem*,* como diria o padre. Todas as paixões perversas que os entusiasmaram jaziam ali junto com eles, poeira vã de desejos. Tudo terminara.

Ele deu as costas para o reino asséptico da morte e voltou para o mundo úmido dos vivos.

(*) Sofre a lei que tu mesmo fizeste.

EPÍLOGO

Pela escotilha Dag sorriu para Charlotte, que lançava beijos com a ponta dos dedos, enquanto o aviãozinho roncava.

"Ela está fantástica com esse conjunto de seda", murmurou Louisa olhando por cima de seu ombro.

"Essa danadinha é sempre fantástica", Dag opinou, "mas não chega aos seus pés."

"Pelo visto, não é a opinião de Dubois..."

Camille acabara de aparecer na pista e, como quem não quer nada, foi ficar perto de Charlotte. Desde a morte de Vasco, fizera inúmeras visitas à jovem desconsolada, por causa da investigação, é claro. Sofrendo muito no início, Charlotte logo saiu da fossa, tanto mais que Vasco, como um *gentleman* precavido, deixara toda a sua papelada perfeitamente em ordem, e agora ela estava à frente de um pequeno império imobiliário, sem falar do iate, é óbvio.

Dag jamais esqueceria o raio de triunfo nos olhos de Charlotte quando ela lhe anunciou essa herança, durante a recepção flutuante que ela organizara antes de Louisa e ele partirem para Mauí. Um velho sonho de Dag: fazer um *air-roll-spin* sobre as ondas mais míticas do planeta. Propusera a Charlotte acompanhá-los, para que se conhecessem melhor, mas ela não aceitou o convite, embora lhe dando a entender que gostaria muito de vê-lo na volta. Poderiam ir tomar chá, Dag brincou, encabulado. E passear de braços dados, Charlotte completou.

Charlotte e Camille... O pobre rapaz ia passar por um aperto para seduzi-la: realmente, não tinha o tipo do brutamontes valentão. Mas Louisa achava que, na verdade, ele era muito mais duro e firme que todos os Vasco da Terra. Veríamos.

Lester McGregor e o padre Léger foram enterrados sem nenhuma cerimônia no cemitério municipal de Grand-Bourg. Nenhum dos dois tinha família e não houve flores, coroas nem sermão. Só Dag, apoiado em suas muletas, contemplou as valas abertas, e os coveiros que assobiavam sob o sol brilhante, apressados para ir tomar uma cerveja gelada. Como dissera Lao-Tsé: "Quem quer se apossar do mundo e dele se servir corre rumo ao fracasso".

O vento empurrava papéis ensebados que um cachorro vira-lata farejava meticulosamente. Um fim miserável, Dag pensou, para duas criaturas que haviam sacrificado toda e qualquer humanidade a seus insaciáveis desejos de poder. "Reze por mim", pedira o padre Léger. Não, não rezaria. Não permitiria que mesmo mais além da morte o padre mantivesse um controle sobre ele. Não sentia compaixão, só raiva. Raiva e amargura. Foi embora sem esperar o fim do enterro.

Louisa bateu em seu braço, tirando-o de seus pensamentos.

"S'imbora, chefão!"

Ele abanou a mão para o casal que ficara na pista, enquanto o avião começava a deslizar pela pista e os lábios de Charlotte articulavam devagarinho: "Boa viagem, Dad!".

Dad... Um elegante compromisso entre Dag e *daddy*. Quem sabe um dia eles chegariam a construir uma ponte sobre o abismo de vinte anos de ausência que os separava.

Ele se aboletou no assento e apertou a mão boa de Louisa.

O avião embicou, de frente para o sol, deslizando no céu azul como um grande surfista prateado.

Fly out.

ANEXO

O REI DAGOBERTO
(canção popular francesa)

O bom rei Dagoberto
vestira a calça pelo avesso.
O grande santo Elói lhe disse: "Ó, meu rei,
Vossa Majestade está com a calça virada".
"Pois então", disse-lhe o rei,
"vou vesti-la de novo pelo direito!"

O bom rei Dagoberto
caçava na planície da Antuérpia.
O grande santo Elói lhe disse: "Ó, meu rei,
Vossa Majestade está muito ofegante".
"É verdade", disse-lhe o rei,
"um coelho corria atrás de mim."

O bom rei Dagoberto
queria embarcar e ir para o mar.
O grande santo Elói lhe disse: "Ó, meu rei,
Vossa Majestade vai se afogar".
"Pois é", disse-lhe o rei,
"poderão gritar 'O rei bebe!'."

O bom rei Dagoberto
comia uma sobremesa.

O grande santo Elói lhe disse: "Ó, meu rei,
o senhor é guloso, não coma tanto".
"É verdade", disse-lhe o rei,
"mas sou menos que tu!"

O bom rei Dagoberto
queria um grande sabre de ferro.
O grande santo Elói lhe disse: "Ó, meu rei,
Vossa Majestade poderá se ferir".
"É verdade", disse-lhe o rei,
"que me dêem um sabre de madeira."

O bom rei Dagoberto
temia muito ir para o inferno.
O grande santo Elói lhe disse: "Ó, meu rei,
acho que vai direto para lá".
"É verdade", disse-lhe o rei,
"não podes rezar por mim?"

Quando Dagoberto morreu,
Satanás logo acorreu.
O grande santo Elói lhe disse: "Ó, meu rei,
Satanás vai passar, o senhor precisa se confessar".
"Que pena", disse-lhe o rei,
"não podes morrer por mim?"

ESTA OBRA FOI COMPOSTA PELA SPRESS EM GARAMOND
E IMPRESSA PELA GEOGRÁFICA EM OFF-SET SOBRE PAPEL PÓLEN SOFT
DA COMPANHIA SUZANO PARA A EDITORA SCHWARCZ EM JUNHO DE 2001.